CW00350563

LA CONFRÉRIE DES ÉVEILLÉS

Paru dans Le Livre de Poche :

AU-DELÀ DE NULLE PART

BLAISE PASCAL OU LE GÉNIE FRANÇAIS

CHEMINS DE SAGESSE

EUROPE(S)

LA FEMME DU MENTEUR

FRATERNITÉS

L'HOMME NOMADE

IL VIENDRA

LES JUIFS, LE MONDE ET L'ARGENT

LIGNES D'HORIZON

1492

NOUV'ELLES

LE PREMIER JOUR APRÈS MOI

UN HOMME D'INFLUENCE

VERBATIM I

VERBATIM II

VERBATIM III

LA VIE ÉTERNELLE, roman

JACQUES ATTALI

La Confrérie des Éveillés

ROMAN

FAYARD

ISBN : 2-253-11379-4 - 1re publiction - LGF
ISBN : 978-2-253-11379-9 - 1re publiction - LGF

Avertissement

Voici l'histoire de deux décennies fabuleuses qui mirent fin à la seule période de l'Histoire où la chrétienté, l'islam et le judaïsme vécurent en harmonie. En un seul moment – le XIe et le début du XIIe siècle –, en un seul lieu – l'Andalousie –, les trois monothéismes choisirent de se respecter, de s'admirer, de se nourrir les uns des autres. En toute liberté, leurs plus grands philosophes dialoguaient alors entre eux et avec les philosophes grecs. Sciences et religions faisaient bon ménage.

Et puis tout dérapa. Si les événements de cette époque avaient tourné autrement, si les fils d'Abraham ne s'étaient pas heurtés les uns aux autres, le cours de l'Histoire eût été radicalement différent. C'est pendant ce tournant que se déroule ce roman.

Si incroyables qu'ils soient, tous les faits historiques ici relatés ont eu lieu. Toutes les idées, les façons de vivre sont d'époque. À de très rares exceptions près, tous les personnages ont existé, la plupart des péripéties de leurs biographies sont bien réelles, et ils s'expriment comme on sait qu'ils l'ont fait en réalité. En particulier, le Muhammad ibn Rushd du roman est le grand philosophe musulman que les Occidentaux appellent aujourd'hui Averroès ; Moshé ben Maymun est le grand penseur juif qu'on nomme aujourd'hui

Maïmonide. Ils vivaient bien tous deux, comme dans le roman, entre Cordoue, qu'ils quittent en 1149, et le Maroc, qu'ils quittent en 1165. Entre ces deux dates, en ce moment crucial de l'Histoire, on ne sait presque rien de ce qu'ils firent, mais tout donne à penser que le plus grand des penseurs juifs et le plus grand des philosophes musulmans se sont rencontrés et ont dialogué comme ils le font ici.

Seul tout ce qui touche à la « Confrérie des Éveillés », au *Traité de l'éternité absolue* et aux années mystérieuses de la vie d'Aristote est presque certainement fictif. Même si en bien des lieux, à bien des époques, des rumeurs de ce genre ont couru sur le plus grand des Grecs.

Tout, en tout cas, dans la vie et l'œuvre de nos héros donne des raisons de croire qu'ils connaissaient l'extraordinaire secret d'une confrérie alors déjà plus que millénaire. Et tout, dans l'Histoire – la grande –, s'est toujours déroulé et se déroule encore exactement comme si les événements racontés dans ces pages avaient vraiment eu lieu. Comme si les « Éveillés » étaient encore parmi nous, porteurs d'un secret essentiel pour l'avenir de l'humanité. À jamais perdu. À moins que...

J. A.

Chapitre premier

Jeudi 27 mai 1149 : l'expulsion de Cordoue

18 Sivan 4909 ; 17 Muharram 544

En ce temps-là, à Cordoue, le pont de pierre jeté onze siècles auparavant à travers le Guadalquivir par les troupes de l'empereur Auguste était, en fin d'après-midi, le lieu de toutes les rencontres.

En été, hommes et femmes, le visage découvert ou à peine masqué d'un voile blanc, se saluaient ou se défiaient d'un sourire ou d'un mot. En hiver, quand le soleil peinait à s'élever au-dessus de la tour occidentale de la grande mosquée, musulmanes, juives et chrétiennes, sortant du bain, habillées de longs sarouals rouge et or, croisaient sans baisser les yeux le regard des jeunes gens : musulmans portant turban, tunique de soie et chausses aux pointes recourbées, juifs en grande robe marron et toque pointue, chrétiens aux pantalons bouffants et aux vestes de soie brodée. Les plus riches promeneurs étaient escortés d'esclaves vêtus de laine et d'algodon, portant boissons et pâtisseries. On entendait parler toutes les langues, de l'arabe au berbère, du romance à l'hébreu ; certains de ceux qui venaient du Nord continuaient même à se disputer en français, en flamand ou en génois. Dans les échoppes dressées sur le pont, des orfèvres pesaient et échangeaient dinars, réaux, maravédis, grosses, doblas de Castille ou du Portugal.

Certaines fins d'après-midi, la foule convergeait vers la place la plus spacieuse de la ville, près de la grande mosquée, à côté des citronniers de l'Alcazar, pour voir débouler, sur les rues empierrées, les taureaux que les jeunes gens allaient défier au plus près tandis que les femmes applaudissaient. C'était alors une fête sans pareille où se mêlaient cris, rires, accents des luths, des mbiras, des doulcemers et des tambours.

Ce soir-là, juste après que, du haut du minaret, les muezzins eurent appelé par l'*adhan* à la prière du soir, c'est à un tout autre spectacle, aussi monstrueux qu'inédit, que se rendaient les Cordouans, silencieux et terrorisés, s'écartant devant les hommes en bleu, cavaliers masqués et fantassins berbères aux ordres des envahisseurs almohades, les nouveaux maîtres de la ville.

Bien avant le tournant du millénaire, pendant que les royaumes chrétiens d'Europe étaient encore dans les limbes, les princes omeyyades, chassés de l'Orient par les Abbassides, avaient débarqué en Andalousie avec des troupes berbères et des Yéménites, et avaient édifié un empire autonome allant jusqu'au nord de Tolède. Un empire puissant : le plus grand du monde à l'époque, à côté du chinois. Et riche : la pièce d'or de Cordoue était devenue la principale monnaie pour les échanges. Et tolérant : chrétiens et juifs, considérés comme des *dhimmis*, des protégés, étaient certes surimposés, mais respectés ; les prêtres continuaient d'officier dans les églises et les rabbis, présents dans la ville depuis la première dispersion d'Israël, six siècles avant la venue du Christ, continuaient d'enseigner dans les synagogues. Les princes musulmans avaient mis en place des institutions très élaborées, contrastant avec le désordre qui régnait au sein de la chrétienté ; leur marine dominait la Méditerranée ; ils construisirent à Tolède les jardins de la *Transparente*, puis, à Grenade, le palais de l'Alhambra et à Cordoue la plus grande mosquée du monde – copie de celle d'Al-Aqsa qui venait d'être édifiée à Jérusalem –, dont la voûte centrale était soutenue par plus de mille colonnes.

Cordoue était devenue la capitale d'un immense empire musulman, héritier de Rome, s'étendant des lions de l'Afrique aux colombes de l'Estrémadure. Elle était devenue la ville-phare si vantée, l'« ornement du monde », la cité au million d'habitants, aux cent mille boutiques, aux mille écoles, aux mille six cents mosquées et aux trois mille piscines.

Des marchands venus du royaume franc, de Toscane, des mers du Nord, des rivages de l'Inde, de Bactriane et des empires d'Afrique et de Chine y avaient apporté la canne à sucre, le riz, le mûrier, le travail de la soie et du cuir ; ils avaient fait de cette ville perdue au milieu des terres andalouses la cité la plus prospère d'Occident, le premier centre commercial à l'ouest de l'Inde, le point de confluence de toutes les intelligences, le lieu de rencontre de toutes les religions, le refuge de ceux qui fuyaient l'obscurantisme.

Car la culture avait été d'emblée l'obsession de la cité devenue musulmane. Hakem, un des premiers émirs de Cordoue, avait fait porter mille dinars d'or à Abulfaradj el-Isfahani pour obtenir l'original de son anthologie de la littérature et de la poésie arabes. Ses successeurs avaient envoyé des émissaires à Palerme, au Caire, à Damas et jusqu'en Chine pour acquérir des manuscrits à quelque prix que ce fût. Ils avaient bâti la plus vaste bibliothèque au monde, où ils avaient entassé quelque huit cent mille volumes. Venaient y travailler des érudits, des graphistes, des enlumineurs, des géographes. À côté de la mosquée avait été édifiée une université, la seconde de l'Empire après la Qarawiyyin de Fès ; on y étudiait les sciences religieuses, la médecine, l'astronomie, les mathématiques et la *falsafa*, la philosophie, autre nom donné alors à la science. On s'y était émerveillé devant le zéro qui venait d'arriver d'Asie ; on y avait débattu de la mystérieuse trajectoire de Vénus. Des philosophes y avaient afflué de Bagdad, d'Alexandrie et de Constantinople. Des traducteurs y avaient mêlé les poésies bédouine et juive ; des seigneurs chrétiens y avaient disputé avec les panégyristes de la cour califale. Des mudéjars avaient échangé leurs techniques avec celles de maçons venus de France, combinant l'arc en fer à cheval et les arabesques.

Un siècle et demi avant que ne commence cette histoire, l'Empire s'était défait en une vingtaine de petits royaumes. Quatre-vingt-dix ans après la chute de l'Empire, des cavaliers berbères issus du fin fond de la Mauritanie, les *Al-Mourabitoun* ou Almoravides, commandés par Yousouf Ibn Tachfine, débarquèrent à Almería, au sud de la Péninsule. Ayant fait fortune en pillant le bois, l'or et l'ivoire du continent noir, leur chef, se piquant de morale, avait dénoncé la décadence de l'islam marocain et décrété que musique et poésie, pratiques impies, étaient responsables de la dispersion d'Al-Andalous et de la perte de Tolède au profit des chrétiens. Les envahisseurs prirent Valence, écrasèrent au passage le roi de Castille et entrèrent dans Cordoue en 1091 de l'ère chrétienne – au moment même où, loin à l'est, les Tartares, entrant dans Bagdad, mettaient fin à la dynastie abbasside. Deux ans plus tard, les Almoravides reprenaient Tolède aux chrétiens. L'Empire était reconstitué.

Certains ulémas d'Arabie mirent alors en garde contre tout triomphalisme : les musulmans, expliquèrent-ils, n'étaient pas chez eux en Andalousie ; ils ne se trouvaient là qu'en punition de leurs fautes dont le poids venait de leur faire perdre leur vraie capitale, Bagdad. D'ailleurs, disaient les plus extrémistes, Al-Andalous ne serait jamais un lieu décent pour un musulman rigoureux.

Les faits leur donnèrent raison, car, une fois de plus, l'Andalousie sut vaincre ses conquérants. Venus là pour purifier le pays de ses péchés, les Almoravides eurent tôt fait de tomber amoureux de la douceur de vivre cordouane. Ils renoncèrent à leur intégrisme, s'éprirent de poésie et de musique, et laissèrent les trois confessions cohabiter en paix. Nulle part ailleurs on ne voyait autant d'échanges entre hommes de foi, savants, médecins et marchands, pour le bénéfice de tous. Ainsi gouvernèrent-ils pendant plus d'un demi-siècle de l'Atlantique à la Libye, de Cordoue au fleuve Sénégal, reculant néanmoins devant les chrétiens et perdant de nouveau Tolède.

Mais cela n'était pas du goût de tout le monde. Une autre tribu berbère, les Almohades (pour l'« unité »), était décidée à remettre les musulmans d'Occident dans le chemin de la pureté. Ces nouveaux fanatiques prirent d'abord à leurs prédécesseurs Mekhnès, Fès, Rabat et Marrakech. Au début, personne à Cordoue ne s'inquiéta : musulmans, juifs et chrétiens refusèrent d'abord de croire les réfugiés venus de Ceuta et de Fès qui racontaient comment ces intégristes obligeaient, sous peine de mort, les habitants des villes qu'ils occupaient à apprendre par cœur les textes d'un certain Ibn Tumart, un imam berbère qui avait passé dix ans au Moyen-Orient, dont ils avaient fait leur maître à penser et qu'ils osaient appeler le *Mahdi*, le Guide, du nom réservé par les chiites à celui qui viendrait sauver la Terre « après qu'elle fut pleine d'injustices ». Tumart avait élaboré une doctrine exigeant l'application littérale du Coran. Il prônait le renoncement à toute conception de Dieu qui fût autre qu'abstraite.

Quand Ibn Tumart mourut, tout le monde crut que cette aberration allait disparaître avec lui. Nul n'attacha alors d'importance à un chef de guerre qui, rompant avec les règles collégiales instituées par le Mahdi, prit le titre d'Amir Abd el-Mumin (« prince des Croyants ») et occupa tout le Maghreb jusqu'à Ceuta, d'Oran à Sijilmassa, de Tlemcen à Marrakech. Personne ne s'inquiéta des exactions qu'il perpétra contre les communautés juives et chrétiennes du Maroc. On ne s'inquiéta pas davantage de le voir faire d'Ibn Tumart un quasi-prophète, seul interprète autorisé du Coran. Et il ne se trouva personne pour prendre au sérieux la formidable organisation qu'il mit en place, avec, dans chaque village, un réseau d'espions et d'agents propagandistes parfaitement formés et avec, autour de lui, une aristocratie d'État, les *shuyûkh*.

L'insouciance était grande à Cordoue, capitale almoravide ; six mois avant le début de cette histoire, la ville fut assiégée par les troupes chrétiennes d'Alphonse Ier de Portugal – lequel venait de prendre Lisbonne avec l'aide de chevaliers anglais et d'Alphonse VII de Castille ; l'émir appela à l'aide les Almohades. Juifs et chrétiens de la cité se joignirent à cette demande. Tous pensaient que le fanatisme des Almohades n'était que de façade et que, de toute façon, la douceur de vivre locale les transformerait, comme tous les autres occupants avant eux.

Les premiers doutes se firent jour quand cent mille cavaliers almohades, ayant traversé le détroit, envahirent le port de Lucena et convertirent de force juifs et chrétiens qui les avaient pourtant accueillis avec des fleurs. Ces guerriers fanatiques se proclamèrent purificateurs de la planète, rivaux des Abbassides sunnites de Bagdad, des Fatimides chiites d'Égypte, de l'Empire romain germanique et des Tang de Chine. Abd el-Mumin, leur chef, annonça son intention d'édifier un empire méditerranéen rassemblant, de l'Andalousie à l'Inde, davantage de territoires que n'en avaient conquis avant lui Alexandre ou César.

Quelques semaines après la prise de Lucena et trois jours après les grandes fêtes marquant le début du printemps, alors que le siège de Cordoue perdurait toujours, une terrible secousse avait fait trembler la ville. On avait d'abord entendu des grondements épouvantables que chacun avait cru provenir d'une autre partie de la ville. Puis un formidable ébranlement avait renversé chandeliers, vaisselles et meubles ; un violent vent d'ouest avait soulevé des nuées de poussière. La plus grande mosquée du monde avait vacillé sur ses bases. Cinquante-sept de ses mille treize colonnes s'étaient fissurées ; trois de ses dix-neuf nefs s'étaient partiellement écroulées ; l'escalier d'une de ses tours de guet s'était effondré. Trois des plus vieilles églises de rite wisigoth – Sainte-Clotilde, Sainte-Marie-des-Fleurs, Sainte-Gemme – s'étaient elles aussi lézardées. Dans les anciens quartiers de la ville basse, près des ateliers des teinturiers, des dizaines de maisons s'étaient affaissées. Des centaines d'habitants y avaient péri. Les dégâts s'évaluaient en millions de dinars, en milliards de fulus. Exceptionnellement réunies, les autorités religieuses de la ville – le grand cadi Ibn Rushd, l'évêque Diego de Santa Maria et le grand rabbin Moshé ibn Ishaq ibn Maymun – avaient demandé que des prières conjointes accompagnent les victimes au jardin de Dieu.

Certains prêtres et quelques imams avaient cependant marmonné que ces célébrations communes n'étaient pas de mise : c'étaient les juifs, soutenaient-ils, qui avaient provoqué la secousse par leurs pratiques magiques. Ils en voyaient la preuve dans le fait que la grande synagogue En Hor était sortie absolument intacte du désastre, et qu'aucune maison du quartier juif, prétendaient-ils, n'avait été détruite. D'aucuns insinuaient même que les rabbins de la synagogue Bar Kochba, la plus petite et la plus discrète de toutes, avaient, la veille de la catastrophe, demandé aux membres de leur communauté de passer la nuit en plein air. Des imams allaient jusqu'à affirmer avoir remarqué que, parmi les morts, on comptait beaucoup de nouveaux musulmans, ces juifs convertis que leurs anciens coreligionnaires nommaient avec mépris les « girouettes », les *tornadizos*, ou, en hébreu, les *anoussim*, les « contraints ».

D'autres, les plus lucides parmi les ulémas, les rabbis et les prêtres, y avaient surtout vu l'annonce de l'inéluctable déclin de la ville. Ils avaient demandé à leurs fidèles de démentir ces accusations absurdes, de se tenir prêts à affronter des événements tragiques et de garder souvenir de temps heureux qui ne reviendraient plus.

Dans les jours qui suivirent la catastrophe, l'émir Ali Ibn Tachfine, ultime descendant des princes almoravides implantés là soixante ans plus tôt, leva un impôt exceptionnel et immédiat sur les juifs, le *chizya*, et un autre sur les chrétiens, le *kharaj*, pour pallier la faiblesse de la *zakat* payée par les musulmans. La mesure ne suffit pas : aucun soin sérieux ne fut prodigué aux victimes et beaucoup d'habitants des bas quartiers moururent de faim, de soif, voire d'étouffement sous les décombres.

Des émeutes éclatèrent ; des sectes et des confréries qu'on croyait disparues refirent surface. La garde personnelle de l'émir almoravide, composée de colosses venus d'Égypte, dut sortir de ses casernements pour défendre le palais où s'était cloîtré le prince. Pour empêcher les pillages, il fallut retirer des remparts une fraction des cent mille hommes et de la redoutable cavalerie, la *jineta*, qui défendait la ville contre les assiégeants chrétiens, eux-mêmes assiégés et bousculés par les troupes almohades appelées à l'aide par les Cordouans.

Dans ce chaos, trois semaines après le séisme, l'émir almoravide fut renversé par un simple capitaine du nom d'Ibn Hamdîn qui se proclama « prince des musulmans », « imâm suprême » ; il ordonna de poursuivre la guerre sainte à la fois contre les chrétiens et contre les derniers soutiens des Almoravides, lesquels s'enfuirent aux îles Baléares. Sentant qu'il lui fallait choisir entre ses trop nombreux ennemis, le capitaine se convertit au christianisme, provoquant la colère de la population cordouane qui le renversa et ouvrit les portes de la cité aux quelque cent mille cavaliers berbères bousculant les assiégeants chrétiens, vite mis en déroute.

De longues processions mêlant musiciens et animaux de toute sorte accompagnèrent l'arrivée d'une soldatesque épuisée et de somptueux cavaliers, vêtus de bleu des pieds à la tête, le visage voilé comme il était de coutume pour les nomades du désert. Les notables de la cité, musulmans, chrétiens et juifs, allèrent les accueillir, persuadés que, comme les Almoravides avant eux, les nouveaux venus seraient séduits par la douceur de vivre dans la plus belle ville du monde et maintiendraient la liberté sans égale qui y régnait depuis plus de quatre siècles.

Les nouveaux maîtres visitèrent en silence la bibliothèque, traversèrent à cheval le quartier juif pour se rendre dans la grande mosquée, où les imams les reçurent avec ferveur. Chacun fut surpris de voir ces hommes conserver partout leur voile, affirmant qu'il s'agissait pour eux d'un gage de pureté, comme l'avaient fait les premiers Almoravides.

Abd el-Mumin refusa d'occuper les somptueux appartements de son prédécesseur et s'installa au rez-de-chaussée du palais, à côté du patio réservé aux audiences, dans deux petites pièces qu'il fit meubler d'un tapis de prière et d'une couverture. Il exigea des fonctionnaires, des juges, des professeurs, des lettrés et des traducteurs, qu'ils fussent musulmans, chrétiens ou juifs, un serment de fidélité à la règle d'Ibn Tumart affirmant le *tawhîd*, c'est-à-dire l'unité absolue de Dieu. Chacun devait le réciter de mémoire chaque fois qu'un homme en bleu le réclamait : « Je promets à Dieu de m'astreindre à l'obéissance du pouvoir suprême et d'entrer dans la loi du *tawhîd* selon l'union la plus complète ; et je confesse que Dieu m'a guidé vers la doctrine droite et la compagnie des gens du *tawhîd.* » Abd el-Mumin annonça son intention d'interdire la musique andalouse, les mathématiques perses et la poésie arabe. Il venait là, disait-il, comme l'avaient fait les Almoravides soixante ans plus tôt, pour réveiller l'islam, refaire l'unité d'Al-Andalous et reconquérir le terrain perdu sur les chrétiens.

Ceux des chrétiens et des juifs, très nombreux, qui avaient aidé et soutenu les Almohades contre les Castillans ne se sentaient plus tout à fait à l'aise. Certains d'entre eux – surtout des marchands et des érudits – déménagèrent à Tolède. Quelques familles juives partirent vers la Turquie et l'Égypte sans avoir pu vendre ni leur maison, ni leur commerce, ni leur champ. Pour empêcher ces départs, les hommes en bleu multiplièrent les patrouilles et verrouillèrent les portes de la ville. Pour la première fois depuis des siècles, le passage entre l'Andalousie musulmane et la Castille chrétienne fut sévèrement gardé.

Les chrétiens et les juifs qui restèrent furent incités à se convertir. Ce n'était pas encore une obligation, juste une très forte pression. On sentait bien que les infidèles, les *dhimmis*, subiraient tant d'humiliations qu'ils ne pourraient plus exercer la plupart des métiers et que leurs biens perdraient toute valeur. On affirma en particulier aux juifs que leurs ancêtres avaient fait la promesse à Mahomet de se convertir au bout de cinq siècles si le Messie n'était pas encore arrivé. Les rabbins eurent beau expliquer que nulle part on ne trouvait trace d'une pareille promesse, rien n'y fit : la pression devint de jour en jour plus forte.

Dans toutes les synagogues de la ville, le petit peuple questionna ses rabbins : pourquoi les musulmans, libérateurs des juifs opprimés par les Wisigoths, les Perses et les Byzantins, se dressaient-ils à présent contre eux ? Dieu avait-Il changé de peuple choisi ? Quelles fautes expiaient-ils ainsi ? Que fallait-il faire : se convertir ? rester ? fuir ? Certains rabbins commencèrent à expliquer que Cordoue, capitale du pays de Séfarade, le pays rêvé dont parle Abdias le prophète, était désormais maudite et qu'il fallait la quitter à jamais ; ils recommandaient de rejoindre les communautés juives en chrétienté, à Tolède ou en Provence. D'autres, n'imaginant pas qu'il fût possible pour un juif de vivre ailleurs qu'en terre d'islam, suggéraient un départ vers la Terre sainte ou encore l'Égypte qu'on disait accueillante. Quelques-uns affirmaient que tout cela ne durerait pas, qu'ils ne pouvaient abandonner leurs employés musulmans, qui avaient besoin d'eux, ni partir en laissant leurs biens et surtout en abandonnant leurs morts. Pour eux, il fallait donc rester, quitte à se convertir en apparence ; d'ailleurs, les Almohades ne surveillaient pas les pratiques des nouveaux convertis, ils n'exigeaient aucun acte sacrilège. Ce n'était donc pas si grave, ce ne serait qu'un mauvais moment à passer, il faudrait seulement se montrer prudent, ne pas se faire prendre. Aucun ne recommanda d'aller jusqu'au suicide, comme venait de le faire le rabbin de Worms, placé dans la même situation par des croisés en route vers Jérusalem.

Dans les jours qui suivirent, les principaux responsables de la communauté demandèrent à rencontrer le chef du tribunal rabbinique, Abu Imran Maymun ibn Ibayd, rabbi Maymun, qu'on disait descendre en droite ligne de rabbi Yehouda Hanassi, le Prince des princes, auteur à Jérusalem de la *Mishna*, le plus sacré des commentaires de la Bible, écrite un millénaire plus tôt. Le rabbi n'était guère disponible : sa femme, Sarah, était très malade, mourante même. Aucun médecin de Cordoue ne pouvait plus rien pour elle. Au surplus, elle avait été particulièrement affectée quand, dès l'arrivée en ville des Almohades, son frère, le boucher Eliphar Abu Aleph ibn Attar, s'était converti à l'islam.

Eliphar était un homme simple. Il avait repris le métier de son père, laissant sa sœur Sarah entrer dans l'illustre famille des Ibn Maymun. Ce mariage avait fait scandale : comment l'héritier de la plus grande famille de lettrés d'Andalousie, le meilleur connaisseur du Talmud, le juge suprême de toutes les communautés, pouvait-il épouser la fille et la sœur d'un boucher ? Certes, Sarah était très belle et sa blonde chevelure était une parure singulière en Andalousie. Mais cela ne suffisait pas à masquer ou excuser la mésalliance. D'aucuns se demandèrent donc si Eliphar ne s'était pas converti avec l'accord de son beau-frère, ou même s'il n'avait pas été envoyé en avant-garde pour préparer une conversion générale de la communauté.

Après plusieurs jours passés à prier pour sa femme agonisante, rabbi Maymun consentit à recevoir les notables. Il ne fallait pas s'inquiéter, leur dit le maître : tout s'arrangerait. Devant la menace de mort, on pouvait opter pour une conversion de façade, provisoire, et devenir ainsi des *anoussim*, des « contraints ». Ce n'était pas blasphémer que de le faire, à l'instar d'Eliphar. Après tout, l'islam était le plus pur des monothéismes ; les mosquées, édifices de pierre et de bois, ne renfermaient pas d'idoles, à la différence des églises. Si l'on avait à se convertir, il suffirait, pour rester juif, de continuer à prier en secret, même brièvement, et de demeurer charitable envers tous. Lui-même, sans se convertir, venait justement d'ajouter à son nom la mention « Abdallah al-Kurtubi », ce qui pouvait laisser entendre qu'il se disposait à devenir un des *anoussim*. Mais, expliqua-t-il, c'était seulement pour gagner du temps afin de préparer son départ. Face au brigand qui réclame « la bourse ou la vie », il convient d'abandonner sa bourse puis, aussitôt après, de fuir ; car toute conversion, même feinte, n'est jamais innocente : les enfants des *anoussim* devenaient parfois d'authentiques et illustres musulmans. Ainsi Abn al-Barakat al-Baghdadi, converti à l'islam sous le nom d'Awhad al-Zamam, « l'Unique de sa génération », était devenu un temps l'un des plus grands philosophes musulmans ; et son élève, Samwal al-Maghribi, juif islamisé, auteur de l'*Algèbre al-Bahir*, était un mathématicien réputé. Enfin, précisa Maymun, il en avait parlé à l'évêque et c'est exactement le même conseil que ce dernier avait prodigué aux chrétiens de la ville : « Convertissez-vous, préparez votre départ et puis partez ! Ne vous inquiétez pas : cela ne durera pas. Nous reviendrons ; nous retrouverons vite notre chère Cordoue ! »

De nombreux juifs suivirent le conseil de Maymun. Ils allèrent bruyamment se convertir dans les mosquées tout en se préparant au départ et en essayant de vendre discrètement leurs biens à des amis musulmans. Et, comme Maymun l'avait ordonné, ils continuèrent de pratiquer leur religion en secret : le samedi, pas question d'allumer une bougie, ni d'aller travailler, ni de se rendre à une convocation à la mosquée.

C'est ainsi que certains furent démasqués. Étonnée d'une telle vague de conversions enthousiastes, la police du nouvel émir convoqua quelques-uns de ceux qui avaient le plus ouvertement annoncé leur changement de religion. Ils reçurent l'ordre de se présenter à la grande mosquée un samedi pour les juifs, un dimanche pour les chrétiens. D'aucuns, flairant le piège, s'y rendirent. D'autres quittèrent la ville dans la nuit, malgré les interdits du shabbat et du jour du Seigneur, réussissant à éviter les gardes postés aux portes. Ceux qui n'avaient pu se résoudre ni à l'un ni à l'autre parti, furent arrêtés. La plupart de ces prisonniers, chrétiens ou juifs, furent transportés à Salé, au Maroc, comme esclaves. D'autres furent condamnés à mort avec des musulmans soupçonnés de les avoir aidés en achetant leurs biens.

C'étaient ces relaps qui, par cette douce fin d'après-midi de printemps, étaient conduits au supplice en une effroyable procession qu'attendait la foule massée sur les deux rives du Guadalquivir. Une foule bien différente de celle, si gaie, des autres soirs. Silencieuse, composée d'hommes pour l'essentiel, les yeux rivés sur la centaine de cavaliers en longue robe et turban bleus qui s'avançaient le long du fleuve, sur la rive droite, bousculant devant eux une trentaine d'hommes et de femmes vêtus d'une tunique rouge, mains liées dans le dos, pieds nus, un grand chapeau jaune sur la tête, un écriteau autour du cou.

Il y avait là quinze juifs, six chrétiens et onze musulmans. Parmi les juifs, Joseph ben Bruguel, neveu du grand poète Yehuda Halévy parti dix ans plus tôt s'installer en Palestine. Ce Joseph était un personnage considérable : fils d'un conseiller du roi chrétien de Tolède, il était venu s'établir à Cordoue six mois plus tôt, quand son père avait été assassiné par des chrétiens ; et il avait cru, comme tout le monde, que les juifs resteraient mieux traités par les musulmans que par les catholiques, par Cordoue que par Tolède. Parmi les condamnés figurait aussi Eliphar Abu Aleph ibn Attar, le beau-frère de rabbi Maymun.

À une fenêtre de la tour de pierre rose surplombant la face nord du palais de Médinat Azahara et donnant sur la muraille crénelée, renforcée de donjons carrés, le nouvel émir, Abd el-Mumin le Terrible, entouré de sa cour et d'ambassadeurs du monde entier, faisait mine de s'ennuyer. À côté du monarque, vêtus d'une tunique noire et d'un turban d'or, les astrologues dont il ne se séparait jamais : ils avaient débattu pendant des jours de la date de l'exécution et de la nature du supplice, certains penchant pour le garrot, d'autres pour la croix, d'autres encore pour le pal, les derniers pour le bûcher. Exaspéré par leurs disputes, l'émir avait fini par décider lui-même : le pal pour les musulmans complices des relaps ; la croix pour les chrétiens ; le bûcher pour les juifs ; le garrot pour les femmes (parce que c'était plus rapide). Un seul homme aurait droit à une sorte de traitement de faveur : Eliphar Abu Aleph ibn Attar serait pendu.

Des bruits avaient circulé sur son cas. On avait insinué que des gens très puissants, proches du nouveau calife, avaient voulu le faire évader, mais qu'il s'y était lui-même refusé. On avait même murmuré qu'un des conseillers du nouveau maître de la ville était venu le voir en prison pour le supplier d'accepter sa grâce, mais qu'il l'avait déclinée. Nul ne comprenait en quoi ce boucher pouvait paraître si important. Ni, s'il l'était, pourquoi il était tout de même exécuté...

Parmi les notables de la ville, assis trois rangs derrière le nouveau maître, un jeune homme de quelque vingt-trois ans regardait s'avancer le cortège. Son nom était Abu al-Walid Muhammad ibn Rushd, dit Averroès ; il venait d'être nommé juge, en considération de son talent mais aussi parce qu'il était fils du juge suprême de la ville, par ailleurs grand mandarin, le cadi Abû al-Qâsim Ahmed ibn Rushd, lui-même assis juste à côté de l'émir ; il était également le petit-fils du grand Muhammad ben Ahmed ben Rushd, lui aussi un très célèbre médecin et cadi de la communauté, conseiller du sultan Ali, comme son arrière-grand-père l'avait été de Yûsuf ben Tâshfin, le conquérant almoravide de l'Andalousie. Et leur nom était illustre : il signifiait la Vérité, l'Intégrité, et avait été pris comme surnom par le grand calife de Bagdad, Haroun al-Rushd, ou Rachid, deux siècles plus tôt.

L'attitude et la tenue du jeune homme et de son père tranchaient sur celles des autres spectateurs présents dans la tribune du calife : leur comportement était moins empressé, leurs vêtements moins amples et plus sobres. Ils n'applaudirent pas à l'arrivée du cortège près du pont romain. Ni le père ni le fils n'avaient accepté de couvrir la sentence de leur autorité : jusque-là, l'islam de Cordoue ne reconnaissait pas les conversions forcées ; pour les Ibn Rushd, ces gens-là n'étaient donc pas des relaps.

Le jeune homme regardait tristement ce spectacle : il ne reconnaissait pas la ville de son enfance où il allait assister sans se cacher aux offices de Noël en l'église Santa Maria del Fe, et à ceux de Rosh Hashanah dans la grande synagogue dédiée à Bar Kochba. Il devinait que les jeunes musulmans ne pourraient plus, comme il l'avait lui-même fait si souvent, jouer avec les jeunes *dhimmis* de leur âge ni courir ensemble après les taureaux préparés pour les fêtes.

Il n'avait pourtant rien contre le régime. L'ancien était corrompu et Ibn Rushd savait qu'il faudrait sans doute en passer par une période d'austérité avant que le nouveau pouvoir ne s'adoucisse, comme l'avaient fait les autres avant lui. Il était convaincu que les Almohades ne pourraient pas durablement interdire l'étude des sciences et de la philosophie, gloire de Bagdad, puis de Cordoue ; ils ne pouvaient censurer les grands génies grecs sans lesquels l'islam ne pourrait ni progresser ni s'imposer au reste du monde. Il était bien décidé à aider les nouveaux maîtres à prendre conscience du rôle essentiel de l'Andalousie à l'avant-garde de l'islam, et de la supériorité des Andalous. Car lui, Ibn Rushd, se sentait un Andalou ; fier d'être musulman, certes, mais d'abord andalou.

Comme tous les autres juges cordouans, le jeune homme avait dû prononcer, quelques semaines plus tôt, le serment d'allégeance aux nouveaux maîtres. Il avait même aussitôt entrepris d'écrire pour eux, en gage de loyauté, un *Commentaire sur la profession de foi de l'imâm Mahdî* et un *Traité sur les modalités de son entrée dans l'état suprême*. Ce genre de contorsion ne le gênait guère : il savait que la vraie lutte à venir ne tournerait pas autour de la pureté de la foi, mais du droit pour l'islam de rester ouvert à la science. Il savait que la grande affaire politique serait bientôt le choc entre l'islam et la chrétienté – un choc de marines plus que de dogmes ! Pour le contrôle des routes commerciales au moins autant que des âmes. Il devinait que les philosophes et les savants, tour à tour auxiliaires convoités et boucs émissaires commodes des maîtres du moment, en seraient les premiers enjeux. Il prévoyait que le maintien de l'islam en Europe passerait par sa capacité à rester ouvert, tolérant, accueillant aux idées nouvelles, aux innovations marchandes et techniques.

Ibn Rushd n'aimait donc pas le spectacle auquel son

rang le contraignait d'assister. Convaincu de la supériorité de l'islam, il ne pensait pas que la conversion des infidèles devait se faire à la pointe de l'épée. Il détourna son regard de la place où se préparaient les supplices et contempla la foule. Il aperçut sur le pont, loin devant lui, un petit groupe de juifs reconnaissables à leurs costumes, visiblement en prière. Comment ces pauvres gens avaient-ils eu le courage de venir assister à la mort de leurs frères, alors qu'ils auraient plutôt dû être en train de boucler leurs bagages ?

Au milieu de ce groupe, il reconnut un ami de son père, le chef de toutes les communautés de Cordoue, rabbi Maymun ibn Abdallâh al-Kurtubi al-Israeli, accompagné d'un jeune garçon.

Le rabbi avait aidé son fils Moshé à se jucher sur le parapet du pont.

Du haut de ses quatorze ans, l'adolescent cherchait à ne rien perdre du spectacle. Son père aurait préféré ne pas l'entraîner avec lui sur ce chemin de douleur ; mais sa femme, Sarah ben Attar, moribonde, avait insisté pour qu'il emmenât au moins l'aîné de leurs deux fils. Elle tenait à ce qu'il assistât à la mort de son frère, l'entendît une dernière fois et lui rapportât ses dernières paroles.

Moshé, serrant dans sa main droite la lourde pièce d'or qui ne le quittait plus depuis des semaines, baissa les yeux vers son père, priant avec ses voisins.

En arrivant, Maymun lui avait dit : « Regarde, mon fils, et n'oublie jamais : nous sommes ici depuis quinze siècles, et vois comme ils nous traitent ! Nous ne sommes chez nous qu'avec Dieu, en esprit. En aucun lieu sur cette terre nous n'aurons la paix. Quand nous l'oublions, le malheur vient nous le rappeler. »

Moshé n'avait pas compris pourquoi son père lui parlait de la sorte. Depuis sa prime enfance il l'avait entendu répéter le contraire, lui expliquer que Cordoue était une cité juive, fondée par des juifs au moins dix-sept siècles plus tôt – cinq siècles avant le début de la façon de compter des chrétiens. Une cité où des juifs avaient vécu avec Sénèque et Hadrien, et peut-être même avec Aristote. Une capitale où les juifs étaient chez eux plus et mieux encore qu'à Jérusalem. Une métropole sans pareille dont aucun envahisseur n'avait pu altérer l'identité juive : Grecs, Carthaginois, Romains, Éthiopiens, Avars, Celtes, Ibères, Phéniciens, Vandales, Suèves, Wisigoths, Byzantins, Francs n'y avaient fait que passer. Les juifs, eux, y étaient restés.

Depuis que l'islam y était arrivé, plus de quatre siècles auparavant, ils s'y étaient sentis mieux encore, libres de prier dans leurs innombrables synagogues, chacune obéissant aux infinies variations des rites égyptien, romain, byzantin, grec, albanais ou bagdadi ; libres d'étudier en toutes ces langues, de commercer avec les chrétiens, les Arabes, les Berbères, les Castillans, les Italiens, les Turcs, les Chinois ; libres de voyager avec leurs balles de coton, leurs soieries, leur courrier et leurs livres. Beaucoup d'entre eux travaillaient même pour la cour du calife comme marchands, banquiers, musiciens, philosophes ou poètes. Ils parlaient en arabe, idiome que le père de Moshé disait être « parmi les langues comme le printemps parmi les saisons ». Ils faisaient si bien partie de ce monde andalou qu'à plusieurs reprises des dirigeants des communautés de Pologne étaient venus à Cordoue, comme à Tolède, plus au nord, pour s'inquiéter des risques de dévoiement du judaïsme ibérique par une cohabitation trop facile avec les deux autres monothéismes.

Peu d'entre eux se souciaient de l'affrontement radical qui s'annonçait entre chrétiens et musulmans, entre Édom et Ismaël. Moins encore devinaient que les juifs pourraient en devenir les victimes « collatérales ».

Moshé était d'autant plus éloigné de l'idée de quitter sa ville natale que, depuis trois ans, son père avait commencé à lui enseigner tout ce qui pouvait le préparer à reprendre la charge de chef de la communauté de Cordoue. Maymun avait même expliqué à son aîné qu'il aurait un jour à préparer son propre fils à la même tâche, comme son propre père l'y avait préparé et tous ses ancêtres depuis mille ans. Et ce jusqu'à la fin des temps. Car ils vivraient à Cordoue, affirmait Maymun, jusqu'à la venue du Messie.

Le rabbi avait aussi commencé à initier son fils aux arcanes du Talmud et de tous ses commentaires. Moshé, doué d'une mémoire prodigieuse, s'était révélé habile à cette pratique. Maymun lui avait expliqué que le judaïsme était une religion ouverte et accueillante, que quiconque pouvait rejoindre s'il y aspirait sincèrement ; il affirmait qu'un converti n'était pas inférieur à un juif de naissance, l'appartenance au judaïsme étant une filiation symbolique et non pas de sang ; que le grand ciment du peuple juif, qui orientait son énergie au service de Dieu, était l'observance des commandements, manifestation concrète et visible du service divin. Ces commandements, avait-il souligné, n'avaient aucun pouvoir magique, car leur récompense était le service de Dieu, qui était une fin en soi.

Maymun avait aussi expliqué à son fils qu'islam et judaïsme partageaient les mêmes fêtes, les mêmes traditions, les mêmes musiques. Qu'ils priaient un même

Dieu, révélé aux hommes par la parole adressée en plusieurs circonstances à des prophètes. Qu'ils avaient également en commun la croyance en la vie éternelle, la pratique de la circoncision et des règles alimentaires. Et nos langues, ajoutait-il, disent bien notre proximité.

Mais, avait-il conclu, nous sommes néanmoins différents : nous avons une alliance particulière avec Dieu, que reconnaissent du reste les musulmans. Le territoire de l'islam, c'est l'ensemble de la terre, et pour les musulmans tout homme est le lieutenant de Dieu ici-bas ; ils ont des lieux sacrés, mais ils ne sont pas définis par eux alors que nous, nous le sommes. Ils pratiquent donc la seule religion absolument universelle. C'est en cela qu'il convient de les respecter. Et c'est pour cela que l'islam n'est pas une religion inquiétante pour le judaïsme.

D'ailleurs, partout où les musulmans avaient pris le pouvoir, ils avaient eu besoin des juifs pour lever l'impôt, gérer les crédits, traduire les textes, organiser le commerce, faire progresser la médecine. « De surcroît, avait ajouté Maymun, les musulmans de Cordoue ont comme nous une passion particulière pour la vérité, la science, la raison, la philosophie ; comme nous ils aiment débattre de la nature de l'univers, des causes de la Genèse, de la place de l'homme dans la Création. C'est pour cela que nous sommes à leurs côtés face aux chrétiens, ces polythéistes qui nous détestent parce qu'ils ont construit leur foi sur la mort de la nôtre. »

Maymun lui avait parlé des mémorables disputes entre les érudits juifs cordouans du siècle passé, divisés entre ceux pour qui le monde n'est compréhensible que par la foi et ceux pour qui Dieu parle aussi par la raison.

Parmi les premiers, Ibn Gabirol, le grand poète et

métaphysicien, affirmait qu'il fallait croire sans réfléchir, penser le bien et non le vrai, lutter contre l'orgueil par la contrition, l'abandon à Dieu, la confession directe et la quête du pardon. Moshé avait aimé lire : « Les mots sont sur la langue, la compréhension est dans le cœur, la prière dans le corps et la concentration dans l'esprit. » Mais, surtout, Maymun avait parlé à son fils de son ami Yehuda Halévy, passé de Cordoue à Tolède, puis revenu à Cordoue, qui détestait les Grecs et méprisait le Dieu des philosophes qu'il voyait comme une sorte de « narcisse éternel » se désintéressant de sa création. Lui aussi pensait qu'il fallait croire sans réfléchir, que « la servitude à l'égard de Dieu est la vraie liberté et l'humiliation devant Lui constitue l'honneur réel ». Admiré de tous les juifs de Cordoue, celui qui écrivait : « Mon cœur est en Orient alors que moi je suis au fond de l'Occident », était justement parti, dix ans plus tôt, à la surprise générale, pour la Terre sainte, laissant un grand vide derrière lui.

Parmi les seconds, les rationalistes, Maymun avait cité Baya ibn Paquda pour qui la meilleure façon d'aimer Dieu était précisément de chercher à comprendre la logique de l'univers.

Dans la foule qui se pressait pour mieux voir les condamnés traverser le pont, une bousculade fit trébucher Moshé. Il faillit basculer dans le Guadalquivir. L'enfant cria, le père hurla. Moshé pensa à sa mère, si malade, qu'il aurait voulu avoir près de lui. La panique se lisait dans les yeux de l'un et de l'autre. Maymun réussit à rattraper Moshé par une manche ; ils se serrèrent l'un contre l'autre. Le reste de la foule les considérait d'un air gêné. Certains leur décochaient des sourires furtifs ; nul ne leur semblait hostile.

Les condamnés passèrent tout près d'eux dans un silence qu'entrecoupait seul le claquement des sabots sur les pavés. Certains des hommes portaient une couronne d'épines enfoncée dans le cuir chevelu ; d'autres avaient les mains tailladées, les pieds ensanglantés ; d'autres encore paraissaient avoir perdu la vue et marchaient en prenant appui sur leurs voisins. Beaucoup souriaient ; quelques hommes pleuraient, priaient ou suppliaient qu'on les achevât au plus vite. Les trois femmes, que les tortionnaires semblaient avoir épargnées, psalmodiaient des prières. Moshé chercha des yeux son oncle tout en serrant très fort dans son poing la pièce d'or qu'il lui avait confiée quelques mois auparavant.

Eliphar ibn Attar se tenait droit et regardait fixement devant lui. Son visage était enveloppé dans un foulard rougi qui ne laissait paraître que ses yeux brillants de fièvre. En lui Moshé ne reconnaissait plus rien de l'obséquieux commerçant qui passait ses journées à vanter les mérites de ceux qui lui faisaient l'insigne honneur de fréquenter sa boutique, au point que beaucoup ne venaient que pour entendre ses compliments fleuris et les descriptions amphigouriques de sa marchandise. Pas davantage il ne retrouvait trace de celui qui avait passé de longues soirées à lui transmettre ce qu'il savait de la dissection et de tant d'autres disciplines.

Car, bien avant le siège de la ville, le boucher avait parlé à l'enfant de livres dont personne n'aurait même pu songer qu'il les avait lus : des dizaines d'ouvrages de philosophes grecs, d'écrivains chinois, de poètes persans. Eliphar lui avait raconté que, selon une vieille légende juive, les sciences avaient d'abord été l'apanage exclusif des juifs, qui en avaient été dépossédés lors de la chute de Jérusalem. Le boucher avait ébahi

Moshé par l'étendue de ses connaissances philosophiques. Il avait expliqué qu'après la révélation de Moïse, Dieu avait pu continuer à envoyer des prophètes à d'autres peuples. Aux Grecs, peut-être, voire aux Indiens ou aux Arabes.

Pour son neveu, Eliphar avait résumé en termes simples l'essentiel de la pensée d'Aristote, le plus grand des Grecs, disciple et contradicteur de Platon, précepteur d'Alexandre, collectionneur de papillons, fondateur du Lycée, homme de tous les mystères. Il avait raconté à sa façon la vie de ce Macédonien – que pour sa part il semblait vénérer à l'égal des prophètes – né quinze siècles plus tôt, fils d'un médecin du roi Philippe. Tôt orphelin, très laid, très pauvre, piètre orateur, il était venu à Athènes étudier avec Platon, qui l'avait surnommé « la Première Intelligence ». Puis Eliphar avait narré la fuite hors d'Athènes de celui qu'il appelait « le Maître », quand la cité de l'Attique s'en était prise aux Macédoniens ; si les historiens s'accordaient à penser que le Maître s'était alors réfugié dans une île du nord de la Grèce, lui, Eliphar, savait qu'il avait en réalité passé cinq ans en Inde d'où il n'était revenu que pour devenir le précepteur du fils du roi de Macédoine, le futur Alexandre le Grand. Une fois ce prince couronné et parti lui aussi vers l'Inde, Aristote s'en était retourné à Athènes, y avait fondé sa propre école qu'on appela l'« École des promeneurs » parce qu'il y enseignait tout en marchant. Mais il n'avait pu y rester : les Athéniens ne l'aimaient pas, parce qu'il était macédonien, comme leur occupant, quoique lui-même n'aimât pas Alexandre, lequel le lui rendait bien. Le Maître mourut à un âge avancé, juste après le jeune Alexandre, qu'il détestait.

Eliphar avait enseigné à l'enfant que, pour ce Grec

insurpassable, l'univers était régi par des lois immuables, mathématiques, accessibles à l'esprit humain. Il lui avait montré comment, pour expliquer les mouvements des astres et ceux des cœurs, le Maître avait imaginé une espèce de rouage, un « premier moteur » qu'il appelait parfois, bizarrement, l'« intellect agent ». Et comment il en déduisait que l'univers n'avait jamais été créé. Le boucher savant avait démontré à son jeune confident que cet Aristote pensait largement comme un juif : son « premier moteur » était une sorte d'âme absolue, pas si éloignée de ce que les juifs nomment « Dieu » ou plutôt un représentant de Dieu, chargé du gouvernement du monde. Eliphar avait aussi souvent répété à l'enfant cette phrase énigmatique du Maître : « Ce ne sont pas les lièvres qui vont imposer des lois au lion », tout en l'exhortant à ne jamais l'oublier.

Eliphar se moquait d'autres philosophes comme Zénon pour qui l'univers ne pouvait exister depuis un temps infini, car alors la Terre serait devenue toute plate depuis longtemps ; ou d'autres, comme Lucrèce, pour qui, si tel était le cas, tous les progrès possibles auraient déjà été accomplis dans la construction des bateaux, et toutes les musiques imaginables déjà été composées.

Il lui avait aussi parlé de penseurs musulmans qui voyaient dans le Coran une version simplifiée de la grande pensée d'Athènes. En particulier, il avait évoqué Al-Farabi, dit « le second Maître », premier disciple musulman d'Aristote, qui avait affirmé – juste avant le tournant du millénaire – le droit, sans risque pour le salut, d'affronter les apparentes contradictions entre Aristote et la Parole révélée.

En même temps qu'il faisait participer son neveu au

découpage des animaux sur son étal, il lui avait expliqué comment la médecine grecque avait trouvé en Al-Iiahiyyat ibn Sina, né, prétendait-il, d'une mère juive et d'un père chiite, son meilleur interprète réussissant, à l'âge de dix-sept ans, la prouesse de guérir le prince sassanide Nuh ibn Mansûr d'une mélancolie délirante. Il lui parlait aussi d'Avenzoar, le plus grand médecin de l'école arabe, qui n'autorisait ses élèves à lire Aristote qu'après avoir étudié parfaitement le Coran. Il lui avait appris que l'ouverture des musulmans à la raison et à la science leur venait de leur Prophète, qui avait dit que « la science est plus méritoire que la prière » et qu'« un seul homme de science a plus d'emprise sur le démon qu'un millier de dévots ». Les musulmans, expliqua-t-il, pensaient d'ailleurs que la philosophie était un autre nom de la science, que la vérité avait été révélée en même temps au prophète Mahomet par l'ange Gabriel et à certains philosophes par une autre émanation de Dieu.

Il lui avait conté comment Abu Bakr ibn Bajja, fervent disciple d'Aristote, avait expié par la prison les soupçons d'hétérodoxie et n'avait dû son élargissement qu'à l'influence du père d'Ibn Rushd. Car penser était devenu dangereux pour un juif comme pour un musulman. Il lui avait parlé avec tristesse d'Abd el-Melik ibn Wahib, philosophe réputé de Séville, qui, se sentant menacé de mort, avait renoncé à toute réflexion intellectuelle et s'interdisait même de s'entretenir avec qui que ce fût.

Il lui avait aussi résumé, non sans colère, l'œuvre de plusieurs autres penseurs musulmans aux yeux de qui, à l'inverse, la science constituait un danger pour la foi. Et surtout Abu Hamid al-Ghazali, professeur à Bagdad, mort trente-cinq ans plus tôt après avoir choisi la vie errante des soufis et pour qui « il n'y a pas d'explication à donner après Dieu », l'intelligence humaine étant par trop limitée. Ce Ghazali, pire ennemi de la science, était révéré par-dessus tout par les Almohades, ces monstres qui allaient bientôt submerger la ville.

Un soir d'hiver, Eliphar avait montré à son neveu des manuscrits infiniment précieux cachés sous un plancher de sa chambre, juste au-dessus de son étal : des versions latines de l'*Al-Jabr* par Robert de Chester, des *Éléments* d'Euclide traduits par Abélard de Bath, des textes de Ptolémée et de Galien, des livres compilant des anecdotes sur la façon dont se soignait le Prophète. Moshé se demandait comment un boucher pouvait s'être procuré de telles merveilles. Il n'obtenait jamais de réponse à ces questions-là.

Eliphar lui raconta la vie tumultueuse et tragique d'Abailard, le grand théologien chrétien de Paris, dont il avait lu l'*Historia calamitatum*, et qui venait de mourir. Il lui parla avec admiration d'Héloïse, son épouse, nièce du chanoine de Notre-Dame, qu'il semblait révérer, devenue religieuse pour obéir à son mari après sa castration. Il évoqua Joachim de Flore, fils de notaire en Calabre, page à la cour du roi de Sicile, qui prétendait démontrer, par la simple exégèse des nombres sept et douze, la venue prochaine du « Jour solennel de la consommation finale » et l'avènement d'un « Troisième peuple » qui remplacerait les Écritures par l'« intelligence spirituelle », ramenant juifs, chrétiens et musulmans à la pure vérité. Et quand Moshé s'étonnait encore qu'un boucher eût connaissance de tout cela, Eliphar souriait et poursuivait en évoquant celle qu'il admirait par-dessus tout, Hildegarde de Bingen, selon lui la plus exceptionnelle femme de foi de toute la chrétienté, musicienne et écrivain qui vivait alors en pays allemand et dont il avait pu se procurer un superbe manuscrit, le *Livre des mérites*.

Enfin, quand il était absolument assuré qu'ils étaient seuls, il lui parlait à voix basse d'un ouvrage qu'il disait important entre tous, intitulé *L'Éternité absolue* ou le *Miftah al-ghayb* ou encore *Les Clés de l'invisible*. Un livre écrit, affirmait-il, par un disciple juif d'Aristote, ou peut-être par le Maître lui-même qui serait venu à Cordoue y trouver l'inspiration auprès de sages juifs exilés là depuis la première dispersion. À moins, laissait-il entendre, qu'Aristote lui-même eût été juif – un juif venu de Cordoue et passé en Grèce pour se masquer.

D'après ceux qui l'auraient jadis lu, cet ouvrage était le plus fondamental à avoir jamais été écrit par un être humain, car il donnait toutes les réponses à toutes les questions sur la nature réelle de l'univers et du temps, sur la possibilité de concilier immortalité de la pensée et précarité de la matière, et surtout sur la façon de rendre la matière aussi immortelle que l'esprit. Eliphar disait que la lecture de ce livre bouleversait tant de notions que presque tous les exemplaires en avaient disparu, que ceux qui l'avaient approché, ouvert et parcouru avaient eux-mêmes disparu de mort violente, et que tous les copistes avaient péri assassinés. Ce traité, chuchotait Eliphar à son neveu, portait malheur. Pourtant, il en existait encore un petit nombre d'exemplaires soigneusement protégés des convoitises. Un jour...

Eliphar arrêtait toujours là son récit.

Moshé aimait bien l'idée qu'un livre pût contenir la réponse à toutes les questions que les hommes se posaient. Et si Aristote ne l'avait pas déjà écrit, il s'en chargerait, lui, disait-il à Eliphar qui le prenait alors dans ses bras.

C'était vers ce boucher érudit qu'il s'était tourné, quelques mois plus tôt, quand il avait fui son père dont il ne supportait plus les colères et les exigences. C'était lui qui, après plusieurs nuits passées à prier ensemble dans une synagogue de Lucena, juste avant que la ville eût été prise par les Almohades, l'avait convaincu de rentrer à la maison.

Par ces nuits de liberté, Moshé, que toute la communauté recherchait dans Cordoue, avait submergé son oncle de questions parfois fort difficiles : pourquoi Dieu laissait-Il les hommes faire le mal, s'Il savait qu'ils allaient le commettre ? Dieu avait-Il pensé l'univers de toute éternité ? que se passerait-il s'Il cessait d'y songer ? La liberté des hommes était-elle compatible avec la toute-puissance de Dieu ? L'âme des hommes mourrait-elle avec eux, ou était-elle éternelle ? Retrouverait-il dans l'au-delà ceux qu'il avait aimés ici-bas ? Tous les prophètes étaient-ils juifs ? etc., etc. Son oncle souriait et concluait invariablement ses réponses détaillées par une allusion à *L'Éternité absolue*, ce livre mystérieux qu'il finit par admettre avoir lu, sans préciser comment il avait pu s'approcher d'un des rares exemplaires encore intacts.

Juste après le coup d'État ayant mis fin au règne des Almoravides et peu avant l'entrée des Almohades dans la ville, Eliphar avait murmuré à Moshé :

– La situation devient difficile. Il faut que je te parle encore de ce livre. Un jour, toi aussi, tu le liras. Tu sauras de quoi est faite la matière, ce qu'est la vie, comment l'immortalité est à notre portée... Tu sauras alors accorder religion et science, penser la vérité du monde sans blasphémer, raisonner sans nier Dieu, effacer les différences qui tuent les hommes et préserver les distinctions qui les honorent. Tu devras garder secret ce que tu auras lu. Tu seras peut-être celui qui sera autorisé à le rendre public.

– Comment le trouverai-je ?

Eliphar avait hésité, puis répondu :

– C'est moi qui te le donnerai.

– Toi ? Tu en as un exemplaire ? Montre-le-moi !

L'autre avait souri :

– Ce n'est pas si simple. Tu l'auras le moment venu, quand je sentirai que le monde se dérobe sous mes pieds...

– Je ne comprends pas.

Eliphar avait hésité, puis avait lâché :

– S'il m'arrive malheur avant que j'aie pu te le transmettre, tu iras de ma part trouver quelqu'un à Tolède.

– Moi ? À Tolède ? Chez les chrétiens ? Tu as des amis chez les chrétiens ?

Eliphar avait éclaté de rire :

– Si tu savais ! J'ai des amis partout... Et puis, tu verras, Tolède est une ville magnifique. Il y a, juste à l'entrée de la ville, une incroyable clepsydre construite il y a soixante-dix ans par un astronome juif que les chrétiens appelaient Azorquiel ; elle règle le remplissage et l'écoulement de deux immenses plans d'eau selon les phases de la lune... À Tolède, tu iras donc trouver de ma part un traducteur nommé Gérard de Crémone. N'oublie jamais ce nom. Il vit là quand il n'est pas en voyage pour apprendre une nouvelle langue. S'il est en voyage, attends-le : des années, s'il le faut. Attends-le, trouve-le. Il te dira ce que je n'aurai pas eu le temps de t'expliquer. Et il te donnera le livre que je n'aurai pu te remettre. Et si, un jour, tu te sens toi-même en danger, tu le transmettras à ton tour à quelqu'un que tu auras choisi.

– Mais pourquoi ne me le confies-tu pas maintenant ?

– Il est trop tôt. Sache seulement que si, comme je le crains, le malheur s'abat sur cette ville, si les hommes y perdent le droit, unique au monde, de penser librement, c'est tout l'avenir de l'humanité qui sera menacé. Alors ce livre, le plus important jamais écrit par un être humain, sera plus essentiel que jamais.

– Tu parles par énigmes. Je n'y comprends rien. Dis-m'en plus long. Montre-le-moi au moins, ce livre !

– Même si je le voulais, je ne le pourrais pas. Mais, quand je serai vieux, je te dirai tout. Je t'indiquerai comment aller trouver mon exemplaire dans le Saint des saints. Et rappelle-toi : si je meurs avant d'être vieux, c'est un autre qui te remettra ce livre. N'oublie pas son nom : Gérard de Crémone.

Moshé avait embrassé son oncle et murmuré :

– Tu vivras très vieux et je n'aurai nul besoin d'aller à Tolède...

L'oncle avait haussé les épaules et regardé le ciel. Puis il avait sorti de sa poche une pièce d'or, d'une monnaie que Moshé n'avait jamais vue, sur laquelle étaient gravés d'un côté un visage de face, de l'autre le profil d'un homme assis sur une sorte de trône, entouré de signes que Moshé n'avait pas compris. Il l'avait remise à l'enfant, qui l'avait trouvée extrêmement lourde, et avait repris :

– Ne perds jamais cette pièce et ne dis jamais à personne que tu l'as ni qui te l'a donnée. Ni à ton père, ni à ta mère, ni à ton frère. À personne. Jamais, tu m'entends ? Ne la montre qu'à Gérard de Crémone ou à ceux qu'à son tour il t'indiquera. C'est ainsi qu'il te reconnaîtra et te remettra le livre. Ne cherche pas à comprendre davantage pour l'instant. Le jour viendra. D'ici là, apprends, cherche et reste éveillé...

Moshé avait tenu sa promesse. Il n'en avait jamais parlé à personne. Et jamais son oncle ne lui en avait lui-même reparlé. Il n'en avait pas eu le temps : une semaine plus tard, le capitaine qui avait renversé les Almoravides s'effondrait sous l'émeute, les Almohades pénétraient dans la ville et, à la stupeur de Moshé, Eliphar se convertissait à l'islam et coupait les ponts avec sa famille.

De là où ils étaient à présent, sur le pont, Maymun et Moshé ne distinguaient presque rien des croix, des pals, du bûcher ni du gibet. La nuit tombait. Ils ne voyaient pas l'émir et sa cour qui grignotaient des fruits confits et buvaient de la liqueur de fleur d'oranger. Blottis l'un contre l'autre, ils prièrent en silence en devinant au loin, dans la demi-obscurité, les silhouettes qui montaient vers le supplice. Ils aperçurent l'ombre d'un imam qui s'approchait des condamnés ; tous détournèrent la tête. Certains crachèrent. Un silence intolérable planait sur la foule. Ils devinèrent les gémissements des hommes qu'on plantait sur les pieux épointés ou qu'on clouait vifs sur les madriers. Ils se bouchèrent les oreilles quand s'élevèrent les hurlements des femmes qu'on allait garrotter. Ils ne virent pas Eliphar monter au gibet. Le boucher lui avait répété, le dernier soir : « Quand je sentirai le monde se dérober sous mes pieds... »

Ils n'osèrent tourner les yeux du côté des incendies qui mirent fin au spectacle. Moshé ne comprenait pas : pour lui, le feu avait jusqu'ici été un ami qui réchauffait en hiver, éclairait les rues, permettait de rentrer sans peur après les offices du soir.

Du haut de la tour, Ibn Rushd se contraignit à regarder jusqu'au bout l'horrible cérémonie, comme s'il doutait encore que cette ignominie eût bien lieu dans sa ville, mère de toutes les libertés. Il pressentait que ces flammes qui éclairaient jusqu'aux fenêtres de la mosquée et de la bibliothèque consumeraient un jour tous les livres et, avec eux, l'islam andalou.

Hébétés de douleur, Maymun et Moshé s'en retournèrent vers le quartier juif, de l'autre côté de la grande mosquée, en contournant la place où les cadavres des suppliciés étaient encore exposés, pitoyables pantins. Ils ne purent pas ne pas respirer l'odeur des chairs brûlées. Maymun ressentit une profonde douleur physique, comme si les ongles de ses mains et de ses pieds avaient été arrachés. Il avait hâte de rentrer chez lui, de rejoindre sa femme qu'il avait laissée moribonde. Devant eux, la foule s'écartait comme pour ne pas être contaminée par leur malheur. Moshé imagina que devaient se trouver parmi ces gens quelques-uns des enfants avec qui il jouait encore, quelques jours auparavant, le long de la rivière. Il détourna les yeux comme s'il s'estimait coupable, honteux de ne plus faire partie de leur monde.

Ils franchirent la porte d'Almodovar et remontèrent la rue de la Ropería. En pénétrant sur la placette triangulaire, juste en haut de la montée, séparant la grande mosquée du reste de la vieille ville, et marquant le début du quartier juif, ils perçurent une vive agitation. En passant devant les patios des premières maisons, ils virent des femmes empaqueter des vêtements cependant que les hommes couraient en tous sens pour conclure telles ou telles affaires. Ils se hâtèrent de rentrer afin de retrouver Sarah.

Parvenus devant leur maison, ils constatèrent que les persiennes avaient été closes ; des femmes entraient et sortaient, échangeant embrassades et sanglots. Maymun se rua à l'intérieur. En apercevant dans le patio son jeune frère David dans les bras de leur nourrice Sephira, Moshé comprit que ce qu'il redoutait depuis des mois était advenu.

Une demi-heure plus tard, Maymun redescendit du premier étage. Il était calme, seulement un peu plus voûté qu'à l'habitude. Moshé devina que son père devait éprouver une douleur si intense qu'il ne pouvait pas même la concevoir. Il l'entendit murmurer d'une voix rauque à ses deux enfants :

– Dieu, béni soit-Il, a rappelé votre mère à Lui. Ne soyez pas tristes. C'est ce qu'elle voulait. Parce qu'elle souffrait beaucoup trop et qu'elle était pressée d'arriver au Ciel avant son frère pour l'y accueillir. Elle est heureuse, maintenant. Demain, nous l'enterrerons. Après-demain, nous partirons. Ne vous inquiétez pas : tant que nous sommes ensemble, rien de fâcheux ne peut nous arriver.

Moshé était étonné de ne pas se sentir triste. En tout cas, pas comme il aurait cru qu'il le serait. Il commençait à comprendre que devenir adulte, c'est apprendre à vivre avec la disparition de ceux qu'on aime. Il essaya de se persuader que jamais plus il n'entendrait la voix de sa mère, que jamais plus elle ne le prendrait dans ses bras, ni ne viendrait l'écouter, tard dans la nuit, quand il se morfondait de l'indifférence de son père. Plus jamais... Au moins sa mère n'avait-elle pas vu son frère Eliphar se balancer sur le gibet.

Il savait que ce jour-là, quoi qu'il arrivât par la suite,

une autre vie commençait ; sa ville et ceux qu'il aimait basculaient du côté du Mal. Mais il pensait aussi que cela n'aurait qu'un temps, que l'intelligence finirait par l'emporter sur la barbarie et que Cordoue redeviendrait le cœur du monde. Car l'Éternel ne pouvait vouloir autre chose.

Maymun entraîna ses deux enfants vers la grande synagogue où les principaux chefs de famille, représentant les quelque vingt mille juifs encore présents dans la ville, discutaient dans un effrayant brouhaha de ce qu'il convenait de faire.

D'aucuns expliquaient qu'il fallait attendre que les nouveaux maîtres s'adoucissent ; alors, comme toutes les autres fois, le calme reviendrait. Après tout, remontraient-ils, seuls les relaps se trouvaient en danger. Les juifs étaient encore tolérés. Et, même, ceux de Lucena venaient d'être rappelés dans la ville en échange d'un lourd impôt. Il ne fallait donc pas se convertir, seulement se faire discrets, et attendre.

Mais non, soutenaient d'autres qui semblaient savoir de quoi ils parlaient, l'édit était déjà rédigé qui contraindrait tous les juifs cordouans à se convertir. Et la surveillance des nouveaux musulmans serait impitoyable. Voulait-on voir de nouveaux bûchers ? Il fallait partir sur-le-champ.

D'autres encore protestaient qu'il fallait se convertir et rester, car il n'était pas difficile de se montrer plus malin que ceux qui s'étaient fait prendre – et parce qu'il était impossible de vendre ses biens dans l'urgence.

Ibn Saddiq, le rabbin de la synagogue, très respecté parce qu'il était ami du grand Yehuda Halévy, essaya de se faire entendre. Lui aussi expliqua qu'il ne servirait à rien de partir, qu'on ne trouverait rien ailleurs, qu'il suffisait de voyager en soi pour fuir la menace ; qu'il fallait donc se convertir si telle était la volonté de Dieu.

Quand rabbi Maymun pénétra dans la petite cour de la synagogue encombrée de femmes et d'enfants, tout le monde se tut. Soucieux de faire valoir son rang, le vieil homme avança à pas lents et tendit sa main à baiser à ceux qui se penchaient vers lui. En prenant tout son temps, il entra dans la grand-salle de la synagogue et remonta l'allée principale. Il fit asseoir ses enfants au pied de la *téva* qui trônait au milieu, gravit les marches, posa ses mains sur le pupitre et commença dans un silence compact :

– Personne plus que moi n'a ce soir besoin de prier. Je vous demande d'abord de dire avec moi le Kaddish...

Toute la synagogue se leva pour psalmodier la prière des morts, l'ultime prière, la plus ancienne, la seule qui ne se disait pas en hébreu, mais en araméen, réservée pour l'heure où tout bascule et quand il faut se souvenir des disparus.

Lorsque les hommes se redressèrent, Moshé se rendit compte que beaucoup pleuraient, comme la plupart des femmes, là-haut, dans les coursives. Il vit son père tenter de dominer sa propre douleur, s'éclaircir la voix, s'y reprendre à trois fois, puis parler :

– Les conseils que je vous donne, que je revendique pour moi-même et pour ceux que j'aime, ainsi que pour ceux qui sollicitent mon avis, sont les suivants. Si vous voulez continuer à vivre ici où vous avez toujours vécu et où vos parents et les parents de vos parents sont enterrés, il vous faudra vous convertir. Vous pouvez le faire sans cesser d'être vous-mêmes. Il vous suffira de dire en secret quelques-unes de nos prières, même en les abrégeant, et d'accomplir au moins le devoir de charité, premier signe de reconnaissance des juifs – et pas seulement la charité pour les nôtres, mais envers tous nos voisins. Toutefois vous ne pourrez le faire durablement sans perdre votre âme et sans devenir un jour vraiment ce que vous aurez feint d'être. Si vous vous convertissez, ce ne doit donc être que pour vous préparer à partir en quelque pays où vous pourrez pratiquer ouvertement notre religion. Mais si vous le pouvez, partez tout de suite, sans vous convertir. Dans tous les cas, maintenant ou plus tard, quittez ces lieux pour accomplir les préceptes de la Thora sans crainte ni oppression. Abandonnez vos biens, car la religion que le Seigneur nous a donnée en héritage est bien plus importante. Partez, laissez tout derrière vous, hormis nos livres et nos rouleaux sacrés. Marchez de jour comme de nuit jusqu'à ce que vous ayez trouvé un havre de paix. Le monde est vaste. Ne vous inquiétez pas. Un jour, bientôt, nous reviendrons. Cordoue sera de nouveau la Jérusalem séfarade, la capitale de nos espérances et de notre foi. Un jour, bientôt, ces monstres se rendront compte que, sans nous et sans les chrétiens, ils ne peuvent faire fonctionner ce pays. Et vous verrez qu'ils nous supplieront de revenir, même si c'est en acquittant un impôt très lourd, comme ils viennent de faire avec nos frères de Lucena. Pour l'heure, nous n'avons pas d'autre issue que de tout quitter. Bien des destinations sont possibles. Choisissez la vôtre en famille. Je vous en conjure : que les familles ne se dispersent pas, que les enfants suivent les parents et que les aînés obéissent à ceux qui sont en âge de travailler – à eux de choisir le lieu de résidence, puisque c'est d'eux que dépend l'avenir de leurs proches. Soyez en paix. Je suis certain que nous nous retrouverons ici pour fêter la prochaine nouvelle année. Mes très chers frères, je vous dis donc : l'an prochain à Cordoue ! Partez, maintenant, partez ! Je vous bénis tous.

Maymun ibn Maymun voulut descendre de la *téva*. Il tituba. Moshé et David se précipitèrent. Le rabbin Joseph ibn Saddiq vint l'embrasser, imité par beaucoup de chefs de famille. Le silence mit du temps à se fendiller, puis, d'un brusque élan, au milieu des larmes, le brouhaha reprit.

Certains déclarèrent qu'ils partiraient le soir même pour Lucena, rejoindre la seule communauté encore libre en Al-Andalous. « Là, nous pourrons attendre que tout se calme ; le Maître a raison, ce sera l'affaire de quelques mois. Il suffira de confier les clés de nos demeures et de nos commerces à des amis musulmans. Qui n'en a pas ? »

« Ce serait une erreur, objectèrent d'autres. La situation ici va empirer pour longtemps. Et Lucena est trop petite pour nous accueillir tous. Au surplus, la trêve n'y durera pas. Le Coran impose aux musulmans de convertir les infidèles dès qu'ils se trouvent en situation dominante. Or les Almohades sont bons musulmans et en situation dominante. Ils nous chasseront donc de toutes leurs terres et massacreront ceux qui voudront rester sans se convertir. Ne comptez pas sur vos amis pour garder des biens pour votre compte ; ils les accapareront. Ce ne sera pas leur faute : telle est la nature humaine. »

Certains annoncèrent leur départ pour une terre chrétienne. Juste à côté, en Castille, à Tolède : « Là, nous serons les bienvenus ; la ville est riche. Nos frères y sont déjà plus de vingt mille, prospères dans tous les métiers : artistes, banquiers, marchands, vignerons, médecins. Certains sont traducteurs à la chancellerie du royaume et l'un des nôtres, un Cordouan, a même été ministre des Finances du roi de Castille. Il n'y aura donc rien à craindre. »

« Impossible, répliquèrent d'autres ; les Castillans nous haïssent plus que tout au monde. Nous avons toujours aidé les cavaliers musulmans contre leurs fantassins ; ils nous traiteront donc comme des espions. Et, là-bas comme ici, on exécute les relaps. Sans compter qu'on ne pourra même pas arriver jusqu'à Tolède ! Alors que, jusqu'à la victoire des Almohades, on se tolérait, on passait d'un camp à l'autre, on se convertissait dans les deux sens, parfois même par deux fois dans la même année, désormais les lignes sont surveillées par des patrouilles à cheval ; quand deux patrouilles adverses se croisent, elles se croient obligées d'en découdre ; les sentinelles de l'un ou l'autre camp s'amusent à torturer ou à assassiner ceux qu'elles prennent pour des espions ou ceux dont les poches leur paraissent particulièrement bien remplies, confondant volontiers les uns et les autres. Allons plus au nord ou à l'est, alors : en France, en Allemagne, voire à Constantinople ! »

« Pas question, s'insurgèrent d'autres encore qui semblaient bien informés de la situation en Europe chrétienne, parce qu'ils y avaient des relais pour leur commerce. Là-bas la chrétienté y est encore plus déchaînée contre nous, surtout depuis la première croisade. Vous avez oublié ? Les communautés de Mayence, de Spire et de Strasbourg viennent d'être mises à sac ; ceux qui ont refusé la conversion ont été massacrés, et les femmes éventrées. À Cologne et à Worms, des rabbins ont même dû organiser des suicides collectifs pour prévenir viols et sévices. Au total, trente mille des nôtres ont trouvé la mort en l'espace de quelques semaines. Jamais pareil malheur ne nous était arrivé depuis les massacres de Judée, il y a plus d'un millénaire. Et, depuis, la situation s'est encore aggravée : le pape, Eugène III, a appelé à une deuxième croisade ; l'empereur, Conrad III, vient de prendre la croix à Spire ; le roi de France, Louis VII, désireux d'expier l'incendie de l'église de Vitry par ses troupes en guerre contre le comte de Champagne, a pris lui aussi la croix. En Angleterre, nos frères de Norwich viennent d'être accusés d'avoir tué un jeune garçon pour boire son sang. C'est la première fois depuis l'Antiquité qu'on nous pointe du doigt pour meurtre rituel, accusation jusqu'ici réservée aux chrétiens hérétiques. Et vous voudriez qu'on aille se réfugier dans cet enfer ? Non, impossible de se rendre en terre chrétienne, ni à Tolède ni ailleurs ! Les disciples de Joshua de Bethléem sont nos ennemis depuis toujours. Ils disent que nous avons tué leur Dieu, oubliant qu'il était juif et que nos ancêtres étaient en Andalousie quand il est mort. Et puis nous ne parlons pas leur langue ; leur culture nous est étrangère. Vivre chez les chrétiens reviendrait à s'installer dans un monde entaché d'idolâtrie et de magie. Il nous faut donc rester en terre d'islam. Mais où ? Sûrement pas chez les Almohades ! Partout où ils ont pris le pouvoir, que ce soit à Fès, Marrakech, Sijilmassa, Oran, Tlemcen, ils empalent ceux qui refusent de se convertir. Même d'illustres rabbins comme rabbi Joseph ben Amram de Sijilmassa se sont convertis pour sauver leur communauté. Alors où ? À Damas, capitale du califat ? On nous y déteste. À Bagdad, chez les Abbassides sunnites, où vivent encore plus de quarante mille des nôtres ? C'est encore la première ville juive du monde ; elle abrite vingt-huit synagogues et une dizaine d'écoles ; mais la vie y est de plus en plus difficile et l'on y meurt de faim. En Terre sainte ? Ce n'est guère mieux : les croisés nous exècrent depuis qu'ils y ont trouvé, rangées derrière les armées seldjoukides, quelques rares communautés juives correctement traitées par l'islam. Quand, il y a soixante ans, après cinq semaines de siège, Godefroy de Bouillon s'est emparé de Jérusalem, il a rassemblé les quelques milliers de juifs de la ville dans l'une des rares synagogues encore intactes et y a mis le feu. Ceux des juifs qui avaient été pris les armes à la main ont été vendus comme esclaves à des prix plus bas que ceux des soldats musulmans, pour bien marquer leur infamie. Il ne sert donc à rien d'y aller : les juifs n'y ont pas leur place. Israël a été à nous pendant deux mille ans ; depuis que c'est devenu la Palestine, c'est une terre à jamais chrétienne. »

« Mais non ! ripostèrent d'autres. La Terre sainte deviendra musulmane. Les Francs sont en pleine déroute : Conrad, Louis et Aliénor sont en train de rentrer chez eux. »

Des voix acquiescèrent : « C'est vrai, mais cela n'arrangera pas pour autant nos affaires : les deux armées vont nous massacrer au passage. Il faut courir à Constantinople qui devient, avec Pékin, une des deux plus grandes villes du monde : on y est chrétien, mais sans dépendre de Rome. On y trouve argent, marchandises, espace, forces militaires et réseaux commerciaux. Des juifs bagdadis ou romaniotes y sont teinturiers, fourreurs, commerçants, courtiers en toutes choses. Certains fournissent jusqu'à la cour en toilettes et en bijoux. Voilà notre destination. »

Maymun, lui, ne disait mot. Il hésitait. Son vœu profond était d'emmener ses enfants à Fès, en plein milieu de l'Empire almohade. Il resterait ainsi près de Cordoue et en langue arabe. Il y retrouverait son maître, venu cinquante ans auparavant de Bagdad à Cordoue : Ibn Shushana, avec qui il aimait tant, dans leur commune jeunesse, débattre de la *Guémara*, avant que son professeur ne parte s'installer, au temps heureux des Almoravides, à Fès au sein d'une communauté juive alors florissante. Il y était devenu un maître vénéré qu'on venait consulter du monde entier. Maymun craignait que les Almohades ne menacent aussi cette communauté si proche de leur capitale. Pourtant, il ne s'imaginait ni à Alger, ni à Naples, ni à Narbonne, ni à Alexandrie, ni à Constantinople : trop loin de la tombe de sa femme. Pourquoi pas Tolède ? « De toute façon, ce ne sera pas long, pensait-il. On n'aura peut-être même pas eu le temps d'arriver quelque part que tout se sera calmé, ici. Notre Cordoue ne peut être morte. Nous reviendrons, et vite. Avant même la fin de l'année du deuil de Sarah. »

Moshé regardait son père : pourquoi partir, pourquoi risquer la mort alors qu'il eût suffi de se convertir pour l'éviter ? « Nous sommes andalous, nous vivons en arabe et nos voisins croient au même Dieu que nous. Est-il si important de rester juifs si c'est ce qui nous oblige à partir ? »

Et puis il y avait Rebecca, la merveilleuse petite fille d'Ibn Saddiq, dont Moshé n'osait confesser à personne qu'il était amoureux. Pas question de la laisser ! Dès que ce discours serait fini, il irait la trouver. Il était fort tard, mais elle ne devait pas dormir. Elle saurait le consoler de la mort de sa mère et du supplice de son oncle. Oui, elle saurait.

Mais, s'il fallait à tout prix partir, Moshé savait bien où il voudrait aller : à Tolède, retrouver ce Gérard de

Crémone dont lui avait parlé son oncle lors de leur dernière rencontre. Il serra une nouvelle fois dans sa main la pièce d'or qui ne le quittait plus. De toute façon, où que son père les emmenât, dès qu'il serait grand, il se précipiterait à Tolède. Il le devait à la mémoire de son oncle, même s'il ne croyait pas un mot de son histoire de manuscrit secret du « livre le plus important jamais écrit par un être humain »...

Le lendemain matin, la communauté se rassembla pour une ultime cérémonie avant le nouvel exil : les obsèques de Sarah, épouse de Maymun ben Maymun, grand rabbin de la ville. Tout autour du cimetière, des hommes en bleu surveillaient la foule, mais à distance, comme s'ils voulaient respecter la peine des proches de ceux qu'ils venaient de conduire au martyre.

Le cercueil avait traversé le quartier juif et la place où avait eu lieu l'exécution, comme une ultime provocation, un dernier hommage à ceux à qui la cité devait tant. Tenant son petit frère par la main, Moshé avait marché au premier rang, la tête haute. Maymun, lui, n'avait pu suivre le convoi. Ils le retrouvèrent au cimetière, prostré, à côté du rabbin Ibn Saddiq et de sa fille Rebecca qui n'osait regarder Moshé.

Jouxtant le tumulus où on avait déposé le cercueil de sa mère, Moshé fut étonné d'en découvrir un autre : celui d'Eliphar. Des cavaliers vêtus de bleu et d'or, uniforme de la garde personnelle de l'émir, avaient rapporté son corps en grande pompe, sans un mot, comme s'ils avaient rempli une mission sacrée.

Plus loin dans l'allée, d'autres fosses étaient ouvertes, d'autres cercueils alignés : tous les suppliciés de la veille. Moshé en compta quatorze.

Ce n'était pas la première fois qu'il relevait le rôle

de ce nombre dans sa courte vie. Il était né un quatorze. Il avait rencontré Rebecca un quatorze du mois de Sivan. Il était le quatorzième de son nom dont on eût gardé trace dans les archives de la communauté. Et voilà que sa mère mourait dans sa quatorzième année à lui.

Le vieux rabbin Ibn Saddiq prit appui sur l'épaule de son ami Maymun et se leva. La foule fit silence. Il commença :

– Le temps a commencé pour nous 3 040 ans avant de commencer pour Auguste et 3 102 ans avant d'être compté par les chrétiens. Le calendrier a débuté 622 ans encore après pour les musulmans. Nous sommes donc les pionniers du monde ; et nous le resterons. Nul autre peuple que nous n'a jamais été choisi par Dieu pour être à l'avant-garde de l'humanité et veiller à son avenir. Et nous sommes si inquiets de son devenir que nous prions le jour pour que vienne la nuit, la nuit pour que vienne le jour. Certaines de nos familles, comme celle de rabbi Maymun, sont ici depuis plus de mille ans –, c'est-à-dire depuis que son glorieux ancêtre, Judah Hanassi, quitta Jérusalem. Et deux membres de cette même famille seront justement les derniers que nous enterrerons ici. Nous allons prier pour eux et pour tous les autres martyrs. Puis nous commettrons le pire : partir en laissant nos tombes. Nous allons sortir de Cordoue comme nos ancêtres sont sortis d'Égypte, de Jérusalem et de Babylone. Le martyre passera, le judaïsme restera. Là où vous serez, vous observerez les rites du deuil avec la même précision qu'ici. Vous porterez la barbe, vous jeûnerez, vous prierez. Ces rituels sont notre honneur et la condition de notre survie. N'ayez pas peur : nous reviendrons. Dès l'an prochain, j'en suis persuadé, nous nous retrouverons ici, auprès de nos morts. Nous y sommes chez nous autant qu'eux. Que l'Éternel pense à eux et à nous. Amen.

On descendit les corps dans les tombes. Ibn Saddiq dit la prière des morts avec tous les hommes, qui défilèrent ensuite lentement devant les fosses encore ouvertes.

Rentrant chez lui, Maymun hésitait encore. Il serait volontiers parti pour Fès s'il avait été seul. Mais, avec deux jeunes enfants... Il reconnut, l'attendant devant sa porte, le jeune juge Ibn Rushd, fils de son meilleur ami musulman, le grand cadi de la ville. Le jeune homme paraissait bouleversé.

– Mon père m'a chargé de venir te dire notre amitié en ces moments terribles. Nous espérons que vous reviendrez vite. Si vous allez en terre d'islam, nous pouvons vous aider à organiser votre passage. Nous pouvons aussi prendre soin de vos livres ou de ce que vous souhaiterez ne pas emmener. Avec nous, vous serez tranquilles : nous vous les restituerons dès votre retour. Si vous avez besoin d'or ou d'argent...

– Je te remercie, l'interrompit Maymun. Nous avons déjà réglé tout cela. Je pense partir chez un de mes amis, rabbi Shushana, à Fès.

– Au Maroc ? Vous n'êtes pas raisonnable ! C'est une terre almohade. N'allez pas là-bas pour l'instant. Abd el-Mumin y est tout-puissant. Les juifs n'y seront pas mieux traités qu'ici. Je vous conseille de partir plutôt au nord, chez les chrétiens, à Tolède. Les juifs, comme les musulmans, y sont les bienvenus. Et puis, vous serez plus près d'ici pour revenir quand tout se sera calmé. De notre côté, nous allons tout faire pour que ce soit bientôt.

Maymun regarda ses enfants. Ibn Rushd l'avait ébranlé. Aller à Fès exigeait un long voyage par mer, impensable avec de très jeunes enfants. Alors que Tolède était en effet seulement à trois jours de cheval, au plus près de la tombe de Sarah.

Maymun décida : ce serait Tolède. Il emmènerait Sephira, la servante de Sarah ; il ne pourrait se passer d'elle pour s'occuper des enfants. Quand il lui annonça leur destination, la jeune femme ne fut pas gênée à l'idée de le suivre en terre chrétienne où elle serait perçue comme une esclave. Elle s'inquiétait seulement de la façon dont ils allaient organiser le voyage, laver et faire manger les enfants. Tout le reste lui était indifférent.

Le lendemain, ils ne partirent pas directement vers le nord. Pour faciliter leur sortie de la ville, ils firent croire à tout le monde qu'ils n'allaient qu'à Lucena, pour quelques jours, voir la famille de Sarah et d'Eliphar afin de partager leur deuil. Ensuite, expliqua Maymun, ils reviendraient, se convertiraient et reprendraient la vie d'avant. Rien là que de très plausible : de nombreux juifs cordouans choisissaient cette voie. Ils s'en furent donc avec quatre chevaux, accompagnés de Sephira et de deux esclaves chrétiens, signe de très haut statut social ; quatre ânes portaient leurs bagages.

Juste avant le départ, Ibn Maymun emmena ses enfants une dernière fois à la synagogue. Moshé espéra revoir Rebecca à l'école, à côté de la maison de prières ; mais elle n'y était pas. Partie, elle aussi, « pour les vacances », avait-elle expliqué au maître. Oui, c'était ça : pour les vacances. Elle reviendrait, comme lui, peut-être même avant la fin de l'été. Et ce serait comme un retour de grandes vacances...

Chapitre 2

Mercredi 6 janvier 1162 : les taureaux du Zocodover

17 Muharram 557 – 18 Tevet 4922

Treize ans plus tard, alors qu'un nouveau bûcher s'allumait devant ses yeux, cette fois sur la grand-place de Tolède, Moshé revit, comme presque chaque nuit depuis la mort de son oncle, les flammes de Cordoue. Devenu adulte, il rêvait souvent encore des bruits et des odeurs, des peurs et des chagrins qui l'avaient assailli à son arrivée à Tolède, à l'aube du quatrième jour d'un voyage exténuant, pour un séjour qu'il imaginait alors de très courte durée. Pourtant, depuis lors, jamais, en treize ans, Moshé n'avait quitté la capitale de la Castille. Jamais il n'avait pu retourner à Cordoue.

Sa ville n'était pourtant qu'à trois jours de cheval. Mais c'était comme si un océan les séparait. Aussi infranchissable, aussi inquiétant que celui qui s'étendait loin vers l'ouest et qui, murmuraient certains cartographes amis de son père, faisait le tour du monde.

Le tour du monde... Comment faire le tour d'un disque ? Fallait-il à un moment donné plonger depuis le bord ? Et que faisions-nous, accrochés à ce morceau de caillou fixé là, dans l'espace ? Aristote, lui avait dit son oncle, pensait que les étoiles, les planètes, les comètes avaient une réalité physique et que la Terre était une sphère...

Son oncle... Pourquoi s'était-il converti ? Pourquoi était-il mort ? La mort frappait-elle toujours les justes avant les méchants ?

L'adolescent n'avait cessé de poser ces questions à son père depuis cette journée terrible où ils avaient dû fuir Cordoue en n'emportant que leurs vêtements, leurs livres, des rouleaux de la Thora et un petit coffret dont Moshé n'avait appris qu'en cours de voyage qu'il contenait des diamants choisis par David. Moshé avait été blessé de surprendre son père et son frère à parler diamants et taille : comment Maymun, qui ne voulait pas d'autre confident que lui quand il s'agissait du Talmud, pouvait-il avoir des conciliabules secrets à propos de pierres précieuses avec un gamin de douze ans ? Comment pouvait-il le prendre pour un expert en gemmologie ? David allait les ruiner, c'était certain.

Dès leur entrée dans la grande vallée qui conduit du Guadalquivir au Tage, les voyageurs avaient compris qu'un voyage entre l'Andalousie almohade et la Castille chrétienne n'était plus une partie de plaisir. Ils avaient d'abord dû se cacher des musulmans dans les champs d'oliviers, puis, une fois les lignes traversées, se faufiler parmi les vignes de l'évêque de Tolède qui se déployaient sur les coteaux bordant la vallée du Tage, en contournant Mérida. Au passage de ce qui devait constituer ce jour-là la ligne de front, ils avaient assisté, cachés dans une grange abandonnée, à une embuscade tendue par des cavaliers chrétiens à un petit détachement almohade qui semblait avoir perdu le contact avec le gros de son armée. En une heure, il ne resta pas un musulman vivant, ni même un cadavre intact. Moshé reconnut dans les hurlements des mourants ceux qu'il avait entendus sur la place de la mosquée de Cordoue. Et dans les cris des vainqueurs, la voix de ceux qui avaient perpétré le massacre des siens. Victimes et bourreaux partout se ressemblaient... Il avait pris son jeune frère dans ses bras, cependant que Sephira s'accrochait très fort à Maymun.

En s'approchant de Tolède, ils avaient campé à la belle étoile, après Despeñaperros, à la frontière entre Castille et Andalousie. Moshé avait longuement scruté le ciel. Il enrageait de n'avoir plus Eliphar pour lui expliquer ces éclats de lumière collés au plafond de la nuit. Son père avait parlé en grommelant de « savoir impie, inutile ». Moshé commençait à penser que l'impiété était peut-être une façon, pour Maymun, de désigner sa propre ignorance. Ils avaient trop de soucis pour en parler maintenant, mais il se promit d'y revenir un jour...

Sephira avait précieusement sorti du fond d'une des malles le tout dernier repas préparé à Cordoue, conformément aux instructions données par Sarah, juste avant qu'elle ne sombre dans le coma. Ils avaient mangé en silence : nul n'osait parler devant le père qui, après avoir béni les victuailles, n'avait pu retenir ses larmes.

Moshé n'arrivait pas à s'endormir. Tout ce qu'il avait vécu durant les dernières journées l'obsédait : le cortège, les supplices, les obsèques de sa mère, la séparation d'avec Rebecca, le voyage. Sa vie allait-elle s'écouler désormais à cette vitesse ?

À l'aube du quatrième jour de leur exode, à ce moment où la nuit est la plus noire, entre les dernières lueurs de Cassiopée et les premiers rougeoiements du soleil, ils avaient découvert Tolède, magnifique citadelle juchée sur un promontoire, entourée par une gorge où coulait le Tage. Au lever du jour, ils avaient contemplé non sans anxiété, sur l'autre rive, les remparts et les huit portes d'accès soigneusement gardées : comment seraient-ils accueillis ?

Ils suivirent la boucle du fleuve et passèrent devant le château de Saint-Servan qui surveillait le sud, puis aperçurent un pont portant encore le nom arabe d'Al-Quantara, face à la porte encore nommée Bâb al-Quantara. Ils dépassèrent le formidable aqueduc romain qui, d'une seule arche, franchissait le fleuve, jusqu'à un moulin qui élevait de quatre-vingt-dix stades l'eau nécessaire à l'alimentation de la ville. Puis, au nord-ouest, ils rejoignirent un pont de barques surplombé par le « château des juifs », forteresse ainsi désignée parce qu'elle dominait l'entrée de leur quartier. Tous les marchands, tous les voyageurs venant du sud devaient emprunter cette porte et y acquitter des droits. C'était donc par là qu'il leur faudrait s'engouffrer dès que la lourde herse s'ouvrirait.

Le pont était déjà surchargé de voyageurs, d'ânes et de ballots dont les mouvements incertains remettaient sans cesse en cause son fragile équilibre. Au bout d'une heure d'attente, leur tour arriva. Ils furent grossièrement fouillés : les sbires cherchaient avant tout la nourriture, les vases, les étoffes. Mais rien ne limitait le nombre de juifs venant de Cordoue que la cité était disposée à accueillir.

En franchissant la porte, Moshé fut ébloui par le spectacle : Tolède ne ressemblait en rien à Cordoue ou à Lucena, les deux seules villes qu'il connaissait. Elle lui apparut comme un gigantesque labyrinthe aquatique : partout des jardins irrigués par des canaux, des lacs, des bassins, des bains publics, des rigoles, des moulins à papier. Il n'en croyait pas ses yeux : tant d'abondance au milieu d'un tel désert ! Tant d'eau gaspillée pour le seul plaisir des riches ?... Décidément, les chrétiens étaient encore plus fous que les musulmans ! Il aperçut alors la fabuleuse clepsydre qui, lui avait expliqué Eliphar, réglait le remplissage et l'écoulement de deux vastes plans d'eau au gré des phases de la lune. Il serra très fort la pièce d'or qu'il avait cousue dans la doublure de son vêtement.

Ils pénétrèrent dans le quartier juif, beaucoup plus récent que celui de Cordoue. Alors que les juifs avaient vécu sans désemparer dans la métropole du Sud depuis plus de quinze siècles, Tolède les avait chassés aussitôt après la chute de l'Empire romain, quand elle avait été occupée par des Wisigoths venus de Toulouse, devenus chrétiens à leur façon, hostiles à l'Église de Rome et on ne peut plus antisémites. Les Wisigoths étaient restés au pouvoir pendant trois siècles ; puis, selon la légende, le dimanche des Rameaux de l'an 712, juste après le mariage de Charles Martel avec une princesse tolédane, future mère de Charlemagne, des fidèles avaient ouvert les portes de la ville pour laisser sortir une procession en l'honneur de sainte Léocadie, permettant ainsi aux troupes omeyyades venues de Cordoue de l'envahir. Les chrétiens virent dans cette défaite un châtiment de Dieu sanctionnant les péchés de leurs rois ; la plupart d'entre eux restèrent à Tolède, acceptés et protégés par les nouveaux maîtres musulmans, apprenant à vivre en arabe, conservant sept de leurs églises sans pour autant se rapprocher des chrétiens de Cordoue dont ils partageaient cependant le rite – ce qui faisait enrager Rome, qui les nomma avec mépris les *mozarabes*. Des juifs vinrent alors aussi de Cordoue, faisant de Tolède une ville rivale de la capitale.

De fait, comme la Tolède chrétienne avait détesté la

Cordoue musulmane, la Tolède musulmane n'aima point la Cordoue musulmane.

Malgré ces rivalités, Tolède, reléguée au rang de seconde ville de l'Empire omeyyade, continua de s'enrichir. Chrétiens et juifs y bâtirent de nouvelles églises et synagogues à côté des mosquées. La cité devint la capitale des forgerons de l'Europe : partout on vanta ses lames, ses haches, ses hallebardes, ses sextants, ses astrolabes, ses pompes, ses clepsydres, ses moulins et ses siphons. Et comme tout forgeron passait alors pour magicien, la ville devint aussi le creuset de toutes les sorcelleries.

Quand l'Empire omeyyade se défit, la ville resta un temps musulmane, avalée par les Almoravides qui ne purent s'y cramponner que quelques années : il y a soixante-dix ans, sous la pression des papes et des rois d'Aragon, soucieux de limiter les ambitions de la Navarre voisine, Alphonse VI reprit Tolède et y installa sa capitale, mettant ainsi fin à trois siècles de règne de l'islam.

Cette victoire n'entraîna ni l'expulsion des juifs ou des musulmans, ni la conversion des mozarabes. Les juifs restèrent propriété du Trésor royal ; les tribunaux chrétiens arbitraient leurs litiges reconnaissant la validité des témoignages juifs et du droit talmudique. Alphonse VII se proclama « roi des trois religions », comme l'avaient fait avant lui les émirs de Cordoue, et encouragea les juifs à rester fidèles à leur foi ; ses tribunaux allaient même jusqu'à infliger des amendes aux juifs qui ne respectaient pas leurs propres fêtes, et à confisquer les biens de ceux qui se convertissaient à une autre religion. Le meurtre d'un juif restait puni de la même amende que celui d'un noble ; et si un juif était trouvé assassiné, la ville payait une amende à sa famille.

Mais nul ne s'enfermait dans sa communauté : il n'y avait pas de cimetière juif, juste un coin à part, dans le cimetière de la Vega, près de la porte de Cambrón. À côté du marché couvert de l'Alcana, dans le quartier où résidaient la plupart des juifs – si grand qu'il coupait la ville en deux –, vivaient aussi des chrétiens et des musulmans. Et, de même, des juifs habitaient ailleurs dans la ville.

Les marchands et les lettrés continuaient au début de circuler à peu près librement entre cités almoravides et villes chrétiennes. Tolède resta un très grand centre de métallurgie, donc d'occultisme, de nécromancie et d'alchimie ; tous les esprits curieux d'Europe et d'Asie s'obstinaient à venir y interroger les astres et y fondre les minerais. Les musulmans de la ville conservèrent le libre accès à la grande mosquée de Las Tormarias. Des banquiers juifs travaillèrent encore, comme depuis des siècles, avec des marins musulmans pour acheminer à Tolède des marchandises débarquées à Cadix et Almería pour le compte de marchands chrétiens. La monnaie chrétienne, le vélon, s'échangea librement avec les monnaies d'islam et permit à tout l'or et l'argent d'Al-Andalous de passer de Cordoue à Tolède et de Tolède à Barcelone, Gênes, Troyes et Bruges. Tolède devint ainsi l'incontournable plaque-tournante des échanges entre l'Afrique et l'Europe, le carrefour des relations entre chrétiens et musulmans, entre Castillans et Lombards, le lieu vital de l'approvisionnement en or de la chrétienté.

Les princes chrétiens se firent alors plus exigeants. Ils transformèrent quelques mosquées en églises, cette fois de rite latin ; la grande mosquée se métamorphosa ainsi en cathédrale Sainte-Marie. Des lois interdirent d'utiliser les chiffres appelés « indiens » à Cordoue et « arabes » à Tolède, dont le zéro ; elles prétendirent obliger les Tolédans à compter de nouveau en chiffres romains. Elles imposèrent la semaine de sept jours et le repos dominical. Mais rien n'y fit, et la police dut fermer les yeux quand les musulmans se reposèrent le vendredi et fêtèrent de nouveau Noël, ou quand des chrétiens assistèrent aux mariages et aux cérémonies majeures célébrées par les juifs. La plus riche famille de la communauté juive tolédane, les Ibn Sushan, avait même édifié, juste lorsque arrivèrent Maymun et ses fils, une nouvelle synagogue qui vint s'ajouter aux dix déjà en service, et aux églises parfois transformées en synagogues quand les chrétiens les abandonnaient.

La douceur de vivre était telle que les juifs du reste de l'Europe enviaient leurs frères de Tolède au point de s'inquiéter sur leur sort : si eux-mêmes, en France, en Pologne ou en Allemagne, étaient menacés d'extermination, les juifs tolédans étaient menacés d'assimilation. Et, de fait, peu d'entre eux connaissaient le Talmud ; moins encore l'étudiaient.

Maymun et ses fils furent bien reçus par les dirigeants de la communauté, et d'abord par ses chefs, les descendants du philosophe Ibn Paquda, qui avaient quitté Cordoue avant eux, et par Abdul Hassan Yéhoudah ibn Ezra, ministre à la cour d'Alphonse VII. Les Tolédans savaient tout des malheurs qui les avaient frappés. On leur assura que la communauté était très honorée d'accueillir un personnage de l'importance de Maymun, qui pourrait contribuer à redonner du lustre aux études juives, ici quelque peu oubliées ; ils étaient donc chez eux à Tolède et pourraient y rester aussi longtemps que nécessaire.

Les notables avaient même prévu de mettre à leur disposition une vaste maison située tout près du Zocodover, cette place immense, entourée de tavernes et d'auberges, qui servait de marché aux chevaux, aux grains et au bois. Une trop belle demeure, se dit Moshé ; mais son père était flatté d'un tel accueil. Sans doute, pensa le garçon, avait-il dû se débarrasser, en échange, d'une ou plusieurs des belles pierres avec lesquelles ils étaient partis. Moshé se demandait ce qu'il adviendrait le jour où il n'y en aurait plus...

Dès qu'ils furent installés dans leur nouvelle demeure, Moshé se mit en quête de celui que son oncle lui avait demandé de retrouver : Gérard de Crémone. Après des semaines de recherches infructueuses, difficiles pour un adolescent ne parlant pas la langue locale, il apprit qu'un homme portant ce nom vivait depuis un certain temps dans une vaste maison voisine de la grande clepsydre. Il se précipita. L'homme, un traducteur, venait d'en partir pour un long voyage, tout en ayant promis de revenir.

C'était comme si son oncle était mort une seconde fois. Pour tenir la parole qu'il lui avait donnée, Moshé était résolu à attendre – « des années même », avait dit Eliphar. De toute façon, comme rien ne s'arrangeait à Cordoue, son père avait décidé de rester à Tolède.

Leur vie s'installa dès lors dans une routine d'abord austère, en raison des contraintes qu'imposait leur grand deuil, puis plus légère. Maymun prit de plus en plus d'influence sur le tribunal rabbinique, dont il refusa de faire partie, car il attendait toujours le moment propice pour repartir pour Fès, sa ville de prédilection, ou pour rentrer à Cordoue. Moshé continua d'étudier l'hébreu, le Talmud, les mathématiques, l'astronomie, la physique. En grandissant, il devint boulimique de lectures, avide de discussions avec les rabbins sur les Livres et les commentaires. David, lui, rechignait à étudier, préférait les bagarres de rue, et suppliait son père de le laisser aller travailler chez un orfèvre qu'il avait repéré dans la ville, maître Lubman, venu de Worms où il avait échappé de justesse au massacre de sa famille.

Quelques mois après leur arrivée, un soir que Moshé rentrait particulièrement tard de la synagogue, Sephira lui tendit un parchemin qu'un cavalier avait déposé dans l'après-midi. Il y lut en arabe, mais écrit en caractères hébraïques, un mot que Sephira n'avait pu déchiffrer :

> « *Pour le bien de ta famille et de ton peuple, pour le bien de tous les hommes, ne cherche plus celui que tu es venu trouver. Il n'existe pas. Si tu ne renonces pas, de terribles malheurs t'anéantiront. Et tu en as assez connu.*
>
> *Les Éveillés.* »

Moshé demanda à quoi ressemblait celui qui avait apporté cette missive. Sephira ne pouvait rien en dire, l'homme étant voilé et n'ayant prononcé que quelques mots en romance, d'une voix très sourde à l'accent indéfinissable.

L'adolescent était pétrifié. Qui pouvait être au courant de la confidence de son oncle ? Quelqu'un s'était-il aperçu qu'il recherchait Crémone ? Et qui au juste étaient ces « Éveillés » ? Le mot lui disait quelque chose, mais il ne pouvait se rappeler quoi.

Impressionné, il décida de ne point en parler à son père et d'attendre. De toute façon, il ne pouvait rien faire d'autre. Il n'allait pas partir sur les traces de ce traducteur fantomatique. Quand celui-ci reviendrait – s'il revenait –, il serait toujours temps de s'inquiéter de la teneur du message.

Les années passèrent. Contrairement à tous les espoirs, la situation à Cordoue ne s'améliorait pas. Impitoyables avec les juifs et les chrétiens, les Almohades l'étaient aussi avec leurs rivaux musulmans. Ils prirent Almería, puis Grenade, mais ne réussirent pas à en finir avec l'émir de Murcie, Ibn Merdanish, qu'on nommait le « roi Loup », qui les narguait et parfois même contre-attaquait jusqu'aux alentours de Cordoue. Les dénonciations et exécutions de « juifs en secret » se multiplièrent. Quelquefois, il s'agissait de simples règlements de compte entre musulmans ou de délations commises par des concurrents des convertis. En tout cas, il était hors de question pour Maymun et ses enfants de revenir à Cordoue, non plus que de partir pour Fès où la communauté juive était encore tolérée, mais où la situation était des plus incertaines.

Moshé, lui, passait l'essentiel de son temps à étudier le Talmud et à en débattre avec les rabbins de la ville. Quand il enrageait de devoir apprendre des choses qui lui semblaient inutiles, son père, qui adorait les métaphores, lui expliquait qu'apprendre c'était comme chercher à rencontrer un roi : il fallait d'abord trouver sa ville, puis son palais, puis obtenir d'être reçu en audience. « Il faut apprendre, disait-il, avant de découvrir ; seul un bon nageur peut sortir des perles de l'océan. » Quand Moshé l'interrogeait sur les différences entre la science et la foi, il répondait que l'une et l'autre étaient aussi nécessaires. C'était, affirmait-il, comme chercher un trésor caché dans une maison en désordre : il fallait d'abord fabriquer une chandelle, puis tout ranger dans la maison, avant de se mettre en quête du trésor. De même, pour chercher la vérité, fallait-il d'abord classer les connaissances (par la science) et espérer ensuite trouver la vérité (par la foi).

Moshé s'initia aussi à l'art de la calligraphie ; il apprit à tracer des lettres suspendues à une ligne, à l'aide d'un roseau, sur de la cire, du parchemin, voire des feuilles d'un papier fabriqué à partir de lin selon une technique ultra-secrète tout juste importée de Chine. Et, comme il était courant à cette époque chez ceux qui se piquaient de philosophie, il apprit également les premiers rudiments de ce qu'on appelait alors la médecine, telle qu'Hébreux et Arabes l'avaient reçue des Perses et des Grecs. Sur certains sujets, il en savait d'ailleurs beaucoup plus long que ses professeurs grâce aux dissections d'animaux de boucherie pratiquées naguère avec son oncle... Son oncle ! Il gardait sur lui sa lourde pièce d'or et interrogeait parfois en ville à propos de Crémone, qui n'avait toujours pas réapparu.

Quand il ne travaillait pas seul à la théologie, à la philosophie, à l'astronomie ou à la médecine, Moshé posait à son père et aux rabbins de la ville des questions de plus en plus embarrassantes que peu d'adolescents de son âge osaient soulever : pourquoi le rite si pesant des sacrifices, ou l'interdit apparemment absurde du mélange du lait et de la viande ? N'était-ce pas seulement pour prendre le contre-pied des voisins ? Mais pourquoi être différent ? Il avait du mal à admettre que l'univers ait eu un commencement ; il s'inquiétait qu'on ne puisse démontrer l'existence de Dieu ; il ne parvenait pas à croire à la résurrection, dont il avait cherché en vain mention dans la Bible ; il ne voyait pas comment on pouvait croire en un Dieu à l'image de l'homme : comme si Dieu pouvait avoir une physionomie, et des pieds, et une taille ! Il enrageait contre ceux qui débattaient à longueur de pages sur les « mensurations de Dieu » ! Au grand dam de son père, il pensait que, destinée à se faire comprendre des humains, la Bible n'était qu'un recueil de métaphores, chacun ayant besoin ici-bas de voir et de toucher Dieu pour y croire. À son avis, plus que les autres, les chrétiens étaient tombés dans ce piège en prétendant que Dieu s'était fait homme. Il trouvait la loi juive trop compliquée, les commandements mal expliqués, trop nombreux et peu convaincants. Il était furieux de voir les rabbins de Bagdad, supposés constituer l'autorité religieuse suprême du judaïsme depuis sa dispersion, n'envoyer que des instructions absurdes. Il réfléchissait à la rédaction d'un clair résumé de toutes les lois. Puis il revenait sans relâche à ses questions sur la vie, sur la mort, sur la liberté. Et surtout à celle qui l'obsédait par-dessus tout : à quoi sert l'être humain ?

Quand il était déçu de ne pas trouver de réponse convaincante, il en revenait à la philosophie des Grecs. Il n'y avait accès que par de mauvaises traductions en arabe ainsi que par quelques commentaires fumeux d'un certain Alexandre d'Aphrodise et d'un dénommé Themistius. Les manuscrits rares et précieux que possédait son oncle lui manquaient. Qu'étaient-ils devenus ?

Après avoir lu tout ce qu'il pouvait trouver en ville, il décida qu'il pouvait se dispenser d'approfondir Platon, car Aristote lui suffisait. Il y voyait la pensée humaine à son apogée. Il se délectait en lisant chez lui que tout être, fait de matière et de forme, est d'autant plus sophistiqué que l'espèce à laquelle il appartient est avancée dans l'échelle de la complexité. Au plus bas, la terre, matière sans forme ; au plus haut, Dieu, forme sans matière. Aristote, « le Maître », comme disait son oncle, devait être un formidable observateur pour avoir si bien décrit en détail les formes de tous les animaux et de toutes les plantes qu'il avait croisés. Il avait, lui, trouvé réponse à sa question : le but de l'être humain était, pour le Grec, de s'élever en esprit, de s'extraire de la matière pour accéder à l'éternité, pour aller jusqu'à l'acte pur, là où il n'y aurait plus ni désir ni manque. Moshé avait dévoré *La Foi exaltée*, livre d'un érudit juif tolédan, Ibn Daoud, qui avait tenté d'adapter la philosophie aristotélicienne au judaïsme. Il avait pris beaucoup de notes. Il s'était perfectionné en astronomie à partir de l'*Almageste* de Ptolémée, s'était initié à l'algèbre et aux propositions sur les coniques. Il avait entamé la rédaction d'un *Traité du calendrier* et d'un *Traité de logique* pour résumer en langage moderne les concepts aristotéliciens : l'éternité de l'univers, le premier moteur, l'« intellect agent ». Décidé à imiter en tout point le plus grand des Grecs, il étudiait des nuits durant, tenant dans la main gauche une boule de métal qui, s'il s'assoupissait, tombait dans une bassine et le réveillait en sursaut.

Pendant que Moshé et son père étudiaient, David avait concrétisé son rêve : fasciné par les armes, il avait longtemps regardé travailler les couteliers et les armuriers de la ville ; mais, comme il préférait les pierres, il était entré comme apprenti dans l'atelier de maître Lubman. Il y rencontra toutes sortes de clients venus négocier des colliers, des diadèmes et des bagues : des fabricants de savon accourus de Narbonne, des courtiers maritimes originaires de Gênes, et même des musiciens célèbres comme le troubadour Acher ben Yehiel. L'orfèvre entreprit de lui apprendre à distinguer les différentes pierres et à estimer leur valeur. Lubman comprit vite que David avait un œil exceptionnel et qu'il savait, mieux que ses plus anciens employés, dire la provenance, le poids, la couleur, la nature et les défauts d'une pierre. Et qu'il savait surtout comment les tailler en perdant le moins possible de poids. David n'entendait pas se contenter de travailler les pierres ; il voulait aussi connaître les contrées d'où elles provenaient : il pensait qu'il gagnerait beaucoup plus d'argent en allant les choisir lui-même en Inde ou en Chine, là où gisaient les vraies richesses du monde.

Comme tous les jeunes gens de leur âge, Moshé et son frère aimaient à jouer aux cartes, aux échecs et aux dés. À Tolède, en effet, le jeu était roi ; les gens jouaient partout, y compris dans les églises, les mosquées ou les synagogues. La mémoire phénoménale de Moshé lui permettait non seulement de se souvenir en une seule fois de tous les textes qu'il lisait, mais aussi de retenir les meilleures stratégies pour protéger le roi, déplacer le conseiller, les péons, les roques et les éléphants du jeu d'échecs. Il aimait jouer l'attaque, après avoir impressionné ses adversaires par des ouvertures brutales. Dans les jardins publics, les joueurs les plus chevronnés se disputaient l'honneur de l'affronter.

C'est en jouant aux échecs que Moshé avait fait la connaissance d'Ibn Ezra. Lors de leur rencontre, il avait gagné contre lui rapidement, en quatorze coups. Comme ce nombre revenait encore, il décida d'en faire son nombre fétiche. Et puis, c'était la valeur numérique du mot qui, en hébreu, désigne la « main ». Voilà : plus tard, il serait la main de Dieu !

Ibn Ezra était juif, venu de Cordoue lui aussi quelques années avant Moshé, avec son père, marchand de cuir, mort depuis lors. Il avait d'abord repris le commerce paternel, mais ne montrait aucune attirance pour l'étude ni pour le commerce. Il ne s'intéressait qu'aux femmes et au vin. La seule référence qu'il se plaisait à citer n'était pas le Talmud, encore moins Aristote, mais un obscur poète qu'il semblait seul à connaître, du nom d'Omar Khayyâm, qui, disait-il, venait de mourir en Perse. Moshé aimait parler avec Ibn Ezra parce qu'il le faisait rire. Et Ibn Ezra jurait que parler avec Moshé lui donnait une petite chance d'accéder à l'immortalité – à laquelle, d'ailleurs, il ne croyait pas. Ils partagèrent tout, sauf le secret d'Eliphar. Moshé ne montra jamais à Ibn Ezra la pièce d'or, comme il ne l'avait jamais montrée à son père ni à son frère. Il ne lui parla pas non plus de Crémone dont il continuait à guetter en vain le retour.

Quand Moshé reprochait à son ami de ne pas étudier et de rentrer chez lui ivre mort, Ibn Ezra répondait par une citation de son poète préféré :

– « Tous les royaumes pour une coupe de vin précieux ! Tous les livres et toute la science des hommes pour une suave odeur de vin ! Tous les hymnes d'amour pour la chanson du vin qui coule ! »

– Tu ne crois pas sérieusement que le vin vaille mieux que l'étude ? C'est absurde !

– Je le crois depuis que j'ai vu, à Cordoue et ailleurs, ce à quoi peut conduire la religion.

– Parce que tu as commencé à boire à Cordoue ?

– Bien sûr ! Et je buvais même avec des musulmans. Beaucoup s'arrangeaient avec le Coran. Ils disaient que le verset 43 de la sourate IV appelle seulement les croyants à ne pas prier en état d'ivresse, ce qui, *a contrario*, leur permettait de boire hors des heures de prière ! Ils ne voulaient pas voir que les versets 90 et 91 de la sourate V, révélés plus tard, interdisent radicalement le vin aux croyants. Et moi, je m'arrangeais fort bien pour passer entre l'un et l'autre...

– Et maintenant tu bois trop, gronda Moshé. Cela te tuera.

– Peut-être... Quand je prends peur, quand au petit matin j'ai trop mal à la tête, il m'arrive d'espérer qu'un jour je boirai tant que j'en serai dégoûté à jamais.

– Ça ne t'est pas encore arrivé, visiblement !

– Ça viendra, ça viendra... Je fais ce qu'il faut et j'attends que ça vienne ! répondait Ibn Ezra en éclatant de rire. Toi, tu attends le Messie ; moi, j'attends d'être dégoûté de l'alcool ! L'un et l'autre sont aussi peu probables...

– Ne plaisante pas avec ça ! Le Messie viendra, j'en suis sûr. Je ne peux dire quand, mais il viendra.

– Que le Ciel t'entende ! Qu'il transforme l'eau en vin et fasse tomber toutes les femmes dans mon lit !

– Il ne fera rien de tel ! protestait le jeune homme. Il ne changera aucune des lois de la nature. Il ne fera disparaître ni la maladie, ni la pauvreté, ni l'injustice. Les déserts ne seront pas refleuris, ni les montagnes abaissées, ni les mers comblées.

– Ça, c'est ce qu'il ne fera pas. Mais il fera quoi ?

– Il recréera un État d'Israël, en sera le roi et en fera le modèle d'une société juste et non violente.

– Si ton Messie ne sert qu'à ça, il ne présente aucun intérêt ! Je croyais qu'il rendrait les hommes immortels et nous ferait échapper à la douleur et au malheur. S'il ne fait qu'ajouter un État sur la Terre, c'est dérisoire ! Tu ferais mieux d'abandonner tes études et de festoyer avec moi. Tu verrais comme on se sent bien, au matin, après une bonne nuit blanche !

– Ne compte pas sur moi. Pour moi, la nuit est faite pour dormir.

– Tu n'as rien compris à la vie ! La vie, c'est improviser une chanson, séduire une fille, passer une soirée à chanter avec les amis. Voilà le paradis, ici et maintenant ! Tu sais ce que disait Omar Khayyâm ?

– Arrête avec tes citations. Finalement, je déteste la poésie. C'est comme la musique : elle fait appel aux sentiments et incite à confondre la foi avec l'émotion. Rien de plus trompeur !

– Tu dis n'importe quoi. L'émotion, la passion, la musique et la poésie dessinent la carte du vrai paradis. Mon poète, que je cite encore, disait : « Une cruche de vin, les lèvres de l'aimée au bord d'une pelouse, mon désir et mon amertume : voilà mon paradis et mon enfer. »

– Ni l'un ni l'autre n'existent ! Ce sont des inventions de ceux qui ne savent affronter l'éternité du néant.

– Tu ne crois ni au paradis ni à l'enfer ?

– Non. Je crois que, quelles qu'aient été ses fautes, l'âme de chaque homme va se fondre dans l'esprit commun.

– L'esprit commun ? C'est flou et pas très gai, comme avenir ! Les musulmans savent mieux vivre ! Non seulement ils promettent soixante-dix vierges à ceux qui mènent la guerre pour la maîtrise d'eux-mêmes, le *djihad*, mais ils disent qu'au jour du Jugement dernier, le *Nawja*, chacun aura une conversation privée avec Allah avant de ressusciter... De toute façon, je n'aime pas cette idée de résurrection. Devoir faire antichambre dans le néant pendant des millénaires avant de revenir sur une terre encombrée de tous ceux qui y auront vécu ! Horrible ! Je préfère croire comme font les gens d'Orient.

– C'est-à-dire ? demanda Moshé.

– L'après-mort, pour eux, n'est pas l'attente illimitée d'une éventuelle résurrection, mais l'immédiate réincarnation en un autre être vivant, ici-bas. Moi, j'aimerais bien revenir en brin d'herbe. Que c'est tranquille, un brin d'herbe ! Mon poète préféré, que tu ne veux pas que je nomme et qui pensait comme les gens d'Orient, disait : « Après ta mort, ton sommeil sera bref et tu renaîtras dans une touffe d'herbe qui sera piétinée, ou dans une fleur que le soleil flétrira. »

– Je connais ces idées. Elles sont farfelues. Et je m'inquiète de voir des doctrines de ce genre essaimer un peu partout. Même des juifs commencent à penser de la sorte...

– Des juifs ? s'étonna Ibn Ezra, je ne le savais pas ! Ils m'intéressent ! Où sont-ils donc ?

– Un peu partout dans l'est de l'Europe, sans doute inspirés eux aussi par des idées venues de l'Inde. Ils appellent ça la « Tradition », la Kabbale. C'est en fait tout, sauf la vraie tradition ! Toi, je comprends que tu penses ainsi, car tu n'es qu'un vil provocateur ; mais, pour les croyants, le pire danger est de voir la foi déraper dans l'irrationnel.

– Pourquoi un danger ? Cela ne fait de mal à personne !

– Cela menacera ce qui fait l'essentiel de notre identité : la connaissance des commandements et la lucidité face au monde réel. Cela renforcera les sectes les plus saugrenues et contribuera à vider les lieux de culte.

Ibn Ezra haussa les épaules :

– Moi, je ne vais dans les églises, les synagogues ou les mosquées que pour y dormir à l'ombre. Mais maintenant, il n'est pas du tout l'heure de dormir ! Tu devrais venir avec moi chez les filles... Il y a tout près d'ici, à côté du Zocodover, un bain public pas spécialement morose...

Moshé éclatait de rire. Ibn Ezra était le seul à qui il se confiait. Il lui avait parlé de Rebecca, la fillette de Cordoue dont il était resté sans nouvelles ; son ami pensait qu'elle avait dû se convertir et entrer dans un harem. Moshé ferait mieux, disait-il, de l'oublier et de l'accompagner chez les chrétiennes, « qui sont moins bégueules que nos femmes et qui admettent fort bien que les hommes aient besoin de faire l'amour en payant ».

Ils parlaient aussi de David qui commençait à gagner beaucoup d'argent, malgré son très jeune âge. Ibn Ezra le donnait en modèle à Moshé : lui, au moins, savait ce qu'était la vie. Certes, il travaillait trop à son goût, mais quand il ne travaillait pas à ses pierres, il ne perdait pas son temps en prières : il savait rire, se faire respecter par son savoir-faire à l'épée, et comptait en ville beaucoup d'amis – et davantage encore d'amies – dans tous les milieux... Moshé souriait avec attendrissement : ce qu'il aurait traité avec condescendance chez un autre était sujet de fierté chez son frère. Puis il retournait à ses études et à ses dialogues avec son père.

Quand il s'était mis à parler d'Aristote à Maymun, celui-ci avait sursauté :

– Qui t'a parlé de lui ? On ne doit pas l'enseigner ! Les prophètes ont donné leur fille, la philosophie, en mariage à un fou, l'homme, qui la traite mal parce qu'il la trouve par trop discrète.

– Ce qui veut dire ?

– Que l'homme attend trop de la philosophie. Les philosophes ne sont que des mortels. Ils ne sont pas inspirés par Dieu.

– Parfois ils le sont ! Aristote...

– Lui ? ! ! Ce n'est pas un prophète ! C'est un promeneur qui pensait mal, trop vite et sans références. Il ne croyait en rien, se prenait pour un génie, ne travaillait jamais. Il ne vaut pas mieux que ton ami l'ivrogne....

– Ibn Ezra ? Tu ne l'aimes guère, n'est-ce pas ?

– Je l'aime bien, c'est un honnête garçon, mais un mécréant, et il boit trop.

– Il a sa façon toute personnelle de croire en Dieu. Pour lui, Dieu c'est la vie. Ce pourrait être une bonne définition, non ?

Le vieil homme sourit et posa la main sur l'épaule de son fils.

– Tu es bon, Moshé. Je sais que tu chercheras plus loin que les autres. Je ne m'inquiète pas pour toi. Tu es assez fort pour résister à toutes les dérives qui nous entourent. Où que nous devions vivre, je sais que ta science sera utile à notre peuple. Je suis plus inquiet pour ton frère.

– Pourquoi ? Tu ne dois pas ! Il est très raisonnable. Bagarreur, mais raisonnable.

– Il fréquente trop de chrétiens.

– Que racontes-tu ? C'est bien normal : il doit voir des clients, des fournisseurs. Et puis, ce ne sont pas des pestiférés !

– Je sais ce que je dis. Il me semble passer sa vie avec ces gens, les De Souza.

– De Souza ? Jamais entendu parler. Qui sont-ils ?

– De très riches marchands. Il leur vend des pierres rares. Il m'a dit qu'ils étaient de remarquables connaisseurs, et ses meilleurs clients. Il a ajouté que leur fille était très jolie. Et ton frère...

– Ne t'inquiète pas, David est si jeune... C'est sûrement une aventure en passant.

– Je m'inquiète, et davantage encore si c'est « une aventure en passant ». Les chrétiens nous acceptent, puis, un beau jour, sans que nous sachions pourquoi, ils nous tournent le dos. Ou bien ils attendent que nous tournions le nôtre pour nous poignarder. En plus, ton frère commence à faire du crédit...

– Et alors ?

– Je n'aime pas ça. À Bagdad, à Cologne, en Angleterre, des communautés entières sont persécutées parce que certains des leurs ont accepté de faire office de banquiers : pourquoi prendre le risque de se faire massacrer par des débiteurs en colère ? Sans compter que nos maîtres ne sont pas d'accord pour autoriser cette pratique.

– Tu as tort ! dit Moshé. J'ai tout juste reçu un commentaire émanant de l'un des petits-fils de Rachi, Rabbenou Jacob Tam, de Troyes, qui vient de faire savoir qu'à son avis prêter aux non-juifs est pour nous une obligation morale, car le prêt à intérêt incite l'emprunteur à prendre des décisions rationnelles. Et un sage de Metz, rabbi Mordechaï, citant aussi Rachi, m'écrit pour me dire qu'il autorise même le prêt à intérêt entre juifs, à condition qu'un intermédiaire non juif masque le destinataire final. Légère hypocrisie... Enfin, avec ça, David m'a dit pouvoir gagner assez d'argent pour disposer de temps à consacrer à l'étude.

– Tu y crois ? M'est avis que c'est plutôt pour en passer davantage avec cette chrétienne...

Avec le temps, Moshé prit goût à la vie à Tolède ; s'il espérait encore revenir à Cordoue, il se prenait parfois à penser que sa vie pourrait se dérouler à jamais dans cette ville-ci, tolérante et splendide. De toute façon, il n'était pas question pour lui de partir : il lui fallait attendre le retour de Gérard de Crémone, car, il n'en doutait pas, un jour le mystérieux traducteur indiqué par son oncle reviendrait. Il arrivait d'ailleurs que des gens l'évoquent en sa présence, annonçant son retour sans cesse remis. L'homme semblait avoir laissé çà et là un souvenir inoubliable : on le disait flamboyant, capricieux, s'exprimant dans une multitude de langues, amoureux des belles choses, cultivé à l'extrême. Moshé était certain qu'il le rencontrerait : la mort d'Eliphar ne pouvait conduire à une impasse.

Quelques années plus tard, un soir de nouvel an chrétien – qui se fêtait alors au début d'avril –, David vint expliquer à Moshé, qui venait de fêter ses vingt-deux ans, que ses amis les De Souza souhaitaient le rencontrer et qu'ils l'invitaient le soir même à une grande réception chez eux. Moshé refusa : pas question d'aller chez un chrétien un soir de fête chrétienne ! David protesta :

– Comment peux-tu dire ça ? Tu respectes tout le monde, dis-tu ? Mais tu ne veux pas aller chez un chrétien pour une fête qui est, en fait, païenne ?

– Je pourrais y aller, mais ce soir je ne peux pas. Je dois travailler. Quant à toi, tu devrais t'y montrer moins souvent.

– En réalité, rétorqua David, tu refuses d'y venir

parce que notre père t'a dit que je devais me méfier d'eux, n'est-ce pas ? De toute façon, je ne vois pas pourquoi je devrais les fuir. Maria me plaît. Je crois que je lui plais. Son père est très raffiné, cultivé et intelligent ; chez eux, je rencontre des gens passionnants et utiles pour mon commerce. Et je n'ai pas l'intention de me convertir. J'ajoute que Rodrigo De Souza m'a confié qu'il t'admirait. Il me parle sans cesse de toi.

– De moi ? Mais il ne me connaît pas !

– Lui a entendu parler de toi, je ne sais comment. Viens ! Tu verras : c'est un homme étonnant. Beaucoup plus qu'un simple marchand. Passionné de langues étrangères, il en parle huit. Il aime à rapporter des manuscrits des pays où il va et les traduit lui-même. Je suis certain que vous ne manquerez pas de sujets de conversation...

Moshé tressaillit : un marchand-traducteur ? Peut-être saurait-il quelque chose de celui qu'il attendait depuis onze ans ? À la vive surprise de son frère, il se ravisa et accepta l'invitation.

En pénétrant dans le grand salon du palais des De Souza, Moshé fut fasciné d'emblée par l'extraordinaire beauté de la jeune fille avec qui parlait David. Maigre, Maria De Souza arborait des traits d'une extrême finesse, une pâleur inconnue dans la ville, des yeux bleus sous des cheveux blonds tels que Moshé n'en avait pas vu depuis ceux de sa mère. Elle était vêtue d'une tunique ajustée qui la moulait plus qu'il n'était alors admis dans la société tolédane. Elle le fixa intensément, comme avec admiration – presque de la dévotion. À la fois amusé et quelque peu agacé, son frère l'entraîna :

– Je vais te présenter au père de Maria. Viens !

Ils se dirigèrent vers une fenêtre devant laquelle se tenait un homme d'une taille exceptionnelle, maigre lui aussi, au visage émacié, aux yeux très clairs, dans une tenue indienne faite de soie bleue tissée de fils d'or, et qui, les voyant s'approcher, congédia d'un geste l'homme en noir avec qui il conversait.

– Maître De Souza, puis-je vous présenter mon frère ?

– Je suis ravi de vous recevoir chez moi, fit le marchand d'une voix de basse presque sourde. Il y a longtemps que je souhaitais vous rencontrer. Votre renommée a traversé les murailles.

– Ma renommée ? Je ne sache pas que nous fréquentions les mêmes univers...

L'autre haussa les épaules :

– Que savez-vous du mien ? On me dit que vous êtes un joueur d'échecs hors pair. Je manque d'adversaires à ma mesure, ici ; nous pourrions nous affronter quelque jour ?

– Avec plaisir. Mais ce n'est qu'une passion, pas un métier. Comme, pour vous, la traduction, m'a dit mon frère ?

– En effet.

David, voyant Maria occupée à sourire à l'un de ses clients, Ibn al-Kheyyat, fils d'un marchand juif de la ville converti au christianisme, préféra laisser son frère en tête à tête avec De Souza. Celui-ci lança à Moshé :

– Parlez-moi de vous. À quoi travaillez-vous en ce moment ?

– À un livre qui résumerait la pensée d'Aristote.

Le marchand ne broncha pas, puis lâcha négligemment :

– Ah ? Je ne connais sur ce Grec que quelques

commentaires en arabe et en syriaque. Je n'ai jamais eu accès aux originaux. Et vous ?

Moshé se dit qu'il n'aurait jamais meilleure occasion de parler naturellement de ce qui le retenait à Tolède :

– Moi non plus... mais on me dit qu'a vécu ici, il y a longtemps, un de ses meilleurs spécialistes, lequel serait parti il y a onze ans, juste avant mon arrivée. Il était traducteur, comme vous...

– Il s'appelait ?

– Gérard de Crémone.

Moshé frissonna en se rendant compte que c'était la première fois depuis de longues années qu'il prononçait ce nom.

L'autre parut négliger la question, regarda longuement au-dehors, puis déclara d'un air détaché :

– Crémone, tiens... Oui, je le connaissais. C'était un ami de mon frère, mort il y a dix ans, paix à son âme ! Ce Crémone était un personnage peu fréquentable, diabolique, capable de tous les mensonges. En partant d'ici, il a prétendu se mettre en route pour l'Inde. Depuis lors, j'ai appris qu'il était mort à Paris, où il essayait de vendre au roi de France des manuscrits chapardés un peu partout. Bon débarras ! Vous ne devez donc plus le chercher. Ce pourrait même se révéler dangereux pour vous.

Le marchand regarda fixement Moshé, puis lui tourna le dos. Ce dernier comprit qu'il n'en tirerait rien de plus. Comme si le nom de Crémone avait rouvert chez De Souza une très vieille blessure ou comme s'il avait voulu lui transmettre une sourde menace. Crémone était donc mort ! Il aurait attendu toutes ces années pour rien ? Tolède n'aurait été qu'une impasse ? Jamais il ne saurait rien. Plus de raisons de rester à Tolède.

Il s'éloigna et rejoignit son frère, qui ne quittait plus Maria. Il parvint à le prendre à part :

– Nous ne resterons plus très longtemps dans cette ville. Je n'ai plus rien à y faire.

– Parle pour toi. Moi, je reste !

– À cause de cette fille ? Allons ! C'est si sérieux ?

– Pas encore, mais ça pourrait le devenir.

– N'espère rien de cette relation ; elle est sans issue.

– Ne te mêle pas de ça.

– Je dois m'en mêler : tu es mon frère, et cette fille est chrétienne.

– Mais il n'est pas question que je me convertisse !

– Elle ne pourra pas ne pas te le demander si tu lui plais et si son père t'accepte. Si tu le fais, tu seras perdu pour nous sans être admis par eux ! Et si tu ne le fais pas, toute ta vie, il te sera reproché d'être juif. Tu as vu ce qui est arrivé à notre oncle !

– Tu vois toujours tout en noir. Les De Souza ne sont pas comme ça, je t'assure ! Ils m'accepteront comme juif. Pas question pour moi d'oublier qui je suis.

– Leur amitié n'est qu'une illusion. Leurs peuples nous aiment et nous admettent, mais leurs puissants finissent par nous haïr pour ne plus se souvenir qu'ils ont eu besoin de nous. Tiens, à Barcelone, non loin d'ici, l'évêque vient de faire afficher partout dans la ville l'interdiction faite « aux chrétiens, sous peine d'excommunication, d'assister aux noces et aux enterrements des juifs et des sarrasins, afin que ceux qui professent la religion chrétienne ne soient pas pollués par leurs superstitions ».

– Oui, mais pas ici ! Nos médecins soignent leurs malades. Nos paysans vendent leurs produits aux mêmes foires. Je voyage, mange et loge en compagnie de Gentils. Je travaille avec des tailleurs de pierres chrétiens. J'achète et vends à des musulmans aussi bien qu'à des chrétiens. Et les princes ont besoin de nous : avoir des juifs revient pour eux à s'assurer des revenus importants.

– La belle affaire ! Ils choisissent au gré des circonstances entre saisir tous nos biens en une seule fois et prélever régulièrement sur nous des impôts exorbitants ! As-tu oublié ce que nous avons vécu à Cordoue ? Là-bas aussi, nous croyions qu'à jamais tout irait bien. Or il nous a fallu partir. J'ajoute que si tu comptes faire de cette fille ta maîtresse sans te convertir, tu risques le pire : ici, les relations sexuelles entre un juif et une chrétienne sont punies aussi sévèrement que la zoophilie !

– Ce texte-là n'est pas appliqué, intervint Ibn Ezra qui les avait rejoints. Je te garantis que j'ai rencontré beaucoup de chrétiens dans les « auberges » où je vais !

– En fait, tu n'aimes pas Tolède, grogna David. Et tu fais tout pour que nous en partions.

– Tu te trompes. J'aurais volontiers passé ma vie entière ici. L'air y est meilleur encore qu'à Cordoue, et c'est dans les climats tempérés que l'on trouve les plus belles langues et les régimes politiques les plus raisonnables. Mais Tolède reste une terre étrangère. C'est dans le monde arabe que nous sommes vraiment chez nous. L'arabe et l'hébreu sont en fait la même langue, et c'est en arabe que j'ai appris l'hébreu...

– Le monde arabe ? Il a tué ma mère, s'exclama David, je préfère Tolède à tout autre lieu... Si Maria me demande d'y rester à jamais avec elle, je lui obéirai avec joie !

David les planta là pour rejoindre la jeune fille qui

paraissait bouder. En voyant la mine de Moshé, Ibn Ezra éclata de rire :

– Ne fais donc pas cette tête ! Ce n'est pas si grave ! L'amour n'est jamais grave !

– Pour toi, rien n'est grave. Tu ris de tout, tout le temps. Tu ne prends jamais rien au sérieux.

– Tu me connais mal. Je suis beaucoup plus sérieux que tu ne crois, même si je ne prends pas au sérieux ce qui t'intéresse. Au reste, sais-tu pourquoi j'aime mon poète persan ?

– Quel rapport avec notre conversation ?

– Je l'aime depuis que j'ai lu ce qu'il disait de lui-même : « Sur la terre bariolée chemine un homme qui n'est ni musulman ni fidèle, ni riche ni pauvre. Il ne révère ni Dieu ni lois. Il ne croit pas à la vérité. Il n'affirme jamais rien. Sur la terre bariolée, quel est cet homme grave et triste ? » Cette phrase m'a bouleversé. Je me suis reconnu dans « cet homme grave et triste ». Parce que je sais qu'après la mort il n'y a rien. Alors j'ai continué à le lire. Et quand j'ai lu : « Referme ton livre. Pense librement et regarde librement le ciel et la terre », j'ai décidé d'en faire ma devise.

Moshé savait qu'Ibn Ezra avait raison. Lui non plus ne croyait pas que la vie servait à faire la connaissance de ceux avec qui on passerait ensuite l'éternité. Pourtant, la mort ne l'effrayait pas. Un jour, il saurait et écrirait pourquoi il n'y avait aucune raison de craindre la mort. En attendant, puisque Crémone n'était plus, il fallait se préparer à repartir vers des terres plus juives. Il pensait à l'Égypte. Et, pour cela entraîner son frère. Pour lui, Alexandrie apparaissait désormais comme une destination possible, la plus raisonnable. Là où ils seraient le plus à l'aise.

Quelques semaines plus tard s'acheva l'agonie d'Alphonse VII, roi de Castille. La ville entière pleura le grand monarque qui avait su lui rendre sa puissance et son rayonnement. On célébra des offices dans toutes les églises ; les rabbins prièrent pour le « roi des trois religions » ; les muezzins appelèrent au deuil dans la prière du soir. Le fils aîné du défunt, très malade, fut, l'espace de quelques mois, un éphémère Sanche III, dit « le Désiré », avant de laisser le trône à son propre descendant, un enfant, Alphonse VIII, dit « le Noble », dont la mère, doña Blanca, la fille du Cid Campeador, était morte en lui donnant le jour. Les mages qui pullulaient en ville virent de très mauvais présages dans cette succession de deuils.

Un oncle du jeune roi, Ferdinand de León, revendiqua la régence. L'enfant faillit être assassiné par des nobles rebelles et ne dut son salut qu'à un écuyer fidèle à son père qui le transporta sur le pommeau de sa selle à San Esteban de Gomez, abandonnant la ville à un régent écartelé entre deux clans rivaux, les Castros et les Laras.

C'est alors que la clepsydre tomba en panne. La fabuleuse machine d'Al-Zarqualluh, la merveille de la ville, qu'on venait admirer de partout depuis des décennies, s'arrêta à la suite d'un tremblement de terre presque aussi violent que celui qui avait précédé, onze ans plus tôt, l'arrivée des Almohades à Cordoue. Comme la principale secousse s'était produite en montagne, le séisme fit relativement peu de victimes. Mais les vibrations déréglèrent le délicat mécanisme, l'eau refusa de couler, les vannes de s'ouvrir, les lacs de se vider. Dans Tolède, cette panne suscita l'effroi. C'était comme si le temps s'était arrêté, comme si la ville se mourait. Le mécanisme était si complexe qu'aucun horloger ne se proposa pour le réparer. Le régent exigea alors du plus connu d'entre eux – un juif qu'on disait aussi alchimiste et magicien – de s'en charger. David ben Lopez y Toledano (c'était son nom) osa pénétrer dans la cage de cuivre qui abritait les précieux rouages ; il essaya de comprendre comment la circulation régulière de l'eau, mettant en branle des engrenages de toutes tailles, parvenait à ouvrir et refermer d'immenses vannes à quelque distance de là. Et comment s'en trouvait déterminé le niveau des lacs, en si exacte correspondance avec les phases de la Lune que les imams s'en servaient comme repère pour la fixation des fêtes. Toledano déclara qu'il lui faudrait beaucoup de temps pour effectuer la réparation. Jour après jour, des émissaires de plus en plus pressants venaient aux nouvelles ; le régent lui-même, exaspéré, passa par là, au retour d'une chasse au faucon, et le menaça de mort.

L'horloger démonta l'ensemble des rouages en tremblant ; il compta six mille deux cent cinquante-trois pièces, sans rien comprendre au mécanisme. Il essaya de le remonter. Après des dizaines de tentatives infructueuses au terme desquelles il restait toujours avec des pièces superflues, il pensa y être enfin parvenu : tous les rouages avaient trouvé une place. Mais la clepsydre ne redémarra pas pour autant. Toledano était terrifié. Il prétendit alors qu'il manquait un ressort et un échappement particulièrement difficiles à fabriquer, et demanda l'autorisation d'aller les faire préparer à Barcelone, chez son frère. Un officier la lui accorda sans en référer au régent, lequel le fit exécuter dès qu'il se fut rendu compte que l'horloger avait fui à jamais. Des prêtres affirmèrent qu'il était en fait parti avec le mécanisme secret pour le revendre au roi de France. D'autres expliquèrent que Toledano n'avait pas agi seul, que tous les juifs de la ville s'étaient ligués pour interrompre le mouvement de la merveilleuse machine parce que celle-ci montrait que le temps appartenait désormais aux chrétiens. Quelques prédicateurs en déduisirent que les juifs étaient décidément incorrigibles et qu'on avait trop longtemps négligé le fait qu'ils avaient fait périr le Christ.

Beaucoup dans la communauté commencèrent à s'inquiéter, même si le régent ne donnait pas le sentiment de se rallier à ces vues extrêmes, tout occupé qu'il était à se défendre contre des clans dont les rivalités menaçaient de dégénérer en guerre civile.

Moshé commençait à penser qu'il leur faudrait bientôt partir pour Alexandrie, quand Ibn Ezra vint lui annoncer que, depuis deux semaines, un étrange voyageur était arrivé et venait de s'installer dans une somptueuse demeure de la vieille ville, près du Zocodover : c'était Gérard de Crémone.

Au même moment, à Cordoue, onze ans après le supplice d'Eliphar, les tensions s'étaient aggravées entre les membres de la famille du calife, les *sayyid*, et les cheikhs descendant des membres des premiers conseils almohades. Malgré cela, Abd el-Mumin avait dû laisser la ville aux mains d'un gouverneur pour aller combattre les roitelets musulmans qui lui refusaient obéissance. Il avait repris Séville, puis était reparti pour le Maghreb et avait réinstallé sa capitale à Marrakech, qu'il contrôlait mieux, avant de reprendre la route pour s'emparer de Sétif et Bougie. Il avait fait là d'innombrables prisonniers qu'il avait déportés en Andalousie. Son fanatisme ne s'était pas atténué, au contraire. Toujours au nom du Mahdi – l'illuminé berbère dont il avait fait presque l'égal du Prophète –, l'émir envoyait régulièrement des édits dans les provinces pour confirmer l'interdiction des études philosophiques et ordonner de brûler tous les livres, sauf ceux de théologie, de médecine, d'arithmétique et d'astronomie élémentaire, nécessaires à l'établissement du calendrier et à l'orientation des caravanes et des caïques.

Dans Cordoue, devenue marginale dans un immense empire dont le centre était désormais situé au pied de l'Atlas, un jeune homme avait commencé à se faire une place : Ibn Rushd semblait ne pas avoir peur de ces berbères incultes. Musulman pratiquant, il faisait tous les jours ses cinq prières : à l'aube, le Sobh ; à midi, le Dhour ; en milieu d'après-midi, l'Asr ; après le coucher du soleil, le Maghrib ; et dans la nuit, l'Isha. Mais, plus logicien que théologien, plus médecin que croyant, il n'éprouvait pas le moindre respect pour ceux qui pouvaient pourtant, à chaque instant, l'envoyer à la mort. Et il le laissait voir et savoir sans trop de précautions.

Dans ses conversations privées ou ses consultations de médecin, de plus en plus courues, comme dans les cours qu'il dispensait à l'université de Cordoue, il laissait entendre que les Andalous, à l'instar des Grecs, formaient une glorieuse nation, digne d'entendre la philosophie. « Quel dommage, continuait-il en riant – au grand scandale de ceux qui avaient le malheur de l'entendre –, qu'Allah n'ait pas transmis aussi son message à Aristote ! Il n'aurait pas eu besoin de toutes ces métaphores. Imaginez : un Coran écrit par Aristote à destination des élèves du Lycée d'Athènes ! »

Pour les ulémas entourant le nouveau pouvoir, attachés à faire respecter la lettre de la parole du Prophète et de son seul interprète autorisé, le Mahdi, il ne pouvait exister pire offense. Pourtant, mystérieusement, le jeune homme n'était jamais inquiété. D'aucuns affirmaient que c'était parce que, formidable orateur, il plaidait avec conviction en faveur de la guerre sainte quand la cour le lui demandait. D'autres assuraient que c'était grâce à son père : cadi suprême de la ville et médecin de l'émir, il faisait disparaître les rapports de police relatant ses frasques. D'autres encore prétendaient que son rationalisme était utile au nouveau calife qui devait combattre les mysticismes importés d'Orient, en particulier le soufisme. D'autres enfin murmuraient qu'il comptait à la cour un protecteur puissant, qu'il avait soigné et sauvé.

Se sentant invulnérable, Ibn Rushd osait plus. Chacun feignait donc de ne pas s'offusquer quand il expliquait qu'Aristote était la vraie source de la vérité ; que le Coran n'était pas un traité scientifique, seulement un moyen d'accès à la vérité, laquelle résidait dans la science ; que le plaisir de penser, d'apprendre, de créer, comptait plus que le devoir de croire. Il osait aussi affirmer que le temps était éternel aussi bien en aval, dans l'avenir, qu'en amont, dans le passé ; que Dieu, substance la plus simple, la moins matérielle, n'avait pas créé l'univers, mais l'avait donné à gérer à un représentant qui n'était rien d'autre que le premier Moteur d'Aristote. On le laissait soutenir que l'acte de penser faisait de l'homme l'égal de Dieu, un bref instant. Au point même que, dans les rares minutes où l'homme réussit vraiment à penser, il ressent fugacement la béatitude que le Miséricordieux connaît en permanence. Ibn Rushd osait se gausser du maître à penser des Almohades, le Mahdi, disciple d'Al-Ghazali, qui affirmait que, sans création de l'univers, pas de Dieu. Il lui rétorquait que Dieu n'était pas un architecte distinct de la maison qu'il construit, mais un musicien obligé de jouer sans cesse pour faire exister son œuvre.

Cette comparaison entre Dieu et un musicien lui fit perdre ses derniers soutiens. Quelles que fussent les mystérieuses protections dont bénéficiait Ibn Rushd, les critiques cette fois fusèrent de toutes parts. Un vendredi soir, douze ans après l'expulsion des juifs, dans la principale mosquée de Cordoue, un imam nommé Abul Hossein ibn Djobeir conclut son sermon par une violente diatribe contre celui qui trahissait son nom (lequel, rappela-t-il, signifiait « rectitude ») et ses illustres ancêtres : « Maintenant, Ibn Rushd n'est que trop certain que ses œuvres sont des choses pernicieuses. Ô toi qui t'es abusé toi-même, regarde si tu trouves aujourd'hui un seul homme qui veuille être ton ami ! Tu n'es pas resté, ô fils de la Vérité, dans la vérité vers quoi, si haut dans le siècle, tendaient tes efforts. Tu as été traître à la religion ; ce n'est pas ainsi qu'a agi ton aïeul. Le destin a frappé tous ces falsificateurs qui mêlent la philosophie à la religion et qui prônent l'hérésie. Ils ont étudié la logique, mais on a dit avec raison : le malheur est confié à la parole. »

On prit ce réquisitoire pour une *fatwa* voulue par le prince, ce que confirma la convocation qu'il reçut le lendemain, lui enjoignant de se rendre immédiatement à Marrakech où le calife Abd el-Mumin avait installé sa capitale.

Avant son départ, son père, terrifié, l'avait submergé de recommandations sur la meilleure façon de faire amende honorable. Le jeune homme le rassura du mieux qu'il put, même si, en fait, lui-même se rongeait d'inquiétude. Il regrettait de s'être laissé aller à dire ce qu'il pensait : le plaisir de penser le conduisait parfois à oublier ce qu'était alors devenue Cordoue. Devant la menace, il songeait à quitter le pays pour Tolède, où les musulmans étaient admis, quand une petite troupe de cavaliers touareg de la garde impériale vint le chercher, courtoisement mais fermement, pour l'escorter jusqu'à Séville, puis Almería. Là, on le mit sur un bateau en partance pour Ceuta, où une autre escorte l'attendait pour le conduire à Marrakech. À l'inquiétude s'était substituée en lui la sérénité : il n'en sortirait pas vivant. Il se demandait seulement comment il serait exécuté.

Après un voyage qu'il trouva beaucoup trop rapide, le jeune homme sentit la peur l'envahir à nouveau en arrivant devant les remparts écrasés de chaleur de la capitale de l'Empire. Elle n'était qu'une énorme garnison à l'orée du désert. Tout y donnait le sentiment que ses occupants étaient prêts à tout pour conserver le pouvoir.

Dès qu'il eut franchi Bab Doukhala, la principale porte de la ville, un officier de la cour vint relayer son escorte et le conduire dans une modeste auberge près du Djma el-Fna. Il y reçut l'ordre de se changer et de se préparer pour une entrevue au palais. Au palais ? Mais pour y rencontrer qui ? Un tribunal ou un bourreau ?

Plus tard dans l'après-midi, le même officier vint le chercher pour le guider, de moins en moins rassuré, à l'intérieur de la colossale bâtisse aux murs ocre qui tenait lieu de palais impérial. Ce n'est que lorsqu'il fut introduit, dans une quasi-obscurité, au milieu de ce qui lui parut être un vaste patio aux murs couverts de zelliges, qu'on lui annonça qu'il allait être reçu par Abd el-Melk ibn Tufayl al-Qaisi.

Il manqua de défaillir. C'était la certitude de la mort. L'homme, à la fois politicien, écrivain, médecin et philosophe, était le tout-puissant conseiller d'Abou Yacoub Yousouf, le prince héritier. Il avait tout pouvoir sur la vie des gens, en particulier celle des écrivains. Ibn Tufayl avait d'abord été l'un des majordomes contrôlant l'accès aux audiences du souverain. Puis il avait supervisé le personnel du palais et fait fonction de commandant de la garde. Il avait beaucoup lu, beaucoup travaillé. Depuis peu, il était devenu médecin et théologien. Il était même, pour le compte du nouveau régime, le principal censeur des écrits : une sorte de dictateur des lettres et des idées. Dans l'Empire, chacun savait que quiconque avait l'infortune de ne pas penser comme Ibn Tufayl finissait sur le pal. L'homme n'était pas pour rien dans l'ascension de la dynastie. Il en avait forgé la doctrine et veillait à sa bonne et sûre application. Descendant de la grande tribu arabe des Quaïs qu'avait côtoyée le Prophète, il se disait disciple d'Al-Ghazali, d'Ibn Bajjah et d'Avicenne. Autant dire qu'il n'aimait pas qu'on s'écartât du dogme. On soufflait même que les textes du Mahdi, le guide mort depuis belle lurette et dont les Almohades se disaient les disciples, étaient en fait de sa plume. Cet Arabe au service des Berbères aurait ainsi inventé un gourou imaginaire qu'il aurait fait mourir en plein désert, pour créer un culte de la personnalité autour de son tombeau, là, à Marrakech, et donner une austère base doctrinale à la nouvelle dynastie. Mais, de cela, nul n'était certain.

Pourtant, ces caractéristiques n'expliquaient pas un autre aspect du personnage, pensa Ibn Rushd en reprenant aussitôt espoir. D'abord, on soulignait qu'il avait envoyé son élève, le prince héritier, se former à Séville pour apprendre des rudiments de philosophie. Surtout, Ibn Tufayl venait de publier une œuvre incroyablement audacieuse qu'Ibn Rushd avait lue quelques mois auparavant dans l'exemplaire de son père. L'*Histoire de Hayj ibn Yaqzan, vivant fils de l'Éveillé*, racontait les aventures d'un enfant qui, après un naufrage, avait dû passer quarante-neuf ans sur une île déserte où il avait découvert seul l'existence de Dieu et le plaisir de dialoguer avec Lui. Sans aucune religion, sans aucun rituel, sans aucune église, il avait exploré les chemins de la prière, de la contemplation, de la jubilation, de la sérénité, de la communion. Quand il avait été retrouvé par des marins de passage venus de l'île voisine, habitée, il avait accepté de les y accompagner. Les habitants ne le comprirent pas quand il leur parla de sa manière de croire en un Dieu. Ils avaient leurs propres religions qui leur allaient très bien ; sa propre idée de Dieu était par trop abstraite, trop universelle, trop naturelle pour ne pas contrarier celle des diverses Églises. Quand on voulut forcer le naufragé à prier comme les autres, à ajouter foi aux mêmes textes que tout le monde, il décida de repartir sur son île déserte, préférant abandonner la compagnie des hommes plutôt que de renoncer à son tête-à-tête avec Dieu.

Ibn Rushd se disait qu'il avait peut-être quelque chance de réussir à plaider sa cause auprès de l'auteur d'un tel roman. Peut-être aurait-il le temps de lui expliquer que ce qu'il avait voulu dire – et qu'il avait sans doute mal exprimé –, c'était que le malheur de l'islam venait justement de ce que Mahomet avait dû s'adresser à des ignorants : si le Miséricordieux avait parlé à Platon, à Aristote ou à des rabbins comme Jésus, il se serait à coup sûr exprimé autrement. Peut-être lui-même pourrait-il entamer un dialogue avec le conseiller du prince avant que ne tombe le cimeterre ? Peut-être même pourrait-il quitter ce palais avec la tête encore sur les épaules ?

Quand ses yeux se furent accoutumés à l'extrême pénombre, Ibn Rushd distingua une silhouette au fond de la pièce, assise sur des coussins posés à même le sol. L'homme paraissait posté devant ce qui semblait être une porte, et le surveillait. Un garde ? Ibn Rushd attendit sans bouger, aux aguets. Au bout d'un long moment, de la silhouette monta une voix fluette.

– Bienvenue dans la ville de l'ennui ! J'espère que tu ne m'en veux pas de t'avoir privé de la divine Cordoue. Approche !

Ibn Rushd réalisa qu'il se trouvait en face d'Ibn Tufayl. Il s'avança en tentant de contenir sa peur. L'autre l'arrêta d'un geste et lança :

– Qu'Allah le Miséricordieux soit avec toi !

Ibn Rushd bafouilla :

– Je suis désolé... je ne te voyais pas.

– Il faut du temps et maints efforts pour traverser les ténèbres. Tu devrais le savoir !... Ton voyage s'est-il bien passé ?

– Je te remercie. Je suppose que c'est grâce à ton influence que ce périple se déroula sans histoires.

L'autre soupira :

– Mon influence... Comme si j'exerçais la moindre influence sur le cours des choses ! La première décision que je prendrais, si j'en avais la moindre, serait de déplacer la capitale hors de cette fournaise, de ce trou à rats, de ce lieu sans savoir ! Pour la réinstaller à Cordoue... Mais nous ne sommes pas là pour parler villégiature. Le temps nous est compté. Je t'ai fait venir parce que beaucoup se plaignent de tes discours. Il paraît que tu expliques qu'Aristote n'a pas tout à fait tort ?

Ibn Rushd sentit une sueur glacée perler à son front. C'était bien ça : un procès en déviation intellectuelle. Il n'en sortirait pas vivant. Il risqua :

– Je pense, comme le héros de ton livre, que plusieurs voies mènent à Dieu. Et que celle de la raison en vaut bien une autre.

– Mon livre ?... Je ne pensais pas que tu avais des lectures aussi futiles. Tu n'as pas à raisonner comme un personnage de fiction, mais comme un bon musulman. Nous ne demandons rien de plus à nos philosophes.

Quelque chose dans la voix de son interlocuteur, malgré la virulence du propos, donna à Ibn Rushd le sentiment que tout n'était peut-être pas perdu. Il osa poursuivre :

– Être un excellent musulman ne t'a pas empêché d'écrire l'histoire d'un homme qui préfère sa propre religion à celle du Prophète.

– Jusque-là, ton audace relevait de l'inconscience ; mais persister la transforme en suicide. Tu sauras, jeune homme, qu'à la différence du héros de ce livre, je ne vis pas sur une île déserte, mais au milieu des hommes. Et que mon rôle est de leur dire ce à quoi il est nécessaire qu'ils croient. Quant à toi, c'est à Cordoue que tu prends beaucoup trop de libertés avec la parole de notre Prophète, béni soit Son nom ! Pas au milieu de l'océan.

– Je crois n'avoir rien dit qui offense la morale ou notre foi. Je...

– Mais personne ne te le reproche ! Pourquoi t'en défendre ? Tu sembles avoir peur... Tu as peur ? Il ne faut jamais avoir peur ! Si tu as peur, je penserai que tu ne crois pas vraiment à tes idées, que tu ne dis ces choses-là que pour briller en société, que tu n'es qu'un petit provocateur mondain. C'est ce que tu veux que je croie ?

– Non... Je...

Ibn Rushd perdait pied ; il entendait alternativement les paroles de l'autre comme des encouragements et comme des menaces. La silhouette assise au fond de la pièce se leva.

– Tu te défends mal. Voyons si tu es plus habile devant notre maître à tous.

Le vieil homme tapa dans ses mains. La porte à côté de lui s'ouvrit. Ibn Rushd réalisa qu'il n'était jusqu'ici que dans l'antichambre d'un grand salon au fond duquel il reconnut, entouré de serviteurs et de trois chiens, Yacoub, le prince héritier, un homme encore apparemment jeune, mince, à la fine barbe en collier, qu'il avait déjà entrevu à plusieurs reprises à Cordoue. Et d'abord douze ans plus tôt, le soir du supplice qu'il n'avait jamais oublié.

Ibn Tufayl l'entraîna, tétanisé de peur, jusqu'à quelques pas du prince. Après de très longues secondes de silence, le conseiller s'inclina et demanda :

– La chasse s'est-elle bien passée, Prince des coyants, Seigneur d'entre les seigneurs ?

Tout en continuant de jouer avec ses chiens, le prince répondit d'une voix éraillée, étrange, sans même regarder ses interlocuteurs :

– Pas mal, les faucons étaient en forme. Mais on ne trouve ici que des hérons et des perdrix. Je regrette les ours d'Andalousie, les cigognes de Séville... Alors, jeune homme, on me dit que tu es Abû-l-Walid Muhammad ibn Rushd, fils d'Abû-l-Qâsim Ahmed ibn Rushd ?

– En effet...

– Ton père est un homme respecté, un grand juriste dont nous avons été heureux de recevoir l'allégeance. Toi, en quelque sorte, tu es comme moi : l'héritier d'une grande famille. Tu sais que cela crée des devoirs, le fait d'être héritier ?...

– Je m'efforce d'être digne de mon père. Je crois...

– Ce n'est pas à toi de croire ou de juger, c'est à nous ! On me dit que tu es aussi médecin...

– Je ne suis qu'un modeste praticien.

– Ce n'est pas ce qu'on m'a rapporté. La modestie ne te sied pas. On me rapporte aussi que tu es philosophe ? Quelle est l'opinion des philosophes à l'égard du Ciel ? Le croient-ils éternel ou créé ?

Saisi de peur, Ibn Rushd éluda la question et, ignorant ce qu'Ibn Tufayl avait dit au prince, nia s'être jamais occupé de philosophie. S'apercevant de la frayeur et de la confusion du jeune homme, le Prince des croyants se tourna vers Ibn Tufayl et se mit à répondre lui-même à la question qu'il avait posée : il rappela ce qu'avaient dit Aristote, Platon et Zénon, citant en même temps les arguments invoqués contre eux par divers philosophes musulmans, tel Al-Ghazali. Il faisait montre d'une exceptionnelle culture. Ibn Rushd était stupéfait : le prince chargé d'éradiquer la philosophie grecque, qui la dénonçait par la bouche de tous ses séides et qui faisait brûler tous les livres, connaissait Aristote, Platon et Zénon !

Le prince continua comme s'il lisait dans ses pensées :

– Ne me dis pas que tu ne connais rien aux Grecs, je ne te croirai pas. Je pense que tu sais tout de ce que les Grecs disent de la création de l'univers, n'est-ce pas ?

Le jeune homme n'osa répondre, et hocha la tête. Le prince continua :

– Fort bien. Je ne t'en fais pas grief. Mais connaître les Grecs ne te donne pas le droit d'interpréter le Coran. Les croyants doivent appliquer à la lettre les instructions du Prophète. Nul n'a le droit de les interpréter depuis la mort du Mahdi.

C'était dit d'un ton calme, de la même voix éraillée, si particulière, pas du tout menaçante. Ibn Rushd osa répondre :

– Puis-je me permettre de faire remarquer qu'il y a des cas où le Coran invite explicitement à le faire ? Et, dans ce cas, il me semble qu'on a le droit, en l'absence du Mahdi, d'utiliser les travaux des philosophes pour l'interpréter.

– Tu veux dire que, pour toi, Dieu a voulu que les hommes Le cherchent ailleurs que dans le Coran ? interrogea le prince.

Ibn Rushd trembla. Dans quoi s'était-il lancé, surtout après avoir laissé entendre qu'il ne connaissait rien à la philosophie !

– Pour comprendre le Coran, veux-je dire, mais sans le contredire. Car les sciences ne sauraient contredire la Parole révélée. La vérité ne saurait contredire la vérité. La raison est une création de Dieu qui s'impose à Dieu Lui-même.

– Donc, à ton avis, la raison serait une forme de vérité supérieure à la religion ?

Dans son élan, Ibn Rushd se risqua à répondre sans réfléchir à l'énormité qu'il allait proférer :

– La religion est une expression seconde de la vérité ; seules les élites philosophiques et scientifiques peuvent comprendre la forme supérieure, qui n'est pas intuitive. Par exemple, seuls les savants peuvent comprendre que le Soleil est beaucoup plus gros que la Terre alors que son apparence est bien plus petite. Aussi, quand la raison contredit l'interprétation simpliste de la religion, elle ne contredit pas le Prophète, mais les erreurs énoncées parfois en Son nom par des gens qui ne le connaissent pas dans toute Sa splendeur. Au surplus, la religion n'a pas intérêt à ce qu'on mente en son nom ; sinon, quand le mensonge est avéré, c'est la religion qu'on abandonne.

– Voilà qui est intéressant... Mais où, dans les textes sacrés, vois-tu des risques d'interprétation erronée ?

– Par exemple, certains croient lire dans les Écritures (les nôtres comme celles des juifs et des chrétiens) que l'univers a été créé en un instant ou en huit jours. Il n'en est rien. L'univers n'a jamais été créé. Et le temps, qui lui est consubstantiel, non plus. Sinon, il y aurait un « avant » l'univers et donc un « avant » le temps. Or, « avant », c'est déjà du temps. Il est donc logiquement impossible que le temps et l'univers aient commencé à un moment précis.

– C'est ce que dit Aristote, opina le prince en souriant ; et tu reconnais bien l'avoir lu alors que tu le niais il y a un instant !... Et tu sais ce qu'y répond Al-Ghazali : si l'univers était éternel, il n'aurait pas eu besoin de Dieu pour exister. Dieu deviendrait alors inutile.

Ibn Rushd fut surpris que le prince eût vent de ce texte méconnu du maître musulman hostile aux Grecs. Il répliqua sans réfléchir :

– Je suis très honoré de voir le Prince des croyants partager sa science avec moi. Mais ce raisonnement de Ghazali est infondé. Car, pour exister, l'univers doit être pensé à chaque instant par Dieu. L'univers disparaîtrait donc si Dieu venait à l'oublier.

– Ce qui ne prouve nullement que l'univers soit éternel, reprit le prince. Dieu pourrait ne pas avoir pensé à l'univers dès le début, mais seulement à partir d'un certain moment.

– Là encore, sourit Ibn Rushd, il y aurait eu un « avant », un temps avant le temps, ce qui est impossible...

Yacoub le considéra en hochant la tête. Ibn Rushd se demanda avec terreur s'il n'était pas allé trop loin. Il s'en voulut d'avoir acculé le prince à une contradiction.

Celui-ci chuchota longuement aux oreilles d'Ibn Tufayl, qui acquiesça ; puis Yacoub se remit à jouer avec ses chiens tout en semblant ignorer les deux visiteurs campés en face de lui.

Ibn Tufayl fit signe à Ibn Rushd que le moment était venu de partir. Ils sortirent à reculons. Dans l'antichambre, le conseiller donna des instructions à un scribe qui les nota et sortit. Ils attendirent en silence. Ibn Rushd avait recouvré son calme : son sort était scellé. Il se demanda : qu'attend-on ? une escorte pour me conduire en prison ? ou au bourreau ?

Quelques minutes plus tard, ils sortirent du palais. Ébloui par la lumière, le Cordouan ne vit pas d'emblée le serviteur qui lui tendait un sac de pièces d'or et la longe d'un cheval noir superbement harnaché. Ibn Rushd s'étonna :

– Pour moi ? Pourquoi ?

– Le prince, répondit Ibn Tufayl, vient de me confier que nous allons bientôt repartir vers Tunis afin de combattre des Normands qui y ont débarqué de Sicile ; nous ne reviendrons pas ici avant plusieurs mois au moins. Il m'a également confié qu'il était mécontent des zones d'obscurité dans la pensée d'Aristote telle que l'ont restituée ses traducteurs. Il a ajouté : « Si ces livres pouvaient trouver quelqu'un qui les résumât et les rendît accessibles après les avoir compris convenablement, alors leur assimilation serait plus aisée. » Si tu trouves en toi assez de forces pour cette tâche, fais-le ! Je souhaite pour ma part que tu t'en acquittes, étant donné ce que je sais de la qualité de ton esprit, de l'étendue de tes aptitudes et de ton inclination à l'étude.

Ibn Rushd était abasourdi : le prince le plus orthodoxe et son conseiller le plus exigeant lui demandaient de vulgariser Aristote ? N'était-ce pas un piège ?

– Je te remercie pour l'honneur qui m'est fait, mais tu es beaucoup mieux placé que moi pour mener à bien ce travail...

– Ce qui m'en empêche, ce n'est que mon âge avancé, mon zèle à servir, le soin que je dois consacrer à plus important. Toi, tu as l'âge et le talent nécessaires. Il te faudra du temps, beaucoup de temps. Tu auras accès à tous les livres que tu voudras et tu seras nommé à un poste qui t'en laissera le loisir.

– Pourquoi me donner les moyens de travailler ? Tu passes ton temps à pourchasser les hérétiques, et voilà que tu me demandes d'étudier et de faire connaître la pensée du plus grand d'entre eux... Es-tu comme ces dictateurs qui aiment à savourer en privé les plaisirs qu'ils interdisent à leurs peuples ? ou comme ces princes qui goûtent la musique qu'ils jugent décadente et prohibent dans leurs provinces ?

– Tu as raison de me poser ces questions. Mais j'ai les miennes pour ne pas te répondre.

– Donne-moi au moins une piste...

– Par exemple, nous pourrions avoir besoin de mettre de l'ordre dans la pensée officielle pour lutter contre ceux qui menacent de transformer l'islam en une simple mystique. Les imbéciles extrémistes sont obsédés par les pratiques et sourds aux progrès de la science. S'ils triomphent, ce sera la mort de l'islam ; car il n'y a pas de force politique sans richesse marchande, pas de richesse marchande sans inventions techniques, et donc sans science ni raison.

– Je ne vois pas à quels extrémistes tu fais allusion, dit Ibn Rushd.

– Parce que tu penses que c'est nous autres, les extrémistes ? sourit Ibn Tufayl. Un jour, tu verras ce qu'est le véritable extrémisme, celui qui tue avant même de laisser le temps de penser. Nous n'admettons pas les relaps qui piétinent notre foi, mais nous souhaitons que l'islam utilise toutes les armes de ses adversaires, y compris la science. Nous voulons créer un État puissant, structuré autour d'une foi pure, rationnelle, fondée sur la seule application du Coran, mais sans céder aux fanatismes qui interdisent de réfléchir et d'accepter le nouveau.

Le conseiller du prince sembla réfléchir et hésiter. Il regarda longuement Ibn Rushd, puis ajouta :

– Pour bien comprendre Aristote, tu devras aller aussi chez les chrétiens...

– Chez les chrétiens ? sursauta Ibn Rushd. Mais ils ne connaissent Aristote que par nos propres commentaires !

– Il y a chez eux des gens très savants, dans nombre de lieux : Paris, Rome, Constantinople, Narbonne et, plus près d'ici, Tolède. C'est précisément à Tolède que je veux que tu ailles.

– Tolède, s'étonna Ibn Rushd, la ville de nos ennemis ? Mais je ne passerai pas les lignes. Nous sommes en guerre contre eux, tu ne l'ignores pas.

– Je ferai en sorte qu'on t'aide à les traverser, que

tu y sois bien reçu et qu'à ton retour, nul ne te prenne ici pour un traître.

– Mais que devrai-je faire à Tolède ?

– Chercher un homme nommé Gérard de Crémone. Enfin, un homme... Certains disent qu'il est tout sauf un humain... Il en sait plus sur la philosophie que toutes les bibliothèques de la Méditerranée. Il s'est installé là-bas il y a quinze ans pour traduire en latin les textes grecs qui n'existaient qu'en arabe ; il est, paraît-il, tombé amoureux du pays. Devenu un exceptionnel traducteur en latin de nos textes de mathématiques, d'astronomie, de médecine, d'alchimie, de sciences divinatoires, il connaît mieux que personne toutes les versions arabes de l'œuvre d'Aristote, les traités de Ptolémée, d'Archimède, d'Euclide, de Galien, d'Avicenne, d'Al-Farabi, de Jaber ben Afflah de Séville. Il est ensuite parti pour l'Orient. Au bout de dix ans, il vient d'en revenir... Tu lui montreras ça.

Ibn Tufayl jeta un regard autour de lui. Il n'y avait personne d'autre que les gardes postés à l'entrée principale du palais. Le conseiller du prince sortit de sa poche une pièce d'or sur laquelle étaient gravés d'un côté un portrait de profil, de l'autre un homme assis, entouré de signes incompréhensibles. Il la tendit au jeune homme. Elle était très lourde.

– Ne révèle jamais qui t'a remis cette pièce. Jamais. Le dire serait te condamner à mort. Au reste, nul ne te croirait. Montre-la seulement à Gérard de Crémone sans qu'il sache jamais de qui tu la tiens. Il te remettra un livre. La copie d'un manuscrit d'Aristote. Un jour, bientôt, je te demanderai de me rendre cette pièce et de me rapporter ce manuscrit.

– Mais tous les livres d'Aristote figurent dans notre bibliothèque de Cordoue ! Aucun ne reste à découvrir.

– Détrompe-toi ! Nous n'en avons que très peu. Il en existe bien d'autres que nous ne connaissons pas. Celui-ci est le plus important. Mais aussi le plus dangereux.

– Comment le texte d'un philosophe grec mort il y a quatorze siècles pourrait-il constituer un danger ?

Ibn Tufayl marqua un temps d'arrêt, puis regarda Ibn Rushd droit dans les yeux et murmura :

– Écoute-moi bien : *c'est le livre le plus important jamais écrit par un être humain.* Tu ne dois pas en savoir davantage pour l'instant. Quand tu auras vu Crémone et que tu auras récupéré ce livre, tu repartiras pour Ceuta.

– Et qu'irai-je faire à Ceuta ?

– Je ne te l'ai pas dit ? Le Commandeur des croyants vient de t'y nommer secrétaire du gouverneur. C'est un poste considérable pour un jeune homme de ton âge. Il te mettra à l'abri de tes ennemis... Mais ne bouge pas de cette ville sans l'autorisation écrite du gouverneur, c'est-à-dire sans la mienne. Je veux sans cesse savoir où tu es, où sont la pièce et le manuscrit que tu garderas très précieusement avec toi. Un jour, revenant du front pour lequel je pars maintenant, je te les demanderai. Tu me les remettras. À moi et à personne d'autre !

Quelques mois plus tard – au début de l'automne de l'année que les chrétiens désignaient par le nombre 1161 –, Ibn Rushd pénétra dans Tolède. À sa vive surprise, il avait voyagé sans le moindre encombre, passant par Cordoue pour rassurer son père qui ne s'attendait pas à le voir revenir vivant de la capitale almohade et auquel il fit croire qu'il devait passer quelques jours à Séville. Tout au long de son périple, une garde privée l'avait escorté et aidé à contourner les zones de conflit. Elle le conduisit vers le nord et l'abandonna à l'entrée de Tolède.

Tous les services de police de la Castille chrétienne savaient qu'un lettré musulman proche du pouvoir almohade venait d'arriver dans la capitale du régent catholique. On constata avec stupeur qu'il était venu seul. On le laissa entrer en se promettant de le surveiller de près.

La police castillane fut surprise de le voir se précipiter chez le maître des traducteurs, Gérard de Crémone, qui venait de rentrer d'un très long séjour en Asie. Entouré de jeunes esclaves qu'il avait fait venir spécialement de Sijilmassa, et d'élèves aux cheveux rouges ou blonds issus de toute l'Europe, de l'Angleterre à la Hongrie, il avait réoccupé sa maison baroque qui débordait de livres et d'œuvres d'art. La police du régent se demanda si l'entrée en ville quasi simultanée de Rushd et de Crémone était une simple coïncidence. Elle se montra d'autant plus perplexe qu'en arrivant chez le traducteur, Ibn Rushd y croisa un jeune juif de dix ans son cadet : Moshé sortait de chez Gérard de Crémone.

Moshé avait trouvé le traducteur occupé à ranger avec précaution dans une malle un livre arabe exceptionnellement précieux sur la numération décimale, le *Liber algorismi de numero Indorum*. L'homme était gros, chauve, huileux, vêtu avec préciosité de tissus brodés qu'utilisaient habituellement les femmes pour confectionner des sarouals de cérémonie. Il était entouré de jeunes gens aux cheveux de couleur, qu'il chassa d'un geste.

Moshé, par prudence, s'était gardé de parler d'emblée d'Eliphar et de la pièce d'or ; il avait commencé par se présenter comme un rabbin amateur d'Aristote. Mais l'autre s'était méfié :

– La pensée du Grec n'a rien à voir avec la Bible. En quoi le Maître peut-il t'intéresser ?

« Le Maître » : Crémone avait désigné Aristote du même nom que l'avait fait jadis Eliphar. Moshé répondit :

– Il m'arrive de penser qu'Aristote a puisé l'essentiel de ses idées dans la Bible. C'est ce que je voudrais vérifier.

L'autre parut irrité :

– Aristote ne lisait pas l'hébreu, et la Bible n'était pas encore complète de son vivant ! Il n'a donc pu s'en inspirer.

– En tout cas, il en a eu connaissance, j'en suis sûr ! La Genèse lui a certainement inspiré sa *Physique*. Et le récit du char céleste d'Ézéchiel est probablement à l'origine de sa *Métaphysique*. Il a même redécouvert la signification ésotérique de ces deux textes, perdue avec la destruction du Premier Temple. Enfin, c'est aussi dans la Bible que le Grec a puisé l'idée de l'éternité de l'univers.

Crémone parut brusquement intéressé. Il dit lentement :

– Le Grec contredit la Bible justement sur tous les points que tu cites ! Par exemple, Aristote dit que l'univers n'a jamais été créé, alors que, selon le premier verset de la Genèse : « Au début, Dieu créa le ciel et la terre. »

– Ce n'est qu'une métaphore ! rétorqua Moshé qui voulut lui citer un argument de son oncle pour voir comment il réagirait. Quand la Genèse parle d'un « début », c'est que le temps existe déjà, puisqu'on le mesure. Donc, le temps préexiste à la Création. Par ailleurs, la Bible, tout comme Aristote, laisse entendre que la matière existe avant la Création.

– D'où tiens-tu ça ?

– D'un sage qui m'a montré que dans le deuxième verset de la Genèse, Dieu dit : « Que la lumière soit », et aussi : « L'esprit divin planait à la surface des eaux. » Il dit cela *avant* même de parler de la création de la terre et de toutes les choses du monde. Il y avait donc de la matière, de l'eau et du temps avant la Création. L'univers est donc éternel et la Genèse n'est qu'un discours métaphorique.

Crémone le regarda en silence. Il saisit une lourde boule d'ivoire sculptée et se mit à jouer avec elle sans quitter des yeux Moshé, puis la reposa et reprit :

– Pour un homme aussi jeune, tu sais des choses que bien peu de vieillards connaissent...

Le traducteur se tut et considéra fixement Moshé comme s'il attendait quelque chose.

Le jeune homme se décida alors. Il tendit à Crémone la pièce d'or que lui avait remise Eliphar douze ans plus tôt. L'autre la prit, l'examina avec attention, la retourna, la caressa. Il semblait bouleversé.

– Celui qui te l'a donnée, et dont tu ne peux me dire le nom, n'a pas eu le temps de t'en dire davantage, n'est-ce pas ? Ni de te donner autre chose ? C'est bien ça ? Il est mort avant ? Sache qu'il aurait dû, s'il avait vécu assez vieux, te confier un livre. Il t'en a parlé ?

– L'homme le plus sage au monde m'a en effet parlé d'un manuscrit dont tu pourrais me remettre un exemplaire.

– J'ai dû en faire deux traductions, indiqua sobrement Gérard de Crémone. L'une en arabe, l'autre en latin.

– Il y en a une pour moi, n'est-ce pas ?

– Je ne les ai plus.

– Comment ça ?

– Il était beaucoup trop dangereux pour moi de les garder pendant tous mes voyages.

– Qu'en as-tu fait ?

– Je les ai déposées en lieu sûr. La traduction arabe est à Fès chez un rabbin, Ibn Shushana. Elle est pour toi.

– Je ne puis aller là-bas ! Cette ville, au cœur de l'Empire almohade, est sûrement encore plus antijuive que Cordoue. Et l'autre ?

– La traduction en latin est à Narbonne, chez un autre rabbi, Eliezer Elija Judah ibn Tibbon, un grand érudit qui a déjà traduit de l'arabe en hébreu de nombreux poètes et philosophes.

– J'irai donc à Narbonne.

– Tu ne verras pas facilement ce rabbi. Il est méfiant. Tu n'auras accès à lui que par le truchement d'un rabbin de la ville. Demande rabbi Nahmin. Mais tu ne montreras ta pièce d'or qu'à Ibn Tibbon. Il comprendra.

– J'aimerais comprendre, moi aussi.

– Ça viendra. Mais pas de moi. Car nous ne nous reverrons plus. Je quitte Tolède au plus vite.

– Pourquoi ? Tu viens juste d'arriver !

L'autre chuchota :

– Pierre, le Vénérable de Cluny, est venu ici tout exprès pour me dénoncer auprès du régent.

– Pour quel crime ?

– Il m'accuse d'inciter les chrétiens à apprendre l'arabe pour des raisons scientifiques, et non pour convaincre les hérétiques. C'est ridicule ! Je ne suis pas là pour convertir, mais pour faire en sorte que tous les hommes puissent comprendre... Je repars donc pour l'Italie. J'aurais horreur de mourir de la façon dont ils tuent par ici...

Puis il ajouta après un bref silence :

– Ah, aussi : dis à ton frère qu'il n'espère rien de Souza.

Moshé se souvint du mal que ce dernier avait dit de Crémone, qu'il croyait mort. Il se demanda comment cet homme, qui venait d'arriver et prétendait ne pas le connaître, savait tout de son frère !

– Mon frère ? Tu connais David ?

– Non. Mais Souza, je le connais fort bien. Il est prêt à tout pour favoriser son... commerce. Il se prétend savant, esthète, mécène. Ce n'est qu'un monstre. Il s'intéresse à ton frère pour une raison qui m'échappe, mais qui n'est sûrement pas honnête. Et sa fille ne vaut sans doute guère mieux. Ton frère ne devrait pas se fier à eux. Dis-le-lui bien.

En sortant, Moshé croisa un jeune homme un peu plus âgé que lui, sans savoir que c'était Ibn Rushd.

Celui-ci trouva Gérard de Crémone occupé à réclamer ses malles, au milieu des cris perçants de ses élèves. Quand le jeune cadi lui tendit la pièce d'or d'Ibn Tufayl, le traducteur parut frappé de stupeur :

– Toi aussi ! Impossible ! Pas les deux le même jour ! Qui sont les deux morts... ?

– Je ne comprends pas.

– Je ne puis en parler qu'à des gens très particuliers, venus prendre la place de certains de mes amis morts avant de pouvoir leur remettre un livre. Dans ton cas, qui est mort ?

– Je ne comprends pas... Cette pièce m'a été donnée... enfin, prêtée par quelqu'un qui m'a interdit de prononcer son nom. Il m'a assuré qu'il suffirait que je te la montre pour que tu me remettes un exemplaire d'un livre secret.

– Il t'a *prêté* cette pièce, dis-tu ? Mais c'est absurde : personne ne prête des tétradrachmes !

– Tétradrachmes ?

– C'est le nom de la pièce. Il ne te l'a pas dit ? C'est une monnaie grecque d'il y a seize siècles, en or ; elles sont extrêmement rares. Il n'en existe plus qu'un tout petit nombre qui ne peuvent se transmettre que dans des circonstances très précises et dans un but très particulier... Hum, je n'aime pas du tout ça. Depuis le début, je regrette d'avoir accepté... Pourquoi moi ? J'étais si tranquille ! Je sens que tout cela ne me portera pas bonheur. Pars, pars d'ici ! Ne cherche plus, oublie au plus vite toute cette histoire. Ne fais aucune confiance à celui qui t'a confié cette pièce. La seule chose dont je sois certain, c'est qu'il ne te veut pas du bien.

Ibn Rushd réfléchit : Ibn Tufayl lui aurait-il tendu un piège ?

– Pourquoi dis-tu cela ? demanda-t-il.

– Parce que, depuis peu, tous ceux qui ont eu entre les mains un exemplaire de ce livre sont morts de mort violente. C'est la raison pour laquelle j'ai détruit le mien.

– Détruit ?

– Oui, détruit. Après en avoir fait deux traductions, comme on me l'avait demandé.

– Qui te l'avait demandé ?

– Ceux qui connaissent la réponse à cette question ne sont plus de ce monde.

Ibn Rushd s'inquiétait. L'autre ne lui dirait rien de plus, et il ne pouvait rentrer bredouille. Il sentait bien qu'Ibn Tufayl pourrait l'en punir.

– Tu peux me dire au moins où sont ces deux traductions ? Ou l'une d'elles ?

– Pourquoi te le dirais-je ? Tu m'as montré le tétradrachme, certes, mais pas dans les conditions convenues. Et puis, deux dans la journée, cela en fait au moins un de trop...

– Deux ? Mais de qui parles-tu ?

Le traducteur suait à grosses gouttes. Il semblait perdu et regardait autour de lui d'un air hagard.

– Peu importe... Pourtant, si tu étais le bon... Si j'avais, tout à l'heure, parlé à un usurpateur... Je ne peux courir le risque de faire disparaître le maillon manquant...

– Le « maillon manquant » ?

– Tu ne peux pas comprendre. Tu ne dois pas encore comprendre...

Gérard de Crémone hésita, puis se décida.

– L'une, en latin, je l'ai fait porter à un maître chrétien de Narbonne, Albéric de Montpas.

– Je ne peux aller à Narbonne ! Ni les Barcelonais, ni les comtes de Provence, ni les Français ne me laisseront passer.

– Tu as tort : Narbonne est accueillante aux musulmans. Et la vicomtesse Ermengarde a su garder son indépendance.

– Je ne passerai pas. Où est l'autre ?

– À Fès, chez un... de mes amis.

– À Fès ? Mais j'y suis passé deux fois il y a peu,

en me rendant à Marrakech et en en revenant ! J'aurais pu m'épargner ce voyage... Comment se nomme-t-il ?

L'autre tergiversa encore, puis se lança :

– Demande à voir un grand marchand musulman venu de Bactriane, nommé Al-Kindi. Il te le dira.

– C'est plus facile que Narbonne, mais je ne pourrai y aller qu'avec une autorisation ! Je dois résider désormais à Ceuta.

– Fais comme tu veux, mais je te conseille de ne pas dire à celui qui t'envoie que tu m'as trouvé. Et surtout pas que tu pourrais avoir accès à un exemplaire de ce livre : il te tuerait.

– Pourquoi ?

– Parce qu'il t'a sans doute envoyé pour lui rapporter un manuscrit. Pour ne laisser aucun témoin, il te tuerait dès que tu le lui aurais rapporté.

Ibn Rushd pensa que Crémone pouvait avoir raison. L'idée lui traversa l'esprit de ne pas rentrer, de rester à Tolède. Comme s'il lisait dans ses pensées, Crémone dit :

– Ici aussi tu es menacé. Pars donc au plus vite.

– Moi ? Menacé ? Et par qui ?

– Une tentative d'assassinat vient d'avoir lieu contre le régent. Elle a échoué de justesse. Le commanditaire, le duc de Bragance, a été arrêté.

– En quoi cela me concerne-t-il ?

– Sous la torture, le duc a avoué avoir été aidé par des musulmans. Nul n'a réussi à lui extorquer les noms. Or tu es un personnage en vue de Cordoue et tu es arrivé ici juste avant l'attentat. Le rapprochement est tentant, même pour une police obtuse. Pars avant qu'ils n'y pensent ! Je vais d'ailleurs en faire autant. Je n'ai rien à voir avec ces histoires et j'ai assez de soucis comme ça avec l'Église pour ne pas ajouter le régent à la liste de mes ennemis.

Pendant qu'Ibn Rushd repartait pour Ceuta, Moshé voulut partir pour Narbonne, prétextant des campagnes antisémites dans la ville. Mais, cette fois, c'était son père qui désirait rester à Tolède : il se sentait trop las pour voyager encore. C'est à Tolède qu'il finirait sa vie. David aussi n'aspirait qu'à rester : Maria, disait-il, l'adorait et Rodrigo De Souza les protégerait.

Trois jours plus tard, Moshé apprit le départ de Crémone qui avait abandonné sa demeure et tous les trésors qu'il venait d'y entasser. Il était soupçonné par la police d'avoir assassiné Rodrigo De Souza et sa fille Maria, retrouvés étranglés dans le jardin de leur palais.

Moshé repensa à ce que lui avait dit Souza : se méfier de Crémone. Jamais il ne saurait la nature des relations entre le traducteur toscan et le marchand tolédan. David n'avait plus aucune raison de rester à Tolède. Il fallait fuir.

Maymun, ses deux fils – sans leurs esclaves, depuis longtemps affranchis – et Sephira se décidèrent à partir pour Narbonne dans l'intention, si possible, de s'y installer un temps avant de faire route pour l'Égypte. Ibn Ezra avait décidé de les accompagner : il voulait se rendre à Rome et c'était son chemin.

Au même moment, Ibn Rushd réussissait à quitter Tolède, à regagner Cordoue, puis Séville et Almería, d'où il prenait un bateau pour Ceuta afin d'y occuper son poste, tout en espérant obtenir au plus tôt l'autorisation de se rendre à Fès.

L'un et l'autre n'avaient qu'une idée en tête : trouver

le livre qui leur donnerait – ils en étaient certains – la clé de la connaissance de Dieu et de l'univers.

Deux mois plus tard – au début de l'hiver de 1161, jour de la fête de San Rafael –, une course de taureaux eut lieu, comme chaque année, dans les rues de Tolède. Il s'agissait aussi de fêter l'anniversaire du couronnement de feu Alphonse VII de Castille, mort depuis trois ans, qui avait laissé un souvenir impérissable. Mais il s'agissait surtout de frapper les esprits.

D'abord, tout se passa comme chaque année. Durant tout l'après-midi se succédèrent feux d'artifice, défilés d'animaux fantastiques en carton peint, processions de statues de saints, couronnement d'un roi de pacotille. La foule attendait en riant le clou du spectacle : le lâcher de taureaux.

Mais quand ceux-ci déboulèrent sur la grande place du Zocodover, une chose différait de la tradition débonnaire : le régent avait fait solidement amarrer à l'arrière-train de chaque monstre les notables rebelles vivants. Un condamné par animal. Dix-sept en tout. Car, pour faire bonne mesure, il en avait profité pour faire exécuter cinq musulmans et onze juifs accusés de l'avoir aidé dans sa tentative d'attentat. Après que les taureaux, furieux, eurent piétiné les corps qui entravaient leur course, le régent les fit abattre avant de faire mettre le feu aux cadavres mêlés des hommes et des bêtes. La foule applaudit au spectacle et en redemanda.

Chapitre 3

Mercredi 5 mars 1162 : les serpents de Narbonne

17 Adan 4922 – 16 Rabi 557

Ibn Rushd s'efforçait de penser à Hercule tandis que son bateau menaçait de sombrer dans le détroit de Jabal Tarik (devenu Gibraltar, du nom de celui qui, le premier, était supposé l'avoir franchi sous la bannière de l'islam). Six heures plus tôt, le jeune homme avait quitté Almería. Six heures d'une traversée cauchemardesque.

Avant de prendre son poste à Ceuta et après son incursion éclair à Tolède, il était repassé par Cordoue afin d'y revoir son père, sans rien lui révéler des raisons de son absence. Il y trouva, venu de Marrakech, un messager d'Ibn Tufayl qui lui demanda de lui remettre un manuscrit et une pièce d'or.

Ibn Rushd décida de mentir. Crémone l'avait beaucoup impressionné par ses avertissements. Reconnaître l'échec de sa mission, c'était risquer de paraître inutile à Ibn Tufayl, donc signer son arrêt de mort. Il expliqua au messager que celui qu'il avait rencontré était reparti en Orient, après avoir failli être assassiné, pour chercher le manuscrit en question. Crémone devrait revenir à Tolède d'ici un an, et le lui ferait savoir. Lui-même y retournerait alors pour l'y rencontrer. L'émissaire prit note et s'en alla.

Prétendre qu'il devrait refaire un jour le voyage de Tolède, c'était se donner un sursis. À condition qu'Ibn Tufayl le crût. Mais son explication était vraisemblable. Crémone avait bel et bien quitté Tolède après un double meurtre, même si c'était sûrement sans intention d'y revenir jamais.

Ce point, le conseiller du prince héritier n'était sans doute pas à même de le vérifier. En outre, il avait certainement d'autres soucis en tête : parti avec le monarque et son fils dans une grande expédition à l'est de l'Ifriqiya pour en chasser une bande de Normands débarqués de Sicile, Ibn Tufayl affrontait avec ses maîtres une situation difficile. Aux frontières de l'Empire, les chrétiens devenaient offensifs ; dans l'Empire même, de nombreux roitelets musulmans persistaient à leur refuser toute allégeance. En particulier l'irréductible émir de Murcie, Ibn Merdanish, s'enhardissait à lancer des escarmouches jusque dans les faubourgs de Cordoue. Il avait fallu, pour défendre la ville, laisser en Andalousie quelques troupes qui faisaient cruellement défaut aux portes de Tunis.

Dans Cordoue en alerte couraient les pires rumeurs. On rapportait que le « roi Loup » avait réussi à infiltrer des espions dans la cité, qu'il avait empoisonné l'eau de l'aqueduc, que ses hommes massacraient par surprise les patrouilles almohades et enlevaient des femmes jusque sous leurs toits. La panique gagnait les quartiers les plus sûrs. Pour rétablir le calme, le gouverneur réunit les principaux dirigeants de la ville, dont le père d'Ibn Rushd. Celui-ci demanda à son fils, à peine rentré de Tolède, de l'accompagner. Au cours de la réunion, plusieurs ulémas clamèrent que tous ces malheurs s'expliquaient par le fait que les Cordouans avaient commis trop de péchés au temps des Almoravides et qu'ils ne faisaient pas assez acte de repentance. Ils prophétisèrent qu'un vent brûlant d'une extrême violence détruirait bientôt la ville et que le désastre serait pire que celui qui avait entraîné la disparition du peuple d'Âd, cité à trois reprises dans le Coran. En entendant ces propos, le jeune Ibn Rushd explosa :

– Comment peut-on proférer de pareilles sornettes ? Le peuple d'Âd n'a jamais existé : comment connaîtrait-on la cause de sa disparition ? Mieux vaudrait se préparer à résister à ceux qui assaillent cette ville. Ce sont eux, le vrai vent et la vraie terreur !

Le gouverneur hocha la tête et mit fin à la réunion. Le père d'Ibn Rushd s'inquiétait de voir son fils rééditer à la première occasion ses diatribes contre les religieux, oubliant qu'il avait failli, peu auparavant, y laisser la vie. Il s'attendait à une réaction brutale des ulémas. Ceux-ci revinrent dès le lendemain montrer au gouverneur un vieux brouillon d'Ibn Rushd qu'ils avaient retrouvé dans les archives de l'université de Cordoue où il enseignait naguère et sur lequel le jeune philosophe avait griffonné : « La planète Vénus est une divinité... » Crime de polythéisme ? Puni de mort, évidemment. En fait, c'était une phrase tirée d'un texte grec et recopiée par Ibn Rushd pour préparer l'un de ses cours. Sans même demander au jeune homme de s'expliquer, le gouverneur le convoqua et lui conseilla de quitter l'Andalousie au plus vite pour rejoindre son poste à Ceuta, comme il en avait reçu l'ordre de son protecteur « à qui il devait tant ».

Ibn Tufayl semblait donc avoir tout prévu. Sauf cette tempête dans laquelle Ibn Rushd regretta de s'être précipité. Il aurait dû passer un peu plus de temps avec son vieux père, qu'il avait quitté sans même savoir si et quand il le reverrait, puis attendre dans le port d'Almería que le vent tombe.

Gibraltar : tout passait, entre l'islam et la chrétienté, par ce détroit aussi étranglé que le goulot d'un sablier ; et c'était par cette ville d'Almería, port d'Andalousie face au détroit, à quelque distance du rocher, que, selon la tradition, le futur pape Sylvestre II avait, un siècle et demi plus tôt, fait pénétrer en Europe les mathématiques arabes. La ville était passée plusieurs fois de mains en mains et elle venait de redevenir musulmane après dix ans d'intermède chrétien. Chantier naval et port important, Almería était peuplée de Génois, de Catalans, d'Algérois, chrétiens, musulmans et juifs mêlés. Ibn Rushd y avait vu des vaisseaux venus d'Alexandrie et de Syrie y chercher du corail, de la soie, des ustensiles de cuivre et de fer, des tapis de Teruel et de Cordoue, qu'ils échangeaient contre des colorants et des objets en argent.

Après s'y être promené une semaine, peu pressé de quitter la péninsule, Ibn Rushd en était parti à bord d'un caïque qui faisait la liaison régulière avec Ceuta pour y amener des pèlerins en route vers La Mecque. Quelle idée avait-il eue de choisir la liaison directe au lieu de caboter tranquillement jusqu'au rocher de Gibraltar ? Gagner du temps pour mieux mourir ! La frêle embarcation était maintenant secouée par des vagues si énormes que les trois marins, occupés à affaler les voiles, multipliaient les signes de croix. À l'arrière, Ibn Rushd s'accrocha ferme à ce qu'il avait de plus précieux : le sac contenant ses livres, ses propres manuscrits – dont celui qu'il venait de terminer sur la métaphysique d'Aristote – et le tétradrachme d'Ibn Tufayl. S'il le perdait sous l'effet d'un coup de roulis, ce serait un désastre : sa vie entière était dans ce sac. Il songea qu'il lui faudrait au plus tôt trouver un moyen d'aller à Fès chercher le manuscrit d'Aristote. Encore devait-il au préalable arriver vivant à Ceuta... Il tremblait de froid et de peur.

Il essaya de penser à autre chose pour évacuer sa frayeur. Mais à quoi ? À quelque question philosophique parmi les plus difficiles ? Pas le Coran : il n'était pas encore nécessaire de se préparer à rejoindre le Prophète. Il aurait encore le temps, si la tempête grossissait davantage, de dire ses prières. Pas encore, non, pas encore ! Ne pas se donner en spectacle à ces marins infidèles, ne pas ressembler aux autres passagers abîmés dans la récitation de leurs sourates.

À l'est comme à l'ouest, il ne voyait rien d'autre à l'horizon que des vagues noires sous le ciel gris. Aristote avait raison : la Terre devait être ronde, mais il ne servirait à rien de le proclamer ; les gens n'acceptaient pas les idées allant à l'encontre de l'intuition. Puis, ayant compris qu'il n'arriverait pas à se concentrer sur les différences entre la vérité due aux élites et celle recevable par les ignorants, secoué par d'épouvantables nausées, Ibn Rushd essaya de se remémorer ce que la légende disait du détroit et des deux rochers qui le bornaient.

Les Grecs en parlaient, songea-t-il tandis que les autres passagers psalmodiaient leurs prières sur le pont. Mais où donc ? Oui, c'était lié à l'histoire d'Hercule. Qu'était-il venu faire en cet endroit ?... Il fuyait les Amazones, furieuses parce qu'il avait tué leur reine Hippolyte – son neuvième travail –, et faisait route vers l'île d'Érythie pour s'emparer d'un monstre à trois têtes, Géryon – son dixième exploit. Là, Hercule avait planté deux grands rochers de part et d'autre du détroit – à Ceuta et à Gibraltar – pour marquer son passage.

La tempête redoublait ; une des voiles que les marins n'avaient pas eu le temps d'affaler se déchira et tomba sur les passagers ; ils hurlèrent que le naufrage était proche et qu'ils iraient en enfer, puisqu'ils n'avaient pas accompli leur pèlerinage. Pourtant, le port de Ceuta était maintenant en vue. Ce serait une fin trop absurde... Ibn Rushd ferma les yeux et se concentra de nouveau sur les travaux d'Hercule. Le onzième ? S'emparer des pommes d'or des Hespérides ! Comment cela s'était-il passé ? Hercule sollicite l'aide d'Atlas, père des Hespérides, qui lui demande de porter le monde à sa place pendant qu'il s'en va chercher les pommes de ses filles ; Hercule accepte, porte le monde, mais Atlas, à son retour, refuse de le reprendre sur ses épaules. Hercule doit ruser pour lui refiler le fardeau. Voilà pour le onzième... et le douzième ? La coque du bateau craquait de toutes parts alors qu'on distinguait, au milieu des embruns, l'entrée du port... Le douzième des travaux ? Ah oui ! Aller au pays des morts chercher Cerbère, le chien à trois têtes, l'en sortir pour un temps puis l'y ramener. Et comment Hercule s'y prit-il ? Ibn Rushd crut se souvenir qu'Hadès, le dieu des morts, accorde à Hercule la permission d'emmener avec lui la bête s'il parvient à l'attraper sans arme. Hercule y réussit et ressort avec le monstre, qu'il amène jusqu'à Mycènes avant de le ramener à Hadès.

Ibn Rushd se sentit soudain rasséréné : non seulement cet exercice de mémoire avait apaisé sa peur, mais il avait compris que cette histoire était comme la description prémonitoire de son propre destin, une prédiction de son avenir. Traverser le détroit, puis porter un temps le monde sur ses épaules, puis aller jusqu'au royaume des morts pour en ramener le chien à trois têtes, n'était-ce pas l'équivalent de sa propre mission : aller conseiller le prince, puis rapporter le manuscrit ? Voilà ce qui l'attendait : il était en passe de descendre au royaume des morts où il trouverait le manuscrit, puis en remonterait avec lui. Ibn Rushd se rassura : il était comme Hercule, la mort ne le cueillerait pas aujourd'hui.

Pendant que le jeune cadi jouait sa vie entre l'Andalousie et le Maroc, les Maymun, accompagnés de Sephira et d'Ibn Ezra, chevauchaient à grande vitesse de Tolède à Narbonne.

Même si les diamants de Maymun s'étaient épuisés, David avait gagné assez d'argent à Tolède pour que le voyage fût confortable.

Moshé espérait trouver la traduction du *Traité de l'éternité absolue* chez ce rabbi, Eliezer Elija Judah ibn Tibbon, dont lui avait parlé Gérard de Crémone. Ensuite, avec ce manuscrit terrible et son secret inouï, il partirait pour Alexandrie, seul endroit vivable pour les juifs à ce moment.

Maymun pensait quant à lui que rien de bon ne sortirait de cette escapade. Mais il avait accepté de suivre son fils aîné qui avait prétendu vouloir s'installer dans la communauté prospère du grand traducteur Ibn Tibbon.

David se consolait de la mort de Maria en voyant approcher le moment où il pourrait partir pour l'Inde afin d'y rechercher les pierres les plus rares, émeraudes et rubis, dont Lubman lui avait tant parlé dans sa jeunesse tolédane.

Ibn Ezra, lui, voyait dans ce voyage une nouvelle façon de nourrir son insatiable fringale de femmes et de vins, et de s'évader de royaumes où la religion pesait par trop sur les mœurs : il avait entendu dire que la Provence et plus encore la Toscane étaient des lieux de liberté où vivaient les plus belles femmes du monde. C'est donc en Italie qu'il irait après. Jusqu'à Rome.

Après avoir traversé le comté de Barcelone à l'orthodoxie sourcilleuse, ils avaient pénétré sur les terres des comtes de Provence et de Toulouse, puis sur celles de la vicomtesse Ermengarde, qui régnait à Narbonne. La région était parcourue de bandes de brigands. Y vivaient aussi des sectes rivales, dont les premières communautés d'hérétiques qui se nommaient eux-mêmes « pauvres du Christ » et que l'Église désignait comme les « cathares ». Ces gens-là rejetaient les fondements mêmes du christianisme, car, disaient-ils, douze siècles après la Crucifixion, les promesses évangéliques n'avaient pas été tenues. Contre eux l'Église de Rome, Bernard de Clairvaux en tête, avait déclenché une formidable opération militaire visant à les anéantir.

Vis-à-vis des autres monothéismes, la région était restée plus tolérante. Devenue musulmane plus de quatre siècles auparavant comme Carcassonne, Nîmes, Lyon et Bordeaux, Narbonne l'était demeurée assez longtemps pour en être encore imprégnée. Une fois redevenue chrétienne, de nombreux musulmans avaient pu y rester, d'abord sans se convertir. Les comtes de Provence, revenus de Toulouse, qui tentaient d'en prendre le contrôle, s'étaient même plus souvent alliés aux *Moriscos* qu'aux descendants de Charles Martel, au point que les Bérenger de Barcelone, qui guignaient la ville, prétendaient s'en emparer au nom de leur pureté chrétienne. Plus au nord, une autre force convoitait tout le pays d'oc : la France qui se formait s'était même, pour y parvenir, alliée à Tolède contre Barcelone. Et dans la lutte qui opposait cette année-là l'empereur Frédéric Ier Barberousse et le pape Alexandre III – celui-ci avait fait excommunier celui-là par un synode de cinquante évêques d'Allemagne et d'Italie du Nord –, Henri II d'Angleterre et Louis VII de France, tous deux successivement maris d'Aliénor d'Aquitaine, s'étaient rangés aux côtés d'Alexandre. La vicomtesse de Narbonne et les comtes de Provence en avaient fait autant pour éviter tout souci avec leurs grands voisins du nord.

Les voyageurs chevauchèrent pendant quatre semaines, s'arrêtant dans des auberges, tout en s'efforçant de ne point trop attirer l'attention par leurs règles alimentaires.

Moshé eut à plusieurs reprises l'impression qu'ils étaient suivis, mais à aucun moment il ne put en avoir la preuve. À l'approche de Narbonne, les premières formes qu'ils distinguèrent furent les hautes silhouettes de la cathédrale et de la synagogue. Ils savaient que l'une et l'autre étaient encore en service et que juifs et chrétiens vivaient en paix dans cette ville. En entrant dans la citadelle, fortifiée comme l'étaient alors toutes les bourgades de la région, ils croisèrent des marchands lyonnais, cordouans, byzantins, flamands, pisans, génois et vénitiens, venus y négocier les produits de l'Orient. Comme dans tous les autres ports de Provence, chacune des nationalités avait son quartier, ses banques, ses armateurs, ses entrepôts, ses bains, ses écoles, ses lieux de culte et de plaisir.

Le quartier juif était situé au nord de la ville. Plusieurs centaines de familles y vivaient du commerce du corail ou de la fabrication de textiles ; d'autres étaient vignerons, aubergistes, armateurs, prêteurs sur gages, médecins, juges, bouchers, rabbins, marchands d'épices, diamantaires, vendeurs de hardes d'occasion. Ils vivaient là aux aguets, craignant de voir la région prise par Barcelone ou arrimée définitivement à la France, l'une et l'autre décidées à en finir avec leurs communautés juives. Ils étaient dirigés par un groupe de notables, dont le plus important s'était proclamé « roi des Juifs ».

Les voyageurs décidèrent de s'installer dans une auberge voisine. S'ils restaient là un moment, ils chercheraient une maison à louer. Sinon ils repartiraient, mais pour où ? l'Égypte ? le Maroc ? Constantinople ?... On verrait plus tard.

Ils tombèrent vite sous le charme de cette ville si différente de celles qu'ils avaient connues jusqu'ici. Plus lente, souriante, moins excessive, si peu tragique. On n'y décelait aucune des vibrations passionnées de l'Andalousie, aucun des contrastes qui animaient les paysages, les rues, les mœurs mêmes dont s'était imprégnée leur enfance. Pourtant il y avait là comme une puissance sereine, une longue mémoire de la présence d'Athènes, de Rome et de toutes les grandes lumières de la Méditerranée.

Moshé aida son père à s'installer dans l'une des cinq chambres de l'auberge, et Sephira commença à défaire les malles. David se précipita « pour visiter », dit-il. Il s'était en fait procuré à Tolède l'adresse des principaux changeurs narbonnais et voulait vérifier s'il pourrait, d'ici, continuer à faire des affaires...

Moshé trouva facilement la synagogue du rabbin dont Gérard de Crémone lui avait parlé et qui était censée le conduire à Ibn Tibbon : une modeste bâtisse de deux étages protégée du soleil par des volets de bois. Nahmin ! Crémone n'avait donc pas menti. Nahmin existait bel et bien !

Même s'il avait promis à Eliphar de ne parler de lui à personne, il devinait qu'un sourd danger pesait sur lui et qu'il lui fallait d'ores et déjà associer quelqu'un à sa quête pour que celui-ci puisse la poursuivre s'il venait à lui arriver malheur. Eliphar le lui avait d'ailleurs demandé, le dernier soir : « Si, quelque jour, tu te sens toi-même en danger, tu transmettras ce secret à un autre que tu auras choisi. » Le moment était-il venu ?...

Moshé essaya d'entraîner Ibn Ezra jusqu'à la synagogue. Ce dernier protesta :

– Ah non, pas déjà la synagogue ! Repose-toi un peu. Et laisse-moi partir chercher du vin. Il y en a du bon, par ici. Et des femmes : je n'en ai pas touché une seule depuis des jours !

– Tu ne penses donc qu'à ça !

– Mais c'est excellent pour la santé de faire l'amour ! Tu devrais essayer ma médecine...

– Quand j'aurai trouvé celle qui partagera ma vie, je le ferai. D'ici là, ce n'est pas une activité honorable. Je pense même, comme Aristote, que le toucher est le plus honteux des sens.

– Quel imbécile, ton Grec ! Je ne peux imaginer phrase plus stupide et plus triste. Le toucher ! Mais c'est un sens magnifique, le toucher ! Toucher une fleur, une peau, une feuille de parchemin ! Je suis certain qu'il ne pensait pas vraiment ce qu'il écrivait, ton Aristote ! Ou bien il me fait songer à ces moines de l'Inde... Tu es sûr qu'il n'est pas allé traîner ses sandales sur la route de la Soie ?

– Possible. Mon oncle pensait même qu'il y avait séjourné cinq ans...

– C'est donc là qu'il a pêché ces idées absurdes ! Un Grec bouddhiste... Le comble ! Dis-moi, si tu n'as pas envie de toucher une femme, tu as le droit de boire un carafon de vin ? Tu n'es pas musulman ! Et le goût n'est pas le pire des sens, si c'est le toucher ! Allez, viens ! Rien de meilleur pour le sang et les humeurs...

– Tu bois trop et tu manges mal. Tu grossis : mauvais signe. Il te faut plus de poisson et moins de viande. Sinon, ton asthme va s'aggraver.

– Je m'en moque ! Être en bonne santé sans profiter de la vie, quel intérêt ? Viens, allons boire et manger, la synagogue peut attendre. Mon maître disait : « Prends cette urne et buvons en écoutant sans inquiétude le grand silence de l'univers. »

– Je te propose un marché, sourit Moshé : tu viens d'abord avec moi à la synagogue et je te promets qu'après je t'accompagnerai où tu voudras.

– Où je voudrai ? Chez les femmes ! Je ne veux pas rater ça. D'accord, je t'accompagne. La synagogue contre la maison de plaisir : voilà un échange honnête.

Quand ils arrivèrent devant la synagogue dont on leur avait dit que Nahmin était le rabbin, l'office du soir allait commencer. Une centaine d'hommes se préparaient à prier. Ils se présentèrent. On leur réserva une place d'honneur et les deux rabbins qui officiaient bénirent le Ciel qui avait fait venir jusque chez eux deux frères d'Andalousie. Moshé espérait que l'un d'eux était Nahmin et qu'il le conduirait à Ibn Tibbon. On psalmodia selon un rituel très différent de ceux de Cordoue ou de Tolède. Ibn Ezra chanta d'une très belle voix, à l'agacement de Moshé qui n'aimait guère la musique, quelle qu'elle fût. Il pria en lui-même, sans rien écouter de ce qui l'entourait. Il ne vit pas l'un des rabbins sortir, puis revenir, essoufflé, escorté d'un vieil homme particulièrement hâve et dégingandé qui s'installa au fond de la salle, juste derrière eux.

L'office terminé, les rabbins les entraînèrent à l'écart dans une pièce exiguë croulant sous les livres. Trois chandelles diffusaient une faible lueur. Le plus âgé, au visage diaphane qu'ornait une petite barbe grise et frisée, les yeux écarquillés mais arborant un air qui pouvait passer pour sévère, se présenta :

– Je suis rabbi Eliahou Nahmin, et voici rabbi Isaac Kimhi de Posquières.

Moshé respira. Enfin il retrouvait la piste ! L'autre continua :

– Soyez les bienvenus chez nous. Vous pourrez vous y installer et rejoindre notre communauté. Nous sommes pauvres, mais nous savons être accueillants aux voyageurs et plus encore aux réfugiés. Nous savons que vous venez d'un lieu où le judaïsme est menacé de disparaître par la trop grande fréquentation des idoles et des mœurs de vos monarques chrétiens ou musulmans. Ici nous vivons peut-être sur un moins grand pied, nous ne sommes les conseillers d'aucun prince, nous n'étudions pas de textes grecs, mais au moins vivons-nous notre foi à chaque instant de notre vie. Et les menaces qui pèsent sur nous, de France et de Barcelone, nous aident à rester fidèles à la religion de nos pères.

Moshé eut du mal à garder son flegme face à une telle attaque. Il répondit :

– Je comprends et admire votre manière de vivre la foi. Pour moi, toutefois, la pratique ne doit pas être réaction à une menace, mais témoignage de la supériorité de la raison sur les émotions.

– Je vois que vous croyez aux vertus des sciences profanes, reprit celui qui s'était présenté comme étant Nahmin. Le judaïsme n'en a nul besoin. Il suffit d'étudier nos textes pour apprendre tout ce qu'un homme doit savoir. Et d'en déduire tout ce que Dieu a caché dans les lettres et les figures.

Moshé pensa soudain qu'il avait peut-être affaire à des adeptes de cette doctrine nouvelle venue du nord, que certains commençaient à nommer Kabbale ou « tradition reçue » – une doctrine dont les séfarades étaient restés pour l'instant à peu près protégés. Ses tenants croyaient pouvoir atteindre Dieu par des pratiques ésotériques, en particulier l'étude et la pratique d'un diagramme mystique qu'ils appelaient l'Arbre des Sephiroth. Moshé détestait ce genre de dérive, mais devait veiller à ne pas fâcher celui dont dépendait l'accès à Ibn Tibbon et au manuscrit secret. Il répondit posément :

– Le savoir que vous dites « profane » est en fait libérateur. Nos Livres ne s'opposent pas à ce que nous cherchions à comprendre le monde. Je ne crois ni aux miracles, ni aux messages reçus en songe par nos prophètes. Et on ne doit pas laisser le peuple croire que l'Éternel est un vieillard affublé d'une belle barbe blanche et qui joue avec des lettres ! Ni se disputer sur sa taille ou la couleur de ses yeux. Dieu est un être abstrait ; il n'est pas à l'image de l'homme, ni l'homme fait à son image. Quant aux lettres de notre alphabet, elles ne cachent essentiellement que des mots. Inutile de vouloir leur faire dire ce qu'elles ne signifient pas.

L'autre rabbin, qui s'était présenté comme Kimhi de Posquières, intervint d'une voix pincée, pleine de morgue et de mépris :

– Pour nous comme pour les plus grands rabbins de France et d'Allemagne dont la pensée n'a pas été contaminée par les Grecs, la réponse à la philosophie est dans la Kabbale. Elle reconnaît à l'homme trois pouvoirs extraordinaires : celui d'influer, par ses mérites, sur la volonté divine ; celui d'intervenir, par différents procédés secrets, sur la nature même de Dieu ; enfin celui de migrer après la mort de personne en personne...

Ibn Ezra sursauta :

– La réincarnation, je connais bien ! Elle ne garantit pas le retour dans un être humain ! Ce peut être aussi bien une rose... ou un pou !

– Laisse, lança Nahmin à Kimhi. Ils ne connaissent pas le *Sefer ha-Bahir* ; ils ne peuvent donc pas comprendre.

Il se tourna vers Moshé et enchaîna :

– Le monde est de plus en plus mystique, tu ne le sens pas ? Dieu n'a nul besoin de la raison, seulement de la connaissance spécifique des chemins qui conduisent à Lui. La forme de Dieu, sa mesure, telles que notre Kabbale les calcule à partir des textes, là gît la vraie science.

– Ce sont des sorciers, pas des rabbins ! marmonna Ibn Ezra.

– Il ne s'agit là que de spéculations, reprit Moshé, veillant toujours à conserver son calme. Lorsque la Genèse évoque la création de l'homme « à l'image » de Dieu, elle ne se réfère qu'à sa ressemblance avec un esprit, non avec une forme physique. Quand elle parle du « dos » de Dieu, elle veut marquer la nécessité de l'obéissance à Ses commandements ; et « Ses yeux » désignent la Providence divine, non des globes oculaires. Dieu est une abstraction. L'abstraction parfaite.

– Tu n'y comprends décidément rien, s'insurgea Nahmin. Nous pouvons, rien qu'en nommant les choses, réaliser des prodiges. Mais, pour cela, la science de Dieu exige une connaissance particulière.

Laquelle permet, après une longue et difficile initiation, de découvrir des chemins vers Dieu qui n'ont rien à voir avec ce que tu appelles « science » ou « philosophie ». Et qui passent justement par les lettres, les anges, les chemins de lumière.

– Que sont ces « chemins de lumière » ? hasarda Ibn Ezra.

– Des bêtises, lui souffla Moshé. Rien que des bêtises.

– Inutile de poursuivre, intervint Posquières, l'air fâché ; ils ne sont pas dignes de comprendre. Dans ce que tu dis, renchérit-il à l'adresse de Moshé, je reconnais bien l'influence de l'horrible Aristote. On m'avait dit qu'il était enseigné à Cordoue jusque dans nos yeshivot. C'était donc vrai ! Cette ville était devenue une Sodome de la pensée !

Tout en s'évertuant à ne pas les fâcher, Moshé ne pouvait renoncer à leur répondre. Après tout, ce n'était peut-être encore qu'une nouvelle épreuve destinée à le tester. Il répondit :

– Seule la raison, à mon avis, peut réaliser des prodiges. C'est par la raison, qui a fait les gouvernails, que les bateaux sont devenus plus rapides et plus sûrs. C'est par la raison, qui a fait la houe puis l'araire, que l'agriculture produit plus de blé. C'est par la raison, qui a fait l'acier, que les lames de Tolède sont les plus fines au monde. C'est donc par la raison que le monde progresse et continuera d'avancer. Or la raison est grecque. Elle était juive, mais depuis la chute de Jérusalem elle est devenue grecque. Et Aristote, le plus grand des Grecs, doit être admiré comme le plus grand des hommes...

– La raison n'est pour rien dans tout cela ! grogna Kimhi. L'acier vient de l'alchimie, les bateaux dépendent du souffle de l'Éternel, l'agriculture ne serait rien sans la science de donner la vie. Or celle-ci est dans la Kabbale par laquelle Dieu nous parle. Et non pas chez les Grecs que tu sembles tant admirer...

– Nous sommes tombés chez les fous ! chuchota Ibn Ezra. Allons-nous-en avant qu'ils ne nous fassent tourner en bourriques...

– Attends une seconde, j'ai besoin d'eux, lui murmura Moshé.

Il prit le parti de penser que tout cela n'était que pure provocation pour le jauger avant de lui donner accès à Tibbon, le traducteur d'Aristote, celui qui devait avoir le manuscrit. Moshé poursuivit calmement à l'intention des deux vieillards :

– Je pense, moi, que Dieu a parlé à travers Aristote autant qu'à travers Ézéchiel, Jérémie, Osée ou Élijah.

– Comment peux-tu prétendre une chose pareille ! s'exclama Nahmin. Tu as l'audace de comparer nos prophètes à ce précepteur d'un tyran ? Tu devrais dire à tes amis d'Andalousie de renoncer à ce genre de spéculations. Sinon, Zacharie, notre maître à tous, le grand rabbi de Bagdad, notre gaon, finira par les excommunier !

– S'il le fait, sourit Moshé, ce ne sera pas si grave ! Ce Zacharie n'est qu'un demeuré, plus intéressé par l'argent que par les activités spirituelles.

– Tu parles du juge suprême de tous nos tribunaux ! trépigna Kimhi. De notre référence universelle ! Et tu oses l'accuser de cupidité ?

– Il n'est pas cupide ? intervint Ibn Ezra en s'esclaffant. Mais qui ne l'est pas ? Là, Moshé a raison, permettez-moi de m'en mêler. Ces gens qui se prétendent « juges suprêmes » vous escroquent. Au nom de principes prétendument religieux dont ils sont les auteurs, ils vous demandent de les rémunérer. Je ne suis pas expert, mais je suis certain qu'il n'y a pas un seul mot dans la Thora ni dans les propos des Sages du Talmud qui permette de soutirer de l'argent au peuple pour les rabbins ou les académies talmudiques de Bagdad. Ai-je raison, Moshé ?

– Bien sûr que tu as raison ! Le gaon, le prince, comme vous le nommez, ce Zacharie que vous respectez tant, n'est que le fils de son père, imbu de sa personne depuis l'enfance. Il pense qu'il est le plus grand de sa génération et qu'il a déjà atteint la perfection, alors que c'est un misérable aussi ignorant qu'un nouveau-né ! Il ne peut savoir si notre Loi est compatible avec la pensée grecque, puisqu'il ne connaît rien ni de l'une ni de l'autre !

– Vous venez des terres d'islam, n'est-ce pas, jeunes gens ? reprit suavement Kimhi. Vous devez donc savoir que, pour les musulmans comme pour nous, Dieu ne relève pas de la philosophie. Les plus grands penseurs musulmans, que vous devez connaître, pensent que Dieu n'est accessible que par la foi. C'est aussi le cas des maîtres de votre propre communauté : Ibn Gabirol et Yehuda Halévi.

– D'autres grands penseurs de Cordoue, chez les musulmans comme chez les juifs, soutiennent au contraire que Dieu parle par la raison, que la raison seule permet d'aller vers l'Éternel, et qu'elle ne peut en rien Le contredire. Car si la raison me fait découvrir quelque chose, c'est que Dieu l'a voulu. Par exemple, si la raison me démontrait que l'univers n'a pas été créé par un acte de Dieu, je pense qu'il faudrait l'admettre. Alors que si j'arrivais à la même conclusion par je ne sais quel jeu de mots ou labyrinthe, comme vous aimez à en tracer, je crois, ce ne serait que le résultat d'une vaticination indémontrable.

– C'est absurde ! s'exclama Nahmin. Nul besoin de science pour savoir que l'Éternel, béni soit-Il !, a créé l'univers au moment où Il l'a souhaité, en prononçant des paroles particulières que nous pourrions nous aussi, si nous devenions assez savants, utiliser pour créer la vie !

– Ce que tu dis est parole d'athée, renchérit Kimhi. Pas étonnant que la communauté andalouse ait été détruite par la volonté de Dieu.

– L'Éternel n'a rien à voir avec ça, réagit Moshé. C'est l'homme qui fait le mal. Pas Dieu !

– Puis-je me permettre d'ajouter ce que disait un poète ? hasarda Ibn Ezra.

– Tu ne vas tout de même pas leur servir ton mendiant perse ! sourit Moshé.

– « Tant que je vivrai, je chevaucherai à la recherche de la science, même si la destinée refuse de harnacher ma monture, et mon cœur ne fléchira pas à cause de mon sort, mais il accomplira son vœu sans l'annuler. »

– Qui a dit ça ? grogna Nahmin. Encore un Grec ?

– Non, l'un des plus grands esprits d'Andalousie, un juif : Ibn Gabirol.

– Tiens, tu connais ça, toi ? s'étonna Moshé.

Les deux rabbins s'entre-regardèrent. Nahmin reprit :

– Il semblerait que vous n'êtes pas venus ici seulement pour débattre de Kabbale ou de poésie. Je me trompe ?

– En effet. On m'a dit que je devrai passer par vous pour rencontrer rabbi Ibn Tibbon. Il est à Narbonne ?

– Pourquoi souhaites-tu le voir ?

– Je dois lui parler de... traductions.

– Il est difficile à approcher. Il se méfie beaucoup. Nous allons voir si nous pouvons...

– Laisse, Nahmin, laisse, murmura une faible voix à l'entrée de la pièce. Je pense que je dois m'entretenir avec ce garçon.

Les deux rabbins maugréèrent, puis s'éloignèrent en allumant une autre bougie. Moshé et Ibn Ezra virent s'approcher un vieil homme d'une taille peu ordinaire et qui ne portait pas la barbe... La lumière, trop faible, ne permettait pas de distinguer son regard.

– Tu as besoin des services d'un traducteur ? Je te préviens, je ne suis pas spécialement bon marché. Le prix dépend de la langue dans laquelle tu as écrit et de celle dans laquelle tu veux que je traduise. De l'arabe à l'hébreu, le prix est raisonnable. De l'arabe au latin, c'est plus cher. Les autres, davantage encore... Alors, de quoi s'agit-il ? En quelle langue ? Vers quelle langue ?

Moshé chercha à comprendre. L'autre devait avoir deviné le motif de sa présence. Pourquoi tant de questions ? Il tentait sans doute de le sonder.

Ibn Ezra lui souffla :

– Regarde-le, on dirait qu'il a peur.

– Que dis-tu ? interrogea le géant.

Ibn Ezra répondit :

– Tu nous noies de questions sans nous laisser le temps de répondre.

L'autre sourit :

– C'est une mauvaise habitude, en effet, que je traîne depuis le temps où je craignais que mes maîtres ne m'interrogent avec trop de précision. Je t'écoute.

– Nous sommes là parce que Gérard de Crémone m'envoie.

– Qui est ce Crémone ? chuchota Ibn Ezra.

– Je le connais, répondit Ibn Tibbon. C'est un bon traducteur.

Sa voix était devenue neutre. Le timbre en était grave, marqué d'un accent oriental. Peut-être romaniote ? Moshé continua :

– Crémone m'a dit que tu pourrais m'aider à trouver un texte dont il t'aurait remis une traduction. Un texte rare... d'Aristote.

L'autre gardait le silence tout en le défiant du regard. Moshé reprit :

– Il m'a également dit de te montrer ça.

Moshé sortit la pièce d'or de son oncle et la tendit à Ibn Tibbon, qui la prit délicatement.

Ibn Ezra s'étonna :

– D'où vient cette pièce ? Tu ne me l'avais jamais montrée !

– Tais-toi, je t'expliquerai plus tard.

Le vieil homme examina longuement la pièce et dit :

– Beaucoup de gens sont morts pour ce que tu cherches. Et tu ne dois partager ce secret avec personne. Qu'il sorte ! grommela-t-il en désignant Ibn Ezra.

– Il a raison, fit Moshé à l'adresse de son ami. Attends-moi dehors.

Ibn Ezra le regarda, ahuri.

– Je t'en prie, Ezra.

Celui-ci haussa les épaules et sortit. Alors Ibn Tibbon reprit, furieux :

– Attention ! Ne viole pas le secret. Que sait-il ?

– Rien. Absolument rien.

– J'espère pour lui que c'est vrai. Autrement, c'est un homme mort.

– Il ne sait rien, te dis-je ! C'est la première fois

qu'il voit la pièce, tu as pu le constater par toi-même ! Où est le manuscrit ?

– Je ne l'ai plus.

– Ce n'est pas possible ! J'ai fait plus de vingt-cinq jours de voyage à marches forcées pour venir le chercher, et tu ne l'as plus ?

– Des gens ont fait des siècles de marches forcées pour le protéger ! Si je ne l'ai plus, c'est justement pour éviter qu'il soit détruit. Je suis menacé. J'ai l'impression d'être suivi. Des gens sont à mes trousses. Je ne pouvais plus le conserver ici.

– Décidément, personne ne veut garder ce manuscrit ! Comme s'il brûlait les doigts. Où est-il ? Loin d'ici ?

L'autre hocha la tête :

– Tout près, entre les mains d'un ami, un chrétien à qui je l'ai confié. Il est étrange que Crémone ne te l'ait pas indiqué. Il le savait.

– Son nom ?

– Albéric de Montpas. Il est médecin. Personne ne le connaît ici, il travaille à Montpellier.

– Il faut que j'aille le trouver.

– Méfie-toi. Plusieurs des nôtres sont morts récemment.

– Des *nôtres* ? Qu'est-ce à dire ?

– Je ne peux te l'expliquer. Tu comprendras plus tard. Si tu persistes...

– Je dois à... quelqu'un d'aller jusqu'au bout. J'irai donc trouver ce Montpas.

– Tu ne le trouveras pas. Il ne reçoit pas les étrangers. Je vais le prévenir. Je lui demanderai d'entrer en contact avec toi. Ne t'étonne pas s'il se manifeste d'une façon assez particulière. Il se méfie, lui aussi. Où comptes-tu aller ensuite ?

– À Alexandrie.

– Il te faudra y trouver une cachette sûre pour le manuscrit.

– Rassure-toi. Avec moi, il ne lui arrivera rien.

– Attention à l'orgueil : il a coûté cher aux nôtres. Tu ne pourras survivre que dans l'humilité ; elle seule permet de vaincre la fatalité de l'orgueil, du terrible orgueil humain.

– L'humilité n'est pas mon fort... sourit Moshé.

– Si tu fais partie des nôtres, il te faudra respecter certaines règles morales, continua Ibn Tibbon en fixant Moshé. Des règles qui ne sont pas spécialement juives, mais qui viennent d'Asie.

– D'Asie ? Comment ça ?

– Tu n'as pas besoin de savoir.

– Et ces règles sont ?

– Le remords, le renoncement, l'aveu, la quête du pardon. Retiens bien cela, c'est la clé de notre reconnaissance. Et cela pourra te servir un jour. Que notre Seigneur t'accompagne. La paix soit avec toi !

Le géant posa la main sur la tête de Moshé, puis s'en retourna dans la synagogue où il s'abîma dans ses prières.

Moshé sortit rejoindre Ibn Ezra.

Les deux garçons marchèrent le long de la jetée du port. Moshé se dit que le jeu de pistes continuait. Il en était fatigué. Pourquoi tant de précautions pour cacher un livre ? Qui était celui qui les poursuivait ? C'était comme si les détenteurs de ce livre l'obligeaient à fuir au lieu de le lui remettre.

Ibn Ezra lui lança :

– Je ne comprends rien à ton histoire. Qui est ce Crémone ? D'où vient cette pièce dont tu parlais ? Montre-la-moi, s'il te plaît.

Moshé hésita. Mais, après tout, il fallait commencer à lui faire partager un peu de son secret en cas de malheur. Il la lui tendit. Ibn Ezra la soupesa, l'examina longuement et dit :

– Tu sais ce que c'est ?

– Une pièce d'or, mais quoi d'autre ? interrogea Moshé.

– Une monnaie : sur une face, un profil d'Alexandre ; sur l'autre, Zeus assis sur son trône. Et dans le coin, là, la représentation abstraite du combat d'un lion et d'un lièvre.

Moshé sursauta :

– Où vois-tu un lièvre et un lion ?

– Là, regarde bien.

Moshé remarqua pour la première fois qu'au-dessus du profil du Basileos on pouvait en effet discerner un dessin stylisé symbolisant un lion et un lièvre. Il pensa à la phrase d'Aristote que son oncle aimait à citer : « Ce ne sont pas les lièvres qui vont imposer des lois au lion. »

– On appelle cette pièce d'or un tétradrachme, continua Ibn Ezra. Il ne doit pas s'en trouver beaucoup de par le monde.

– Comment sais-tu tout cela, toi ?

– C'est l'avantage de fréquenter certaines femmes : elles vous aident à devenir expert en numismatique... D'où la tiens-tu ?

– Je ne peux te le dire. Je dois tenir une promesse et tu as déjà vu des choses que je n'avais le droit de laisser connaître à personne.

– Une promesse ? C'est ton secret et je l'oublierai, ne t'inquiète pas. Je sens qu'il ne servirait à rien que j'insiste. Mais tu dois aussi tenir la promesse que tu m'as faite, à moi !

– C'est-à-dire ?

– Déjà oublié ? L'auberge et les femmes !

– Comment peux-tu penser à ça maintenant !

– Je ne pense jamais qu'à ça ! Tout le reste n'est que balivernes. Tu sais ce que disait Omar Khayyâm ?

– Encore lui ! Qu'est-ce qu'il déblatérait, ton vagabond ?

– « Le vaste monde n'est qu'un grain de poussière dans l'espace. Toute la science des hommes n'est que mots. Les peuples, les bêtes et les fleurs des sept climats sont des ombres. Et le seul résultat de la méditation perpétuelle est le néant. »

– Allons à notre auberge, nous verrons après !

En arrivant, ils trouvèrent un message laissé une heure plus tôt à l'intention de Moshé par un porteur qui ne s'était pas fait connaître : un parchemin de grand luxe, rédigé en arabe.

– Comment est-ce possible ? dit-il à son ami. Personne n'est au courant que je suis là ! Sauf les rabbins. Mais ils ne m'écriraient pas en arabe !

– Ouvre ! C'est sûrement un billet doux ! répondit Ibn Ezra.

Moshé ouvrit. Il reconnut sur-le-champ la même écriture qu'à Tolède, treize ans plus tôt. Et presque le même texte :

« Cette ville n'est pas pour toi. Il faut que tu la quittes au plus tôt. Pour le bien de ta famille, de ton peuple et de l'humanité. Ne cherche plus ce que tu es venu y chercher. Renonce. Cela n'existe pas. »

Et la même signature : *« Les Éveillés. »*

Moshé se remémora leur voyage depuis Tolède, son intuition d'avoir été suivi et d'être menacé. Mais qui pouvait le surveiller ainsi sans se manifester ? Pourquoi ces menaces jamais mises à exécution ? Cherchait-on à l'intimider ? Dans quel but ? Qui avait intérêt à ce qu'il ne trouve pas le fameux manuscrit ?

Il prit la lourde pièce d'or dans sa poche et la serra très fort dans sa paume pour se persuader qu'il n'avait pas rêvé cette conversation avec son oncle. Non, il ne renoncerait pas. Parce qu'il devinait que bien des choses essentielles qu'il cherchait depuis toujours s'y trouvaient promises.

Tard dans la soirée, après avoir dîné à l'auberge avec Sephira, Maymun et David, au grand désespoir d'Ibn Ezra, Moshé remonta dans sa chambre. Il se sentait las et avait besoin de réfléchir. Dès qu'il se fut glissé sous la couverture, il ressentit une vive douleur au bras. Un serpent ! Le reptile venait de le mordre ! Il hurla et aperçut la bête qui filait sous la porte. En l'entendant crier, Ibn Ezra se rua dans la pièce. Moshé eut à peine le temps de lui montrer la minuscule trace laissée par la morsure, qu'il s'évanouit. L'aubergiste arriva, désemparé. Il vociféra, s'ébroua, se récria. Ibn Ezra demanda qu'on ne prévînt surtout ni Maymun, ni David, ni Sephira, afin de ne point les affoler. Il essaya d'aspirer le venin en mordant le bras de son ami. En vain.

Deux minutes plus tard, un client de l'auberge, un petit homme rond et replet aux yeux malicieux, se présenta à Ibn Ezra : Geoffroy Billord, médecin. Il ne parlait pas l'arabe mais se débrouillait en hébreu, qu'il parlait avec un accent qu'Ibn Ezra ne sut identifier. Voulait-on de ses services ?

Instinctivement, l'homme n'inspira pas confiance à Ibn Ezra, mais celui-ci n'avait pas le choix et il le fit entrer dans la chambre de Moshé. Billord examina le bras qui enflait rapidement, puis repartit dans sa propre chambre d'où il rapporta deux lourds bagages de cuir finement ouvragé. De l'un il tira deux fioles qu'il fit respirer à Moshé. Le jeune homme sortit tout aussitôt du coma.

En voyant ce visage inconnu mais souriant penché au-dessus de lui, il pensa : suis-je mort ? Puis dit :

– Vais-je mourir ? Je suis médecin ! Dis-moi la vérité.

– Un jour sûrement, plaisanta Geoffroy Billord. Je le dis souvent à mes malades : un ange ne peut intercéder plus de trois fois en faveur du même homme. Chacun peut guérir une, deux, trois fois, mais, après cela, on doit mourir.

– Ce n'est pas le moment de plaisanter, grogna Ibn Ezra. Tu vas le sauver ?

– Je ne le sais pas encore, murmura le médecin en se tournant de nouveau vers Moshé : Jeune homme, écoute-moi bien. Tu vas te sentir peu à peu paralysé. D'abord les jambes, puis le bassin, puis les poumons, le cœur et enfin le cerveau. Tu devrais mourir dans les deux heures. Je puis peut-être te sauver, mais à condition que nous restions calmes. L'essentiel est de connaître le nom du serpent qui t'a mordu.

– Je ne connais rien aux serpents, articula Moshé avec difficulté. Je revois seulement un éclair noir, petit, avec une tête rouge. J'ai très froid aux jambes...

– Mais c'est fort bien observé ! Ta description me suffira.

Le médecin sourit, alla ouvrir un de ses deux bagages qui révéla, parfaitement rangées dans des étuis, des dizaines de fioles de toutes les couleurs ; il en prit une sans hésiter, en versa une très large dose dans un verre et dit en le tendant à Moshé :

– Voilà ! Il faut toujours avoir avec soi une pharmacie contenant tous les contrepoisons. Elle te sauvera et, si tu ne l'oublies pas, elle en sauvera beaucoup d'autres.

Ibn Ezra tenta d'intervenir :

– Ne prends pas ça : il va t'achever ! Ce n'est pas un médecin, j'en suis sûr !

– Toi, suffit ! le coupa Geoffroy. Tu seras responsable de sa mort s'il n'a pas bu ce verre dans les dix secondes.

Il regarda Moshé qui avalait la potion affreusement amère, puis poursuivit à l'adresse d'Ibn Ezra :

– Tu ferais mieux de prendre soin de toi : tu as de l'asthme ! On ne te l'a jamais dit ?

– Je le sais depuis longtemps. À quoi vois-tu ça ?

– À la couleur de tes pupilles. Tu devrais te soigner.

– J'ai fait mille saignées et autant de purgations. Ça n'a servi à rien.

– Renonce à ces balivernes. Un seul remède : faire moins l'amour, boire moins de vin et manger du poumon de hérisson !

– Je n'ai de cesse de lui répéter la même chose, prononça péniblement Moshé qui étouffait.

– Je ne sais ce qui est le plus détestable dans ton ordonnance... La maladie me fait l'effet d'une amie chère, quand j'entends ça ! Mais occupe-toi plutôt de mon ami : c'est lui, le malade, pas moi !

Le médecin se tourna vers Moshé :

– Tu te sens mieux ?

– Non. La paralysie gagne du terrain.

– Ton médicament ne vaut rien ! s'écria Ibn Ezra.

– Ce n'est pas la potion à elle seule qui va te guérir, mais aussi la conversation. Un malade guérit bien mieux quand il parle et qu'il réfléchit... Continuons donc à deviser, cela te fera le plus grand bien. Qu'as-tu pensé en approchant de la mort ? Que tu allais monter au paradis ?

Moshé ne comprenait pas pourquoi il devait engager, au seuil du trépas, une conversation en hébreu avec un médecin chrétien. En même temps, il avait le sentiment que son cerveau était le seul organe à fonctionner encore dans son corps glacé. Il fallait à tout prix le maintenir en marche ! Il s'entendit répondre :

– Non, je ne crois pas au paradis. C'est une invention de tes moines.

– Très bien : voilà un bon sujet de conversation ! Continuons.

– Même si j'éprouve le plus grand respect pour ta religion, je vous considère comme des païens.

– Des païens ! Comme tu y vas ! Explique-moi. Cela aidera le contrepoison à remonter jusqu'au cerveau, puis à redescendre vers le cœur et les entrailles.

Moshé sentit qu'il s'engourdissait de plus en plus. Il fit un gros effort pour parler :

– Il y a trois dieux dans votre religion, dont deux, le Père et le Fils, sont à l'image des hommes.

– La Trinité n'est qu'une métaphore. Il en est aussi une ribambelle dans la Bible et dans le Coran, non ?

– Bien sûr ! Mais des métaphores innocentes. Alors que vous, vous croyez vraiment que Dieu s'est fait homme.

– Je vois que ton esprit fonctionne de mieux en mieux ! Continuons : c'est utile à ta guérison. Donc, pour toi, Jésus est un usurpateur ?

– C'est un messager. Pas un prophète. Pas le Messie. Juste un grand juif. Ceux qui l'ont suivi l'ont fait pour la plupart sincèrement. D'autres l'ont fait parce que les rites nouveaux étaient moins contraignants. D'autres, enfin, se sont convertis au christianisme par lâcheté, pour se ranger du côté des vainqueurs, les Romains.

– Mais les Romains ont martyrisé les premiers chrétiens !

Moshé eut l'impression, un court instant, que sa poitrine devenait moins oppressée.

– Non, c'est plus tard ! corrigea-t-il. Au tout début, les chrétiens collaboraient avec Rome contre les juifs rebelles à l'occupation ! Et ils nous ont accusés du meurtre de Jésus pour disculper Rome dont ils étaient les serviteurs.

– Méfie-toi, répondit sèchement Geoffroy qui semblait se prendre au jeu. Tu vas trop loin : si un évêque entendait ça, il t'enverrait au bûcher. Et là, il n'existe pas de contrepoison !

Ibn Ezra s'inquiéta : qui était cet homme qui se présentait comme un médecin et menaçait comme un policier ? Était-il venu sonder les raisons de leur présence ? Et s'il n'était pas pour rien dans la morsure du serpent ?

– Je pense, fit Moshé qui respirait de mieux en mieux, que le christianisme est une religion acceptable. Un peu comme notre maître Rachi, de Troyes, qui vécut heureux en France, il y a un siècle, et qui considérait le christianisme et l'islam comme des monothéismes en disant : « Ces nations dans lesquelles nous, peuple d'Israël, sommes exilés, reconnaissent la Création *ex nihilo*, l'Exode et d'autres points essentiels. Leur culte est dédié au Créateur du ciel et de la terre. » Mais je pense aussi que toutes les religions devront affronter la vérité et ne survivront que si elles sont compatibles avec ce qu'apportera la science. Vous autres chrétiens, vous en rendrez compte aussi un jour : il vous faudra choisir entre le dogme et la vérité. Et si vous ne vous y préparez pas, votre Église excommuniera, brûlera ceux qui prétendront que la Terre n'est pas plate ou que l'univers n'a pas été créé en huit jours.

Geoffroy sourit :

– Tu te sens mieux, n'est-ce pas ? Oui, tu vas mieux. Tu as raison. Beaucoup de nos théologiens pensent que nous n'avons pas à approfondir la façon dont le Créateur a accompli des merveilles. Moi, je pense au contraire que nous avons à comprendre la nature. Non pas faire des mathématiques ou des théories abstraites, mais procéder à des expériences et les répéter afin d'en déduire les lois qui régissent le réel. Tu verras : cette notion d'expériences à répéter finira par s'imposer et se révélera un jour très féconde ; plus que la raison pure, elle permettra de sortir de l'obscurité. Mais je me garde bien d'en parler. En ce moment, on condamne à mort pour beaucoup moins que ça !... Ta paralysie régresse, n'est-ce pas ? Une euphorie va te gagner. Tu vas bientôt penser que la vie vaut la peine d'être vécue, que le bonheur et le malheur n'existent pas, qu'il ne faut ni s'en réjouir ni s'en attrister, car ils ne sont grands que dans notre imagination et passent comme la nuit. C'est ce que tu ressens maintenant, n'est-ce pas ?

– Exactement. Comment peux-tu si bien le décrire ?

– Tu apprendras que, dans le langage de la médecine, nous appelons ça la « sérénité ». Dès que le malade la recouvre, la maladie a beaucoup moins de prise sur lui. En fait, la cause principale de la maladie est la peur de la maladie, la crainte exagérée de la mort.

Il regarda intensément Moshé :

– Toi aussi, tu es médecin, n'est-ce pas ?

Comment le sait-il ? se demanda Ibn Ezra.

– Comment le sais-tu ? s'enquit Moshé.

L'autre sourit :

– Mais tu me l'as dit tout à l'heure ! C'est même la première chose que tu m'as dite. Tu m'as crié : « Je suis médecin ! Dis-moi la vérité. » Tu as oublié ? Tu es bien médecin ?

– Je le suis. Et tu viens de m'infliger une belle leçon... Je ne l'oublierai pas. D'où viens-tu ?

– Je suis un modeste praticien dans une modeste bourgade près d'ici : Montpellier, petit bourg fortifié où, depuis quarante ans, se regroupent nos confrères pour apprendre et enseigner.

Ibn Ezra comprit brusquement pourquoi il était sur ses gardes depuis l'arrivée du médecin. Il hasarda :

– Je pense que tu ne te trouvais pas dans cette auberge tout à fait par hasard, n'est-ce pas ? Tu es bien certain de t'appeler Geoffroy Billord ?

Le médecin sourit :

– On m'appelle aussi Albéric de Montpas.

Moshé se mit de nouveau à trembler de tout son corps. Sa vue se brouilla : il avait devant lui le médecin chrétien auquel Ibn Tibbon lui avait dit, trois heures auparavant, avoir confié sa traduction de *L'Éternité absolue* ! Comment était-il là ? Pourquoi ce double nom ? Avait-il cherché à l'empoisonner pour avoir un motif de l'approcher sans se faire remarquer ?

Ibn Ezra demanda posément :

– C'est toi qui lui as envoyé ce serpent ?

Tout en remisant ses fioles dans une des mallettes, le médecin lâcha :

– Il me fallait t'approcher discrètement. La situation

est on ne peut plus dangereuse et je n'ai pas du tout envie de mourir !

– Ça n'était pas spécialement discret ! s'exclama Moshé.

– Parfois, le plus visible est le plus trompeur. Ne le sais-tu pas ?

– Tu m'as empoisonné !

– Pardonne-moi, mais tu ne courais aucun risque.

– Ce n'est pas ce que tu m'as dit !

– Mes remèdes sont infaillibles...

Une fois rangées toutes ses fioles, le médecin reprit :

– Puis-je me permettre de te réclamer mes honoraires ?

Moshé arbora une mine stupéfaite. Ibn Ezra bondit :

– Tu ne manques pas de culot ! Des honoraires pour une tentative de meurtre ?

– Laisse-le parler, intervint Moshé. Que veux-tu ?

– Une pièce d'or.

Moshé comprit. Il sortit le tétradrachme et précisa :

– Je puis te la montrer, mais non pas te la laisser.

Albéric la saisit et l'examina avec grand soin. Puis le médecin regarda avec insistance Ibn Ezra qui comprit, sourit et sortit. Il se retourna alors vers Moshé :

– Garde-la... Tu parles le latin ?

Le jeune homme secoua négativement la tête.

– Et moi je ne parle pas l'arabe. Tu ne comprendras donc rien à ce livre.

– Parce que tu l'as ?

L'autre hésita, sourit puis lâcha :

– On ne saurait exclure qu'il existe quelque part un livre qui révèle un terrifiant secret sur Aristote. Un secret qui suffirait à faire condamner à mort quiconque serait suspecté de le connaître. Et qui, s'il était divulgué, ferait s'effondrer les Églises. Il se pourrait qu'il s'en trouve un exemplaire chez moi, et un autre chez l'un de mes amis, un rabbin vivant loin d'ici...

– Son nom ? demanda Moshé.

– Tu le connais déjà : Ibn Shushana, à Fès.

Moshé le savait, en effet : le nom que lui avait cité Crémone quelques semaines plus tôt à Tolède ! Comment cet homme connaissait-il le nom du détenteur de l'autre traduction du *Traité de l'éternité absolue* ? Comment la quête de la première le renvoyait-elle vers la seconde ? Moshé reprit le plus sereinement qu'il put :

– Si je suis venu à Narbonne, c'est parce qu'aller à Fès était par trop dangereux. Tu vas me remettre ton exemplaire ?

L'autre hésita, puis déclara :

– Ta douleur est passée, n'est-ce pas ? Tu vas ressentir un léger vertige... Demain, tu pourras te lever et marcher. Mange légèrement à ton réveil, puis viens me trouver chez moi. Voici mon adresse : je te donnerai ce que tu es venu chercher. Et tu nous rejoindras dans notre confrérie.

– « Confrérie » ?

– Je te dirai le reste demain.

L'énigmatique médecin lui tendit un morceau de papier sur lequel il avait griffonné une adresse... en arabe. Puis il sortit en traînant ses deux lourdes mallettes.

Ibn Ezra, qui attendait à l'extérieur, entra dans la chambre. Moshé lui montra l'adresse de Montpas. Les jeunes gens restèrent un long moment silencieux, puis Ibn Ezra, assis au pied du lit de son ami, murmura :

– Je n'aime pas cet homme. Pourquoi a-t-il essayé de te tuer ? Pourquoi parle-t-il l'hébreu ? Pourquoi dit-il qu'il ne parle pas l'arabe alors qu'il l'écrit ?

– Je ne sais. Chacun de ses mots était pesé. Il hésitait comme s'il avait peur de mourir entre chaque phrase.

– Tu te sens mieux ?

– Parfaitement bien, répondit Moshé. Je n'arrive pas à croire que je suis passé à côté du néant...

– Mais ce n'est pas le néant, pour toi ! La mort est selon toi l'état dans lequel on attend la résurrection, non ?

– Je n'y crois pas trop.

– C'est pourtant écrit dans la Bible ? Tu ne crois pas à ce que disent tes Livres. Ils te promettent la résurrection à toutes les pages !

– Pas vraiment. J'ai cherché et n'ai trouvé que deux textes qui en parlent. Et encore. Il y a la vision du prophète Ézéchiel où des ossements desséchés reviennent à la vie, mais, pour moi, ce n'est là que la parabole de la renaissance à venir de l'État d'Israël. Et puis un obscur passage du livre de Daniel où il en est peut-être question. Avoue que c'est bien mince... Le reste, ce sont des commentateurs qui l'ont ajouté. Non, je n'y crois pas vraiment.

– Alors, fais comme moi : *Carpe diem* ! Profite ! Quel plaisir aurais-tu éprouvé dans ta vie si tu étais mort tout à l'heure ? Aucun ! Aucune ivresse, aucune femme. Et même, aucun livre écrit ! Une vie ratée.

– Je ne crois pas être de ce monde pour vivre heureux, mais pour transmettre.

– Transmets donc la vie, pour commencer. Dépêche-toi de te marier...

– Parle pour toi !

– Moi, ce n'est pas pareil. D'abord, il n'est pas impossible que j'aie déjà donné la vie ; je serais le dernier à être au courant... Ensuite, je sais comment je veux être heureux : en cherchant toujours plus loin des sensations fortes.

– Nous allons devoir partir...

– Ah, déjà ? soupira Ibn Ezra.

– Plus rien à faire ici.

– Alors, moi non plus...

– Ce qui veut dire que nos routes vont diverger ?

– C'est vraisemblable. Tu vas partir pour l'Égypte. Moi, je n'ai rien à y faire. Je vais donc filer en Toscane, puis à Rome, et tu ne t'y sentirais pas spécialement à l'aise.

Comme pour ne pas laisser l'émotion l'envahir, Ibn Ezra se leva. Moshé, toujours allongé, dit :

– Je vais essayer de dormir, maintenant. J'ai eu mon content d'émotions pour aujourd'hui. Demain, dès que tu seras prêt, passe dans ma chambre : nous irons ensemble chez cet Albéric ou ce Geoffroy ; le diable seul sait son nom exact. Il paraît qu'il a quelque chose à me remettre. Dors bien : demain, je saurai peut-être comment ne plus jamais avoir besoin de repos...

Aux premières lueurs de l'aube, approchant d'une maisonnette isolée sur la route de Montpellier, les deux jeunes gens devinèrent qu'un malheur était arrivé. Une petite foule obstruait l'entrée ; on entendait crier et pleurer à l'intérieur. Ils n'osèrent faire un pas de plus. Un homme vint à eux et leur apprit qu'Albéric de Montpas s'était donné la mort dans la nuit en se tranchant la gorge.

Ils rebroussèrent chemin en silence. Albéric avait dit : « La situation est on ne peut plus dangereuse et je n'ai pas du tout envie de mourir ! » Tout débouchait encore une fois sur une impasse. Le manuscrit était à nouveau perdu. Moshé pensa que ceux-là mêmes qui le surveillaient avaient dû tuer le médecin. Eliphar, les De Souza, maintenant Albéric de Montpas : la mort jalonnait décidément son voyage. Désormais, s'il voulait avoir une dernière chance de mettre la main sur ce texte si convoité, il lui faudrait pénétrer au cœur du pouvoir almohade, au Maroc. Les tueurs l'y suivraient-ils ? Quand passeraient-ils à l'acte ?

En revenant en ville, Moshé chercha Nahmin, Kimhi et Ibn Tibbon. Tous avaient disparu. Pis : nul ne semblait les connaître.

Moshé et Ibn Ezra marchèrent longtemps dans les rues de la cité, comme hébétés. Ils savaient qu'ils allaient bientôt partir chacun dans une direction différente. Moshé tenterait de se rendre à Fès en dépit du danger. Ibn Ezra gagnerait l'Italie, péninsule de tous les plaisirs.

Ils se regardèrent, se sourirent en silence, s'embrassèrent longuement, puis se séparèrent. Chacun allait se jeter dans la gueule d'un loup. L'un et l'autre croyaient ainsi préserver ce qui leur paraissait l'essentiel. Mais l'essentiel était-il là où l'on vivait le mieux, au risque de s'oublier, ou bien là où l'on vivait le plus mal, avec le risque d'y être massacré ?

En s'éloignant, Moshé entendit son ami répéter en fredonnant les vers de son poète favori qu'il avait si souvent cités :

« Sur la terre bariolée chemine quelqu'un qui n'est ni musulman ni fidèle, ni riche ni pauvre. Il ne révère ni Dieu ni lois. Il ne croit pas à la vérité. Il n'affirme jamais rien. Sur la terre bariolée, quel est cet homme grave et triste ? »

Moshé crut avoir mal entendu les derniers mots, comme si Ibn Ezra s'était mis à sangloter. Mais non, ce n'était pas du tout son genre.

Chapitre 4

Mardi 6 septembre 1163 : le scandale d'Al-Qarawiyyin

7 Tishri 4924 – 5 Showal 558

Ayant pris le bateau à Barcelone pour rejoindre le Maroc par mer sans avoir à retraverser l'Andalousie, Maymun et ses deux fils, toujours accompagnés de Sephira, arrivèrent à Ceuta après onze jours de cabotage sans histoire. Ibn Rushd les avait précédés de quelques mois pour y devenir secrétaire du gouverneur de la ville.

En débarquant plus mort que vif d'un bateau à demi-fracassé et prenant l'eau de toutes parts, le jeune cadi n'avait pas la moindre idée de ce en quoi pouvait consister ce nouveau métier ; quand Ibn Tufayl le lui avait imposé, il n'avait pas même songé à lui demander de l'éclairer sur la nature de sa charge. Il devinait seulement que ce ne serait pas une sinécure : le détroit de Gibraltar avait toujours été le point de passage des incursions musulmanes vers l'Europe et chrétiennes vers l'Afrique ; l'Empire almohade se devait donc de conserver absolument le contrôle de cette ville.

D'autant plus que la situation restait précaire. En Andalousie, les troupes almohades n'étaient pas parvenues à mater tous les roitelets musulmans de la région. Au-dehors, les chrétiens de Castille et du Portugal commençaient à regrouper leurs forces. Il se disait en outre qu'Abd el-Mumin, le calife almohade, rentré à Marrakech après avoir bouté les Normands de Sicile hors de Tunisie, était malade, usé par quinze ans de règne et de combats sans répit de Cordoue jusqu'à la Libye. On murmurait même qu'il était atteint d'une affection qu'aucun médecin ne savait identifier, mais qui avait un rapport, disait-on, avec son goût pour le gibier. Ses propres lieutenants rechignaient à la perspective que son fils montât un jour sur le trône et commençaient déjà à comploter contre lui. Ibn Tufayl, médecin et confident du prince héritier, avait assez bien manœuvré pour écarter ses plus dangereux rivaux ; il était maintenant l'un des hommes les plus puissants du califat et venait même d'être nommé secrétaire des Registres, responsable du *diwan*, c'est-à-dire ministre des Finances : le roi avait voulu, en nommant à ce poste le principal conseiller de son fils, préparer sa succession.

En rejoignant son poste, Ibn Rushd ne pensait qu'à quitter Ceuta au plus vite pour se rendre à Fès, où gravitait désormais l'essentiel de la vie intellectuelle de l'Empire autour de la mosquée Al-Qarawiyyin. Où surtout, lui avait dit Crémone, il trouverait ce très riche marchand, Al-Kindi, qui pourrait lui remettre le livre dont lui avait parlé Ibn Tufayl trois mois plus tôt, « le livre le plus important jamais écrit par un être humain », avait-il précisé. Il le lirait, bien sûr, avant de le donner, peut-être, au conseiller du Prince. Ibn Rushd était partagé entre son désir de faire carrière, son souhait de remplir la mission intellectuelle assignée par le dauphin, et sa quête du manuscrit secret, qui exigeait son départ pour le sud. Étrangement, trois choix contradictoires ouverts par le même Ibn Tufayl... Il lui faudrait d'abord prendre son poste, puis obtenir le droit de se rendre à Fès sans dévoiler la raison de ce voyage. Car c'était décidé : jamais il ne devrait confier à Ibn Tufayl que Crémone lui avait parlé d'Al-Kindi. Il garderait le manuscrit pour lui au moins aussi longtemps qu'il n'aurait pas percé à jour les intentions du vizir. La raison ? Juste une intuition... pour l'instant !

Le général Ibn Moussaoui, devenu gouverneur de Ceuta après avoir suivi de loin la campagne du calife en Tunisie, avait été terrorisé d'apprendre que le responsable du *diwan* lui imposait un jeune inconnu comme secrétaire. Convaincu que la seule mission du nouveau venu serait d'enquêter sur l'état des finances de son gouvernorat, peut-être même de préparer son procès, il se demanda si la cour avait eu vent de ses trafics avec les marchands d'Almería. Il se rassurait en pensant que, si tel avait été le cas, il serait déjà assis sur un pal. Pour éviter que son nouveau secrétaire ne se mêlât de ses relations avec les courtiers du port, il fit montre d'un empressement obséquieux et fit tout pour lui épargner la moindre tâche, qu'il disait estimer dégradante pour lui.

Comme le jeune philosophe ne semblait pas s'opposer à un tel allégement de son emploi du temps, le gouverneur le dispensa même de faire acte de présence en son palais, allant jusqu'à refuser d'utiliser ses compétences médicales pour calmer ses propres douleurs intestinales : Ibn Rushd n'était-il pas là pour l'empoisonner ? Il lui fit donc attribuer une très belle résidence donnant sur la mer, lui affecta six serviteurs, dont trois très jolies esclaves chrétiennes ramassées par un bateau pirate au large de Naples, et l'oublia.

Ibn Rushd demanda à plusieurs reprises au gouverneur l'autorisation de se rendre à Fès, qui n'était qu'à quatre jours de cheval, « pour visiter la ville », prétexta-t-il. À chaque fois, l'autorisation lui fut refusée : le conflit en cours, expliquait le gouverneur, rendait les voyages trop peu sûrs. En réalité, un envoyé du vizir lui avait demandé de veiller très précieusement sur la santé de son secrétaire et de ne pas le perdre de vue. Pas question de le laisser prendre des risques sur des routes peu sûres.

Ibn Rushd apprécia la situation comme elle devait l'être. Il était là pour rédiger, à la demande du fils du calife, une présentation de la pensée scientifique compatible avec la doctrine musulmane, une démonstration simple de la cohérence entre Aristote et le Coran. Et il se trouvait que rien ne le passionnait davantage depuis son adolescence : comment être musulman sans se couper de ce que l'Occident avait de meilleur ? Car l'Occident musulman, il en était certain, était supérieur à la fois à l'Occident chrétien et à l'Arabie, et se devait de devenir le centre de l'Islam. De surcroît, l'idée de montrer que la vérité ne résidait pas tout entière dans le Coran arabe, mais aussi chez un philosophe grec, lui faisait plutôt plaisir.

Beaucoup de gens, dans la meilleure société de la ville, voulurent profiter de la science du médecin ou de la conversation du philosophe. À sa grande surprise, Ibn Rushd dut constater qu'il y avait à Ceuta des individus intéressants. Il passa du temps chez Abou Bakr Ibn Zohr, l'un des médecins du calife. Il trouva dans sa bibliothèque des traductions en arabe de textes d'Aristote dans des versions extraordinairement rares et précieuses, faites à partir du syriaque par d'exceptionnels traducteurs juifs, sabéens et nazaréens. Il put comparer ces différents textes avec les commentaires d'auteurs grecs – Alexandre d'Aphrodise, Themistius, Nicolas de Damas – qu'il avait apportés dans ses bagages. Il découvrit le travail d'Ibn Sina, qu'il apprécia comme médecin et rejeta comme philosophe, car trop hostile à la raison. Il détesta plus particulièrement le *Tahâfut al-Falâsifa*, la « Correction des philosophes » d'Al-Ghazali. Il admira le travail d'Ibn Bâjja, qui plaçait, comme lui, la raison au plus haut. Il commença alors à réfléchir aux mêmes questions que celles dont son cadet de neuf ans, Moshé ben Maymun, débattait simultanément avec son père et avec les deux rabbins de Narbonne : est-il possible de chercher la vérité sur la création de l'univers sans blasphémer ? peut-on penser Dieu de façon rationnelle ? la philosophie de l'Antiquité, qui ne croit pas en un Dieu unique, est-elle pour partie conciliable avec le monothéisme ? la liberté des hommes est-elle contradictoire avec la toute-puissance de Dieu ? l'âme est-elle mortelle, comme l'imagination ? pourquoi Dieu laisse-t-Il les hommes faire le mal s'Il sait qu'ils vont le commettre ? faut-il faire connaître la vérité au peuple ou la réserver à une élite ?

En réponse à Al-Ghazali, il entreprit d'écrire une apologie de la philosophie, le *Tahâfut al-Tahâfut*, la « Correction de la Correction », un texte rageur destiné à expliquer l'importance de la raison, sa non-contradiction avec la foi, sa nécessité, même, pour donner sens à l'esprit religieux et le confronter au progrès technique.

Mais Ibn Rushd n'était pas homme à penser à plein temps ni même à se contenter d'écrire. Depuis son enfance, il rêvait d'être, comme son grand-père et plus que son père, un homme de pouvoir. Il aspirait à agir, influer, réformer, imprimer sa marque sur les mœurs de son temps.

Au bout de trois mois et de trois manuscrits quasi achevés, il commençait à s'ennuyer ferme. Les promenades sur le port, les soirées avec des amis, les nuits avec ses esclaves, le spectacle des bateaux dans la baie et des tempêtes en mer, les conversations avec les marins, les voyageurs, les cartographes, les émigrants, ne le satisfaisaient plus. Son père avait promis de venir le voir, mais, l'âge venant, il n'aimait plus guère quitter Cordoue. Le jeune homme devait se rendre à l'évidence : il était retenu là comme prisonnier, condamné aux loisirs forcés. Il décida alors de prendre au sérieux la fonction qu'Ibn Tufayl lui avait confiée et réclama un bureau au siège de l'administration centrale de la ville.

Le gouverneur hésita, mais dut céder – à sa plus grande consternation : il voyait les ennuis affluer. Et ils affluèrent. Car Ibn Rushd avait en tête un projet clair et simple : faire de Ceuta une ville modèle, une sorte de cité idéale qui ressemblerait fort à ce qu'était Cordoue avant l'arrivée des nouveaux maîtres, la corruption exceptée. Une société dirigée par des laïcs, où chacun aurait les moyens de réaliser ses aspirations et de déployer ses talents, où les riches financeraient les projets des pauvres. Avec une reconnaissance explicite du droit de toutes les religions à exister à côté de l'islam. L'islam en maître et protecteur, certes, imposant de lourdes charges aux autres, mais sans pour autant exiger la conversion des infidèles, sans faire régner la terreur dans les églises et les synagogues, sans contraindre ceux qui pourraient vouloir partir à abandonner leurs biens. Un islam dont la finalité ne serait plus de dominer la planète, mais de l'éclairer.

Au moment où, dans les provinces de l'Empire, nul ne savait plus trop comment interpréter les signaux contradictoires émis par le calife déclinant, le fait qu'un protégé du ministre des Finances demandât que les lieux de culte des autres confessions fussent respectés parut raisonnable au gouverneur. Et il se préparait à édicter un décret en ce sens quand – le jour même où la famille Maymun débarquait dans la ville – Ibn Rushd présenta à son patron un nouveau projet de décret dont le jeune homme semblait particulièrement fier.

Le gouverneur pâlit à sa lecture :

« Nous, gouverneur de cette ville, au nom d'Allah tout-puissant et de son premier esclave, le calife Abd el-Mumin, nous demandons que la capacité des femmes soit beaucoup mieux reconnue et qu'elles cessent d'être considérées comme seulement chargées de mettre au monde les enfants. Il n'est pas juste ni conforme au Coran qu'elles soient au service de leur mari et reléguées au travail de la procréation, de l'allaitement et de l'éducation. Il est scandaleux et il n'est pas dans l'intérêt de l'Empire qu'elles soient traitées comme des plantes ; car alors elles ne sont qu'un fardeau pour les hommes et une charge pour l'État, qu'elles appauvrissent. J'ordonne donc que toutes les femmes de cette ville reçoivent une éducation égale à celle des hommes, en tout domaine et d'abord en philosophie. Le financement de cette éducation sera assuré par un prélèvement sur la richesse des cadis, qui reste la plus élevée de la ville. »

Abasourdi, le gouverneur remercia chaleureusement son jeune collaborateur pour son initiative « audacieuse, certes, mais combien nécessaire et bien venue » ; il promit d'y réfléchir et fit porter une longue missive à Ibn Tufayl, à Marrakech, par un escadron de cavaliers de sa garde privée, avec ordre d'attendre la réponse. Elle vint moins de trois semaines plus tard : le jeune Ibn Rushd était déchargé de ses fonctions, beaucoup trop modestes pour lui, et nommé professeur de philosophie à l'université Al-Qarawiyyin, à Fès. Cette charge n'étant pas rémunérée, il continuerait de recevoir son salaire de secrétaire du gouverneur.

En lisant les deux paragraphes de cette lettre que le gouverneur voulut bien lui montrer, Ibn Rushd n'en crut pas ses yeux : non seulement il allait quitter ce trou, mais il pourrait enfin se rendre à Fès, et lui, le Cordouan, enseigner à Al-Qarawiyyin, la plus grande université de l'Islam, créée plus de trois siècles auparavant. Surtout, il serait enfin à même de rechercher cet Al-Kindi dont lui avait parlé Gérard de Crémone, et ce, sans se faire remarquer d'Ibn Tufayl.

Puis il s'inquiéta : comment avait-on pu le nommer à un poste si prestigieux, si recherché, auquel n'accédaient que des théologiens chevronnés ? Pour y enseigner, comme dans toutes les universités de l'Islam – les seules en activité dans le monde de l'époque –, il fallait un permis, une licence, une *ijazah* ; or celle-ci ne s'obtenait que d'un professeur de l'université au terme d'un long cycle d'études. Et lui n'avait étudié qu'à Cordoue, jamais à Fès ! Il n'avait donc que la licence d'enseigner en Andalousie ; sans compter que les deux universités ne s'appréciaient pas beaucoup : Cordoue avait été créée cinquante ans après Fès, qui la méprisait pour cette raison entre autres. Personne à Al-

Qarawiyyin ne pouvait lui avoir accordé l'*ijazah* sans l'avoir rencontré ni entendu. Qui l'avait vu ? Où ? Pendant ses cours à Cordoue ? Qu'est-ce qui lui valait un tel privilège ? Pourquoi lui ?

La semaine suivante, il quitta Ceuta avec ses esclaves dont le gouverneur lui faisait bien volontiers cadeau et à l'issue d'une grande fête donnée en son honneur. Ibn Moussaoui ne pouvait dissimuler la joie que lui causait la promotion de son jeune collaborateur et ne cessait d'expliquer à la cantonade que les rapports qu'il avait envoyés à la cour à Marrakech n'y étaient pas pour rien. En le raccompagnant jusqu'à la sortie de la ville, comme pour bien s'assurer de son départ, il souffla au jeune homme que si un jour Ibn Rushd voulait bien s'en souvenir, lui qui semblait connaître des tas de gens si haut placés, le gouverneur rêvait de finir sa carrière à Marrakech où il avait toute sa famille et où était établie la cour de l'émir. Il fallait pour cette ville royale, sainte entre les saintes, un gouverneur à poigne : n'était-ce pas sa spécialité ?

Fès était alors composée de deux villes jumelles, chacune ceinte d'une muraille, séparées par une rivière dont le cours rapide faisait tourner des moulins alimentant en eau la cité. L'ensemble formait un labyrinthe de neuf mille cinq cents rues ; on y comptait alors cent vingt mille maisons et trois mille cinq cents fabriques, dont, entre autres, huit cents métiers à tisser sur lesquels on fabriquait les célèbres soieries de *hulla*, le siglaton, l'*isbahânî*, la soie de Jurjan, la *jurjânî*, des tissus rehaussés de pierres et de perles, des étoffes constellées de pois, des tapis miniatures, des *ma'âjir* et autres étoffes de soie et de brocart.

Après cinq jours de voyage, Ibn Rushd y pénétra par

Bab Bou Jeloud, la porte située à l'ouest de Dar el-Batha, qui ouvrait sur Fès el-Bali. La première chose qu'il vit fut un vantail en émail bleu, couleur de Fès, à l'extérieur, et vert, couleur de l'Islam, sur sa face intérieure. Une escorte dirigée par un officier prit le relais de celle qui l'avait guidé jusque-là. Elle le conduisit à travers le Grand Talâa, la Grande Montée et la place du Marché aux chevaux. Ils arrivèrent sur la place En-Nejjarine, traversèrent le souk des Menuisiers et s'engagèrent dans un dédale de ruelles en contrebas.

Au fond d'une impasse, les soldats qui les précédaient s'arrêtèrent devant une porte de bronze qui s'ouvrit, découvrant un patio empli de fleurs entouré d'une maison à deux niveaux. Des esclaves se précipitèrent pour saisir les bagages : il était chez lui. L'officier lui recommanda de prendre son temps, de s'installer, de visiter la ville. Ses cours ne commenceraient pas avant plusieurs mois.

Dans la demeure, Ibn Rushd trouva un magnifique bureau, des étagères chargées de livres, et tout le matériel nécessaire pour écrire et préparer ses cours : du parchemin, des plumes et maints ouvrages étonnants – des manuscrits chinois, des textes d'Ibn Bajja (qui pourtant n'était pas en odeur de sainteté chez les Almohades), des traductions rares d'Aristote, de Plotin, d'Abailard, d'Héloïse et même d'Hildegarde de Bingen. Qui pouvait ici s'intéresser à ces exégètes chrétiens ? Ces livres rarissimes étaient posés là presque négligemment, mais dans un désordre subtil. Qui s'était amusé à composer cette bibliothèque précieuse et à en ranger les volumes dans un ordre si savant ? Un mystère de plus.

Le lendemain, le gouverneur de Fès, Abdallâh al-Mokti, se présenta à lui, accompagné d'un petit homme pâlichon, accoutré d'une longue chasuble noire, à qui ses yeux enfoncés dans les orbites donnaient un air de cadavre ambulant. Le gouverneur venait lui dire tout le plaisir qu'il avait à l'accueillir, plaisir d'autant plus grand qu'il avait reçu l'ordre de s'occuper au mieux de lui. L'ordre de qui ? Mais d'Ibn Tufayl, bien sûr ! Ne le savait-il pas ? À Marrakech, son protecteur avait gravi une nouvelle marche dans l'exercice du pouvoir : il avait été nommé *hadjib*, majordome du palais, en somme Premier ministre, tout en conservant ses responsabilités de ministre des Finances. Avec toute l'obséquiosité dont il semblait regorger, Al-Mokti expliqua à Ibn Rushd qu'il était à sa disposition, s'il pouvait l'aider, mais qu'il s'excusait à l'avance d'être si peu disponible. La situation militaire était délicate : le roi Loup venait de s'allier aux chrétiens, il assiégeait Cordoue et Séville. L'heure était grave pour le calife comme pour son fils dans toutes les villes. D'aucuns commençaient même à prendre leurs distances avec les souverains almohades, qui venaient de repartir en campagne du côté de Sétif. Le calife lui-même, le grand Abd el-Mumin – béni soit son nom ! –, entendait retourner au plus vite en Andalousie pour y mater l'ultime résistance des émirs rebelles et réinstaller sa capitale à Cordoue dont le climat, avaient prescrit ses médecins, lui conviendrait bien mieux que la fournaise de Marrakech. Ibn Tufayl, songea Ibn Rushd, ne devait pas être pour rien dans ce désir de déménagement, lui qui lui avait confié sa passion pour l'Andalousie. Sans compter, précisa Al-Mokti, qu'il régnait dans la ville une agitation particulière : des imams s'y prenaient pour des prophètes, des juifs pour le Messie, des chrétiens pour le Christ. De multiples rites se pratiquaient nuitamment dans les souks.

Le petit homme en noir qui accompagnait le gouverneur se présenta ensuite comme le doyen de l'université, le professeur Radwan ibn Kobbi. Il ne semblait pas spécialement heureux de se trouver là. Il expliqua avec morgue que les élèves de l'université Al-Qarawiyyin étaient les meilleurs du monde ; ils venaient de tout l'Empire et même d'au-delà pour suivre – gratuitement, bien sûr – des cours à Fès. Des cours qui se devaient d'être les meilleurs du monde...

Il continua d'un ton pincé :

– Et donc dispensés par les meilleurs professeurs du monde. Jusqu'ici, tel a été le cas, car nous choisissons nos professeurs nous-mêmes. Il n'est jamais arrivé qu'on nous les impose. Jusqu'à ce qu'on nous ait expliqué que tu pourrais enseigner la philosophie... La philosophie ! Comme si la philosophie pouvait être de quelque utilité à un croyant ! La théologie, la médecine, voilà des sciences ! Enfin, il paraît que tu es un bon médecin : tu pourras toujours venir suivre mes propres cours...

Le gouverneur interrompit le doyen d'un geste agacé :

– Tu as des amis dans cette ville ? demanda-t-il négligemment au jeune homme.

Ibn Rushd hésita : pouvait-il sans risque citer le nom de son futur contact ? Puis il se dit que, dès qu'il ferait le moindre mouvement pour le trouver, le gouverneur l'apprendrait. Il valait donc mieux l'énoncer comme un propos banal :

– Non, aucun. Mais un de mes amis de Cordoue m'a recommandé de faire quelques achats auprès d'un marchand d'ici, un dénommé... Al-Kindi. Tu le connais ?

– Al-Kindi, murmura le gouverneur, perplexe. Non, ce nom ne me dit rien. Vraiment rien...

– Un de mes collègues portait ce nom-là, ricana Ibn Kobbi.

– Ah ! Où est-il ?

– Il est mort il y a trois siècles. À Bagdad.

Le médecin éclata d'un rire méprisant et continua :

– Tu prétends exercer la médecine et tu ne connais pas Al-Kindi ? Il est l'auteur de plus de deux cents ouvrages sur la chimie, la philosophie, la médecine. Il est l'inventeur de la pharmacologie. Il a même, le premier, mesuré la hauteur des notes de musique !

– Je ne m'intéresse pas à la musique. Je la déteste même...

– Ibn Sina en personne ne jure que par lui. Ibn Sina !... au moins, lui, tu le connais ?

– Quand il est médecin, je le respecte, comme toi. Mais quand il affiche, comme toi, son mépris de la philosophie, je l'ignore.

Le gouverneur s'esclaffa.

– Là, mon cher ami, ce jeune homme marque un point, lança-t-il au médecin, piqué au vif. Puis, à l'adresse d'Ibn Rushd : Toi, si tes compétences valent tes reparties, je t'enverrai des pratiques... Et viendrai peut-être te consulter moi-même !

– Nos spécialistes ne te suffisent pas, gouverneur, pour que tu veuilles essayer des guérisseurs de province ? glapit le petit homme en noir.

– Tes soi-disant grands praticiens sont incapables de soulager mes douleurs d'estomac. Je passe mon temps entre saignées, lavements, potions et onguents divers.

Pour rien ! Je souffre le martyre et suis prêt à tout essayer.

Il regarda Ibn Rushd.

– Tu as déjà guéri quelqu'un que son estomac met à la torture, mon garçon ?

– Souvent. En général, cela se soigne fort bien. Mais pas par le genre de traitement que tu dis subir ! Il te faudrait une nourriture maigre et sans épices, pas d'alcool, peu de femmes et beaucoup de repos.

– Voilà qui ne me plaît guère comme prescription... dit le gouverneur. Mais on en reparlera.

– Jeune homme, corrigea aussitôt Ibn Kobbi, tu apprendras que le remède à ce type de maux consiste avant tout dans une récitation de versets coraniques ; la première sourate en particulier, suivie d'un souffle léger sur le corps du malade. Tu ne le savais pas ? Je vois bien que tu aurais intérêt à suivre mes cours ! Pour ce qui est des tiens, tu passeras à l'université où nous réglerons tous les détails. Et prépare-toi : les recommandations des puissants n'empêcheront pas les élèves de te fuir s'ils te trouvent insuffisant. Or l'université ne peut se permettre de garder des professeurs sans élèves. Tu auras été prévenu.

Ibn Rushd était décidé à ne point se fâcher. Il répondit par un sourire :

– Intéresser ses élèves me paraît être, en effet, la première des politesses d'un professeur. Mais je ne sais rien des cours qu'il me faudra donner. Y a-t-il un programme ?

Ibn Kobbi eut l'air étonné :

– Celui qui t'a nommé ne t'a donc rien dit ? Voilà qui est un peu léger. Mais il faut s'attendre à tout avec les puissants... Tu reprendras le cours de philosophie. Le précédent professeur est mort de façon, disons... pas tout à fait naturelle. Si j'en crois ce qu'on m'a fait savoir, tu as carte blanche pour enseigner ce que les croyants doivent penser de la philosophie grecque. Si cela ne tenait qu'à moi...

– Si cela ne tenait qu'à toi, l'interrompit Ibn Rushd qui commençait à s'énerver, tu supprimerais ce cours comme a été supprimé celui qui le dispensait avant moi. C'est bien ça ? Et je devrai parler devant des étudiants de quel niveau ?

– Dix ans d'études en théologie, cela te suffira ? Rassure-toi, tes étudiants ne pensent pas qu'un seul professeur doive tout savoir sur tous les sujets. C'est d'ailleurs pour cela qu'ils voyagent. Ils s'attendent à ce que tu aies une connaissance certaine de ce que tu avances, que tes raisonnements soient logiques, que ta foi soit inébranlable, et que tu saches mettre les infidèles à leur vraie place dans l'histoire de la pensée : je veux dire celle assignée aux ordures.

Le lendemain, Ibn Rushd laissa ses serviteurs et ses compagnes investir la maison et partit se promener en ville à la recherche du marchand. Tout de suite il aima le mélange de couleurs des montagnes qui enserraient les deux bourgs, le bruit des ateliers de tisserands, les regards des femmes peu voilées. Il traversa un marché couvert, bondé de produits venus du monde entier. Il reconnut des fruits d'Espagne, des parfums de Bactriane, des encens de Mongolie, des bois d'Afrique, des pierres précieuses de Chine, et toutes les sortes imaginables d'étoffes brutes ou teintes. Après avoir été enfermé quatre mois à Ceuta, il appréciait de se retrouver dans une métropole. Il aima bavarder avec les forgerons, les tailleurs, les orfèvres, les changeurs, les potiers, les cordonniers, les pelletiers. Il traîna jusque dans le quartier des tanneurs, dont les odeurs affreuses éloignaient tous les visiteurs. Celles-ci lui rappelaient Cordoue. Cela faisait si longtemps qu'il ne l'avait revue. Presque trois ans déjà... Sa ville était maintenant assiégée par le « roi Loup », ce musulman ennemi des Almohades, ami des juifs, allié à des chrétiens. De quelle malédiction la ville magique, qu'on avait si longtemps appelée l'« ornement du monde », était-elle la victime ? Comment allait son père, dont il était maintenant sans nouvelles depuis des mois ? Où en étaient ses amis ? Il en imaginait certains devenus de farouches soutiens du régime, d'autres qui espéraient en secret la victoire du « roi Loup » et de ses alliés. Quand les reverrait-il ? Que resterait-il alors de sa ville ? Et de la bibliothèque qu'il aimait tant ? Pourrait-il jamais y retourner ?

Au hasard des rues, il demanda aux passants l'adresse d'un marchand nommé Al-Kindi. Nul n'avait jamais entendu ce nom-là... Étrange : Gérard de Crémone avait pourtant parlé d'un marchand très riche et très connu. Il devait donc occuper l'une des plus belles demeures de la ville. Et personne ne le connaissait ? Crémone avait dû l'induire en erreur, l'orienter vers quelque impasse. Mais pourquoi ? Il aurait été si simple de ne rien lui dire... C'eût même été plus normal. Pourquoi avoir parlé à un étranger dont il se méfiait si c'était pour le lancer sur une mauvaise piste ? Encore une énigme.

Il ne trouverait donc pas. Sa quête était finie. Jamais il ne saurait rien du livre secret, ce « livre le plus important jamais écrit par un être humain ». Il gardait toujours sur lui le tétradrachme d'or du grand vizir. Un jour, il faudrait le lui rendre, lui avouer qu'il n'avait rien à espérer d'un illusoire voyage à Tolède. Le plus tard possible...

Le lendemain, il se rendit à l'université pour se faire connaître des autres professeurs. Il fut frappé par les proportions de la mosquée : elle pouvait accueillir jusqu'à vingt mille fidèles. Depuis la porte d'entrée, il aperçut la grande cour intérieure et deux kiosques à colonnes de marbre. Il croisa quelques collègues qui, tous, se montrèrent hautains, distants et obséquieux à la fois, semblant informés du caractère particulier de la nomination de ce nouveau confrère.

Ibn Rushd rentra chez lui et se mit à préparer ses cours. Son intention était de commencer par un coup d'éclat : poser les bases de ce qu'il pensait être la juste conception de Dieu, la forme exacte de la Révélation, la vérité sur l'univers.

La semaine suivante, le gouverneur vint le trouver non pour parler stratégie politique, mais pour se plaindre de ses maux d'estomac : ils devenaient par trop intolérables. Ibn Rushd s'entretint longuement avec lui et lui prescrivit un régime rigoureux. Au bout de quelques semaines, le gouverneur vint lui confirmer qu'il se sentait mieux. Ne jurant plus que par lui, il lui envoya dès lors ses lieutenants, des marchands, des changeurs. Puis d'autres patients affluèrent, guidés par la rumeur. Devant tous ces malades qui défilaient, le jeune médecin évoquait parfois sans insister le nom d'Al-Kindi, sans jamais susciter le moindre écho.

Quand le début des cours approcha, il interrompit la plupart de ses consultations et se concentra sur ses livres. Plus il travaillait, plus il prenait conscience des extraordinaires convergences entre la pensée d'Aristote et celle de Mahomet. Convergences invisibles, car le Prophète s'adressait à de simples bergers, mais le fond du message était bien le même. Certes, il y avait dans le Coran des idées si prodigieuses qu'elles ne pouvaient pas avoir été élaborées par des humains, mais si Mahomet s'était adressé à d'autres – à des juifs, par exemple, comme il avait commencé à le faire, ou encore à des Grecs –, sans doute aurait-il pu parler de façon moins imagée, à la fois plus abstraite et plus précise, scientifiquement plus exacte. Ibn Rushd se prenait à penser que la vraie raison de la haine que certains Arabes vouaient à Aristote était là : ils ne pouvaient supporter un penseur qui les plaçait face au caractère sommaire de certains aspects du message qu'ils avaient reçu, comparé à celui qu'avait délivré le plus grand des Grecs. Mais cela, il ne s'octroyait même pas le droit de le penser.

Deux jours avant son premier cours se présenta à son cabinet une vieille femme affublée d'un long hidjab noir et d'un saroual comme c'était la mode un demi-siècle plus tôt à Cordoue. Trop absorbé par la préparation de ses cours, Ibn Rushd refusa d'abord de la recevoir. Elle insista : elle ne venait pas pour se faire soigner, mais pour lui transmettre « un message de la plus haute importance ». Il sortit de son bureau et alla à sa rencontre dans le patio. Elle s'inclina devant lui en veillant bien à la fermeture hermétique de son voile et déclara :

– Ma maîtresse m'envoie te dire que son père assistera à ton premier cours.

– C'est pour cela que tu viens me déranger ? J'ose espérer qu'il ne sera pas mon seul auditeur...

– Ma maîtresse m'a aussi ordonné de te dire que son père sera ton auditeur le plus attentif. Et que tu ne devras penser qu'à lui en enseignant.

Sur ses gardes, Ibn Rushd questionna :

– Est-ce là une menace ?

– Je ne fais que délivrer un message. Encore ne l'ai-je pas entendu directement de mon maître, mais de sa fille Leïla, ma vénérée. Si tu la connaissais, c'est la plus belle...

– Je veux bien, je veux bien, la coupa Ibn Rushd, impatienté par une situation qu'il trouvait ridicule. Ton message s'arrête là ?

– Pas tout à fait. Ma maîtresse m'a demandé de te préciser que son père s'intéressait à toi depuis Crémone.

C'était comme si la foudre lui était tombée sur la tête. Crémone ! Le chrétien de Tolède, celui qui l'avait envoyé jusqu'ici ! Voilà que son nom était prononcé par une servante au milieu de l'Islam marocain ! Enfin, le contact était renoué ! Ibn Rushd tremblait de peur, de joie et de stupeur mêlées. Venait-elle de la part d'Al-Kindi ? Il osa :

– Puis-je savoir le nom de ta maîtresse ?

– Je te l'ai dit : Leïla.

– Son nom de famille !

– Al-Mansour. Leïla al-Mansour.

– Et son père ?

– Abdallâh Ibn Azoulai al-Mansour.

L'énigme se refermait sur elle-même. Il hasarda dans un souffle :

– Le nom d'Al-Kindi te dit-il quelque chose ?

Elle hésita :

– C'est le nom de la mère de ma maîtresse. Elle est morte il y a très longtemps. Elle s'appelait Aïcha ibn Fatima al-Kindi.

Crémone avait donc utilisé le nom de l'épouse du marchand afin qu'il n'éveillât aucun écho chez personne pour le cas où il aurait été épié... Mais comment Al-Kindi l'avait-il trouvé ? Crémone lui avait-il écrit ? C'était le plus probable.

– Dis à ta maîtresse que j'ai gardé le meilleur souvenir de Crémone et que je ferai mon cours comme si son père était seul dans la salle. Dis-lui également que je serais très honoré de la rencontrer avant ou après mon cours. Et de rencontrer aussi son père, naturellement.

– Ma maîtresse ne reçoit jamais d'étranger, sauf en présence de son père. Si tu la rencontres, c'est que tu l'auras vu, lui, auparavant.

Elle partit sans lui laisser le temps de poser une autre question. Ibn Rushd prit alors la mesure de la précision du vocabulaire de la servante. Elle avait utilisé un arabe parfait, alors qu'ici tous les serviteurs étaient des Berbères ou des esclaves venus de loin. Il n'y avait pas d'esclaves arabes, et seulement quelques rares chrétiens ou juifs qui obtenaient en général leur émancipation en se convertissant, ce qu'ils faisaient presque tous. Ce n'était donc pas une esclave. Plutôt une dame de compagnie dont chaque mot avait été employé dans un sens précis.

Ibn Rushd était perplexe : quel rapport pouvait-il y avoir entre Al-Kindi, Gérard de Crémone et Ibn Tufayl qui l'avait envoyé à Tolède chez le traducteur ? Formaient-ils une confrérie ? une secte ? une conjuration ? Quel rôle y jouait ce manuscrit dont avait parlé Ibn Tufayl ? et le tétradrachme d'or ? Tout était peut-être lié au fameux roman d'Ibn Tufayl où un naufragé découvrait Dieu sans avoir jamais eu connaissance des religions ?

Tant de questions sans réponse... Pour l'heure, ne rien faire d'autre que se concentrer, préparer son cours.

Si cet Al-Kindi y assistait, c'était à lui qu'il faudrait penser en parlant. À lui qu'il faudrait délivrer ses vraies idées. Allait-il oser ? Le précédent professeur avait été exécuté. Lui-même s'exprimerait donc à mots couverts. S'il était le correspondant de Crémone, s'il appartenait à ce groupe qui semblait si secret et si important, Al-Kindi, lui, comprendrait.

Par son discours, il devrait le convaincre de lui remettre le fameux manuscrit. Mais sans qu'Ibn Tufayl le sût. Car il en était de plus en plus persuadé : Ibn Tufayl se servait de lui pour accéder au livre ; et il le ferait disparaître dès qu'il ne lui serait plus d'aucune utilité.

Ibn Rushd écrivait, prenait des notes, mêlait l'exposé de ses idées à des messages destinés au correspondant de Crémone. Écartant ses trois esclaves, il travailla sans fermer l'œil les deux jours et les deux nuits qui précédèrent son cours inaugural.

Au matin, dans un état au-delà de toute fatigue, il s'en fut assister à l'office de la Grande Mosquée. Avant d'entrer, il se lava trois fois le visage, la bouche, le nez et les mains jusqu'aux coudes, se frotta une fois la tête et les oreilles avec ses doigts mouillés, puis se lava trois fois les pieds jusqu'aux chevilles. Après la prière, il rentra chez lui où il reçut quelques malades.

En fin d'après-midi, alors que le soleil se faisait un peu moins lourd, un imam vint le chercher à l'entrée de la mosquée, lui fit traverser la cour et emprunter un étroit couloir pour rejoindre la plus grande salle de l'université, le *majlis amm*, où il découvrit devant lui, assise à même le sol, une foule considérable, composée pour l'essentiel de jeunes gens. La salle était mal éclairée par de rares fenêtres. Au centre, une table basse et quelques coussins. Pas de *minbar*, la tribune d'où l'imam s'adresse d'habitude aux fidèles. Ibn Rushd s'assit au milieu de l'auditoire brusquement attentif. Face à lui, à trois mètres, il vit le gouverneur qui semblait lui faire de petits signes d'encouragement, entouré de plusieurs officiers. Il remarqua dans un coin, tout au fond, quelques personnages beaucoup plus âgés, dont le médecin qui l'avait si mal accueilli, Ibn Kobbi, le regard dans le vague, parmi d'autres visages qui lui étaient totalement inconnus et qu'il discernait à peine dans la pénombre. Il se lança :

– Au nom de Dieu, le Tout-Miséricordieux, le Tout-Compatissant, réfléchissez, ô vous qui êtes dotés d'intelligence ! Est-il possible sans blasphémer de chercher la vérité sur la naissance de l'univers ? Telle est la question dont je voudrais débattre ici devant vous. Je vais vous parler de choses difficiles. Parce que vous n'êtes pas des hommes ordinaires. Les hommes ne sont pas égaux devant le savoir : certains refusent la vérité, d'autres refusent la difficulté, d'autres encore refusent l'étude. Vous ne refusez, m'a-t-on dit, aucune des trois. Que le Ciel vous bénisse !

Notre religion est la plus parfaite de toutes. La Bible des juifs est un texte obscur et semé d'erreurs ; c'est le livre de la religion d'un peuple que nous devons respecter parce qu'il est monothéiste. Les chrétiens, eux, se trompent en affirmant qu'en Dieu la trinité se résout à l'unité ; car si Dieu était trinité, quelqu'un ou quelque chose aurait fabriqué cette trinité, et ce quelque chose serait le véritable Créateur, le Dieu d'avant la trinité ; le christianisme est donc un polythéisme. Notre Coran, lui, est un miracle du point de vue de la clarté ; il est du domaine de l'évident par soi et du mystère insondable. Il n'est donc licite de l'interpréter, c'est-à-dire de ne pas s'en tenir à son sens apparent, que dans les cas où il invite explicitement à le faire. Dans ces cas, il est licite de se servir de la raison...

On entendit une rumeur dans le public. Des spectateurs se tournèrent vers l'encoignure où se trouvait Ibn Kobbi, sans qu'Ibn Rushd pût distinguer pourquoi. Il continua :

– Le Coran dit d'ailleurs : « Parmi Ses serviteurs, seuls les savants craignent Dieu. » À propos des versets qu'il est licite d'interpréter, le Livre sacré ajoute cette phrase fondamentale : « Nul n'en connaît l'interprétation, si ce n'est Dieu et des hommes d'une science profonde qui disent : "Nous y croyons, tout cela vient de notre Seigneur." Car nul ne réfléchit, si ce n'est ceux qui sont doués d'intelligence. » Ce texte est essentiel pour comprendre ce que nous autres musulmans avons le droit d'accepter de la science. Et donc essentiel pour ce cours même. Il a deux interprétations possibles. Comme ce texte n'est pas ponctué, certains le lisent comme suit : « L'interprétation de ces versets n'est connue que de Dieu ; et des hommes d'une science profonde disent : "Nous y croyons, tout cela..." » Ce qui voudrait dire que Dieu seul connaît l'interprétation des versets complexes ; de quoi il découlerait que la seule science licite serait la théologie. Mais on peut lire aussi ce passage sans césure après « Dieu », ce qui donne : « L'interprétation de ces versets n'est connue que de Dieu et des hommes d'une science profonde, qui disent : "Nous y croyons, tout cela...". » Ce qui voudrait dire au contraire que les savants, lorsqu'ils pensent, sont les égaux de Dieu. J'opte, quant à moi, pour cette seconde lecture. En effet, pourquoi Dieu ferait-Il une révélation pour Lui seul ? Il la fait sûrement à l'intention de tous les hommes. Et si certains de Ses messages ne sont pas clairs, Il ne garde pas pour Lui seul le droit d'interprétation. Il en charge des hommes d'exception, des savants. Je revendique l'honneur d'en faire partie...

À nouveau des rumeurs s'élevèrent dans la salle, plus houleuses. Deux auditeurs se dressèrent et firent mine de sortir, puis se rassirent. Une voix forte, métallique et glacée, se fit entendre au fond de la salle, juste à côté de l'emplacement où se trouvait Ibn Kobbi.

– De quel droit penses-tu être autorisé à interpréter le Coran ?

Ibn Rushd ne voyait pas qui parlait et ne reconnaissait pas cette voix. Il devina le danger et répondit prudemment :

– Si notre Mahdi, Ibn Tumart, était là, il serait seul autorisé à le faire. Mais il est mort, et ce droit revient à un groupe restreint de gens informés dont je pense avoir, par mon travail, mérité de faire partie.

La même voix, encore :

– Voyons si tu en es digne ou si tu n'es qu'un usurpateur qui ne mérite que la mort... Continue !

Ibn Rushd poursuivit après s'être raclé la gorge :

– Même s'il arrive que la raison conduise à des erreurs, interdire de raisonner à cause de ces erreurs reviendrait à faire mourir les gens de soif sous prétexte que certains se sont noyés ! La raison peut tuer ; elle peut être mise au service du mal ; mais ce n'est pas une raison pour ne pas l'utiliser pour progresser. La première chose créée par Dieu fut d'ailleurs l'intelligence, avant même la matière. Puis Il a conçu un univers régi par des lois immuables, mathématiques et accessibles par l'exercice de l'intellect. Le savoir ne mène donc pas à l'incroyance ni au refus de l'œuvre de Dieu, mais à la connaissance des lois voulues par Dieu. La philosophie, qui est l'étude de ces lois, est l'expression de la raison et du droit à la spéculation sur l'univers ; elle permet d'approcher l'Éternel, comme l'œuvre d'art permet d'approcher l'artiste. En revanche, prétendre accéder à Dieu et aux mystères de l'univers sans la raison conduit au mysticisme, au fanatisme, et ne plaît pas au Tout-Puissant.

– Personne ne souhaite interdire le travail de raison, reprit la voix métallique au fond de la salle. Mais il faut parfois dénoncer comme fous ceux qui prétendent parler en son nom. Ils ne sont pas tous des Éveillés. Et ce n'est pas parce que ton nom, Rushd, signifie « vérité », que tu la portes à coup sûr...

Ibn Rushd pensa : c'est lui, ce ne peut être que lui ! Al-Kindi. Enfin !... Et il osait parler en public des « Éveillés » ! Un fou ? un inconscient ? un provocateur ? Après tous ces mois d'attente... Il jubila et oublia le reste de l'auditoire pour ne plus parler qu'à la silhouette floue, au fond de la salle.

– Je ne dis pas que la raison est capable de saisir tout le contenu de la révélation divine, mais que la partie qu'elle peut découvrir n'est en rien un blasphème. Ce que la science nous dira du monde ne peut en rien nuire à la foi. Car la foi et la raison sont et seront toujours compatibles. Plus encore : il n'est pas de méthode islamique de recherche de la vérité, car seule la science doit sécréter une méthode pour y parvenir.

Un brouhaha s'éleva. Une dizaine de jeunes et deux maîtres sortirent de la salle en vociférant. Ibn Rushd se souvint de ce qu'il risquait par trop d'audace. Il modéra son propos :

– La vérité ne saurait contredire la vérité ; elle s'accorde avec elle et témoigne en sa faveur sur un mode séparé. La vérité de la science est donc séparée de celle du Coran comme par l'arme du bourreau qui, lui aussi, crée de l'ordre en séparant...

– Oui, comme par l'arme du bourreau qui t'attend en sortant d'ici ! s'exclama une voix.

Ibn Rushd répéta en tournant le regard dans sa direction :

– Le rationnel et le révélé ne s'expliquent pas l'un par l'autre, car ils sont extérieurs l'un à l'autre ; ils ont leur légitimité propre, qui n'empiète pas sur le domaine de l'autre. Ils disent chacun à leur manière la vérité. Même si elle est neuve, inédite. Et, pour ma part, je préfère donc l'*aql*, la réflexion, au *naql*, la copie.

– L'*aql*, c'est l'esprit ! lança la voix glacée. Le *naql*, c'est la tradition. L'un est grec, l'autre est arabe. Les Grecs l'emporteraient-ils à ton avis sur nos théologiens ?

C'était la question la plus risquée. Le chahut avait repris de plus belle. Ibn Rushd osa :

– Il ne faut pas regretter que la technique pour chercher le vrai, c'est-à-dire la logique, soit une invention grecque. Les Grecs l'ayant découverte, il serait insensé de vouloir la réinventer. Ils ont, les premiers, réfléchi au royaume des Cieux et de la Terre, ainsi qu'à toutes les choses que Dieu a créées.

– Pourquoi ont-ils laissé la place aux Romains, tes Grecs, s'ils étaient si forts ? lança une autre voix montant de l'autre côté de la salle.

Certains applaudirent. Il répondit :

– Les Romains et tous les peuples suivants ne sont que de pâles imitateurs des Grecs. Et nos théologiens, en s'emparant du Coran pour élaborer une religion, se glissent à tort entre le peuple et les hommes de science.

Ils sont aussi critiquables aujourd'hui que l'étaient les rhéteurs au temps d'Aristote.

Le chahut devint vacarme.

– Quoi ? Comment ? Qu'est-ce à dire ? Il critique l'existence de la religion ? !

– Les théologiens enseignent non pas comment réfléchir, mais seulement le résultat de leurs propres réflexions ; ils agissent comme si, pour enseigner comment ne pas avoir mal aux pieds, on n'enseignait pas l'art de fabriquer des chaussures, ni même la façon de s'en procurer, mais on se bornait à en présenter plusieurs modèles à l'élève. Ce serait peut-être lui apporter un secours pratique, une solution immédiate – mais une solution préfabriquée. Et non pas lui transmettre une méthode de recherche, un outil dont il puisse se servir en d'autres situations. De même les théologiens ne fournissent aux hommes que des recettes toutes faites, non des méthodes de raisonnement.

La rumeur enfla derechef. Ibn Rushd crut entendre :

– Il nous compare à des marchands de chaussures, maintenant !

– Il ose parler de chaussures à l'intérieur d'une mosquée ! Il blasphème ! Il se moque de nous ! À mort !

Ibn Rushd continua tout en essayant de ne pas se laisser envahir par la peur.

– Dieu pense l'univers. Il donne à l'homme des moyens, modestes, de penser un instant comme Lui par la science. Il nous apprend comment Il produit et pense la Première Intelligence d'où émanent ensuite les Intelligences de toutes les sphères célestes, la plus humble étant l'intellect humain, l'humanité pensante, l'esprit humain. De Dieu à l'intellect agent, il y a dix degrés décroissants. Apprendre à remonter cette chaîne qui nous unit à Dieu nous procure la béatitude en nous permettant de penser comme Lui.

La rumeur s'éleva du même endroit parmi l'auditoire. La lumière baissait. Ibn Rushd discernait de moins en moins bien les visages qui lui semblaient maintenant plus attentifs, concentrés, chuchotant moins. Il décida d'aller plus loin :

– Là est mon programme : comprendre l'univers, essayer d'en extraire la vérité. Pour cela, il est licite d'utiliser les travaux des philosophes d'où qu'ils viennent. Et d'abord ceux du plus grand d'entre eux : Aristote.

La rumeur revint en force. On sentit comme une vague soulever le public. Il enchaîna :

– Car je crois que cet homme a été une norme dans la nature, un modèle inventé par Dieu pour nous montrer jusqu'où peut aller la perfection humaine.

– Parce qu'Aristote serait un envoyé de Dieu ?

Encore la même voix métallique qu'au début ! C'était sûrement Al-Kindi. Seul un ami de Crémone pouvait poser pareilles questions. Les mêmes dont il avait débattu avec Ibn Tufayl.

– La doctrine aristotélicienne est à la fois la meilleure et la seule expression possible de la vérité. Elle nous aide à comprendre qu'il est licite de penser et de croire.

– D'après toi, Mahomet a-t-il imité Aristote ?

Un silence compact se fit. Ibn Rushd pouvait mourir de sa réponse à cette seule question. Prudent, il esquiva :

– Non. Il y a dans le Coran des *ijaz*, des empreintes divines, impossibles à attribuer à une intelligence humaine, quelle qu'elle soit. Mais Aristote démontre l'existence de Dieu. Il suffit, explique-t-il, d'observer le mouvement des choses et de remonter à ses causes ; on aboutit alors à un Premier Moteur, placé en tête d'une série de moteurs, qui meut éternellement l'univers à l'extérieur duquel il se trouve. Ce Premier Moteur, c'est le représentant de Dieu, pensée qui soutient l'univers de toute éternité, substance la plus simple, la plus immatérielle. Dieu connaît, Dieu crée ; Il pense l'univers, mais Il ne le veut pas. Le Tout-Puissant est le principe de tout mouvement, mais Il n'a créé ni la matière, éternelle, ni les formes, car rien ne peut passer du néant à l'être. L'Un ne peut produire que l'Un. L'univers n'a ni commencement ni fin. Le temps aussi est éternel, car s'il était produit à partir d'un moment, il existerait « après » avoir été « non existant ».

– De quel droit étudies-tu l'œuvre de Dieu comme s'Il n'était qu'un objet de recherche ?

La voix métallique s'était faite plus posée. Un silence recueilli suivit son intervention.

– Le Prophète ordonne de s'instruire par la contemplation de l'univers, c'est-à-dire par l'étude de la philosophie. Or la philosophie n'est qu'un autre nom de la science. Rappelez-vous les deux versets du Coran : « N'ont-ils pas réfléchi sur le royaume des cieux et de la terre, et sur toutes les choses que Dieu a créées ? » Et encore : « Ne voient-ils pas les chameaux, comment ils ont été créés, et le ciel, comment il a été élevé ? »

– Parce que tu penses que nous sommes comme des chameaux ? lança une autre voix au fond de la salle, déclenchant quelques éclats de rire.

Là, il lui fallait envoyer un message clair à Al-Kindi. Ibn Rushd lut très lentement un paragraphe qu'il avait soigneusement préparé :

– La science est la route vers cette perfection ; et

celui qui y résiste s'oppose au projet divin visant à réaliser une telle perfection. Dieu connaît, Dieu crée, Dieu pense. Dieu est d'accès difficile, et les savants sont les meilleurs avocats de Dieu ; ils démontrent mieux que personne la finalité de la Création. Ainsi, par exemple, Aristote remarque que le ver est rempant, le quadrupède est plus haut, le chimpanzé est encore courbé, l'homme est droit. Le but du ver est de devenir un quadrupède ; le but du quadrupède est de devenir un chimpanzé. Plus on descend dans l'échelle des êtres, plus il y a de matière et plus la forme est indistincte. Plus on monte, au contraire, plus la forme est précise et plus elle se confond avec la fin. La terre est presque sans forme, l'arbre a une forme distincte, mais une forme indifférente à sa fin ; l'homme a une forme plus proche de sa fin. Dieu est le seul être sans matière, forme pure. Quel est le but de l'homme ? S'élever vers la forme pure et l'acte pur où il n'y aurait plus de manque. Voilà en quoi la science participe de la raison d'être de tout homme : elle l'aide à devenir forme pure, à échapper au corps, à s'approcher de Dieu, à s'éveiller !

– Mais non ! s'écria un imam. L'homme n'est pas le produit d'une évolution. Et il n'évolue pas ! Tu ne vas pas dire que tu crois à une évolution de la terre au chimpanzé et du chimpanzé à l'homme ? Reconnais-tu la singularité de l'espèce humaine, voulue par Dieu à Son image ?

Jamais Ibn Rushd n'avait été plus en danger. Remettre en cause la singularité de l'homme dans la Création, son avènement unique des mains de Dieu, était l'un des pires crimes qu'un croyant pût commettre contre la foi. Il pensa qu'il était temps d'en finir. Il se leva et conclut donc :

– L'univers est en constante évolution vers Dieu. Et je crois à ce que la raison me dit de croire ; surtout quand la raison me donne des raisons de m'émerveiller du projet de Dieu. Je vous remercie. Nous reprendrons ce cours la semaine prochaine.

Un imam se leva et entama la prière. À l'appel de l'Iqama, tous se prosternèrent.

Une fois la prière achevée, tandis qu'on le reconduisait vers l'extérieur, Ibn Rushd remarqua une silhouette à qui chacun laissait le passage. À la sortie de la salle, par un petit couloir qui semblait réservé aux professeurs, il vit qu'un homme l'attendait, entièrement vêtu de soie noire, sans aucun bijou ni ceinture. Ibn Rushd ne discerna d'abord que son regard : intense et clair, déterminé. Des yeux presque bridés : un Asiatique plus qu'un Berbère. Il se souvint : Crémone ne lui avait-il pas dit qu'Al-Kindi venait d'Asie ? L'autre parla :

– Tu n'as pas manqué de courage. Sais-tu qu'ici personne n'a jamais osé s'exprimer ainsi ?

Ibn Rushd reconnut la voix coupante de l'homme qui l'avait interpellé tout au long du cours. Il répondit prudemment :

– Le courage est une manifestation de la raison. Et de la foi.

– C'est aussi une manifestation du soutien des puissants. Beaucoup se sont demandé si ton prochain cours ne sera pas donné du haut d'un pal.

– C'est ce qui m'attend ?

– Pas pour l'instant, mais ne force pas le destin.

– C'est une menace ?

– Un conseil. Pour tes prochains cours, sois plus proche de la tradition, évite des interprétations trop complexes ou trop osées. Ne dis pas vraiment ce que tu penses, mais ne professe pas le contraire. La vérité n'est pas accessible à tous. Si tu rencontres séparément des théologiens, donne-leur en davantage. Et garde l'essentiel de ta démonstration pour une élite scientifique. À la foule illettrée il faut cacher les théories pour éviter d'ébranler sa foi et de diviser la nation musulmane en excitant les luttes entre des sectes ignorantes et acharnées.

– Qui es-tu pour me parler ainsi ? demanda Ibn Rushd.

L'autre sourit :

– Un homme curieux de tout, un voyageur qui vit ici entre deux errances à travers le désert pour aller chercher les produits venus du Sud.

– Ton nom ?

– Je me nomme Abdallâh al-Mansour. Il arrive aussi qu'on m'appelle du nom de la famille de ma femme : Al-Kindi...

Après toutes ces années ! Ibn Rushd approchait du but. Il resta prudent :

– On m'a prévenu de ta présence dans cette salle. On m'a dit que tu étais un ami de Crémone ?

– Disons que nous sommes d'une certaine façon... de la même famille.

Ibn Rushd sortit alors la lourde pièce que lui avait jadis remise Ibn Tufayl.

– Il m'a demandé de te montrer cela.

Le vieil homme prit délicatement la pièce entre deux doigts et l'examina longuement d'un air ému.

– Ne la montre jamais plus à personne. Tu en mourrais.

– Je sais. Et personne ne saura que je te l'ai montrée.

– Sache que ceux qui se disent tes amis ne le seront qu'aussi longtemps que tu leur seras utile. Alors ne leur dis rien de notre relation. Toi et moi en pâtirions beaucoup.

Encore un avertissement contre Ibn Tufayl, pensa Ibn Rushd qui reprit :

– As-tu quelque chose à me remettre ?

– En effet. J'ai un livre pour toi. Peux-tu venir chez moi dans quatre jours, exactement à la même heure ?

– Où ? Je ne connais pas ton adresse.

– Tu ne la trouverais pas. J'enverrai quelqu'un te chercher.

Trois semaines plus tôt, la famille de Maymun voyait apparaître Ceuta à l'horizon. Pendant le voyage sans encombre, Moshé s'était amusé à récapituler tous les commandements divins éparpillés dans les Écritures. Sa mémoire sans égale lui avait permis de se souvenir d'un calcul de rabbi Simlai, cité une seule fois dans le Talmud, qui en recensait 613, dont 248 positifs et 365 négatifs. Il avait essayé de les retrouver tous. Pas très difficile pour lui. Puis il s'était demandé : comment se rappeler de ces nombres ? Il devait bien y avoir un système mnémotechnique pour s'en souvenir. Il pensa : 248, c'est, selon les médecins de l'époque, le nombre des os du corps humain ; les commandements positifs sont donc aussi nombreux que les pièces du squelette de l'homme, et l'on peut dire que tout se passe donc comme si chaque os disait un jour à l'esprit : « Fais ça avec moi. » Quant aux commandements négatifs, ils sont en nombre égal à celui des jours de l'année solaire, et tout se passe donc comme si chaque jour disait à l'homme : « Ne fais pas cette faute aujourd'hui, qui est mon jour. » Satisfait de son raisonnement, Moshé l'avait consigné et mis de côté pour plus tard.

Le jeune homme était résolu à se précipiter à Fès pour y retrouver le rabbi Shushana, dernier maillon d'une chaîne qui avait commencé treize ans plus tôt à Cordoue, avec Eliphar. Treize ans déjà !... Il y avait eu Gérard de Crémone à Tolède, puis Ibn Tibbon et Albéric de Montpas à Narbonne. Tous lui avaient parlé d'un livre qu'Eliphar avait intitulé *L'Éternité absolue*, une œuvre perdue d'Aristote qui disait tout sur la raison d'être de l'univers. « Le livre le plus important jamais écrit par un être humain », avait indiqué Eliphar. Des gens qui se faisaient appeler les « Éveillés » semblaient se liguer pour l'empêcher de l'obtenir. Quand il l'aurait récupéré, il l'emporterait vers Alexandrie, le seul endroit où un juif pouvait vivre tranquille. Il le lirait et s'en servirait pour son travail.

Son père, lui, ne rêvait que de revenir en Andalousie, même s'il savait qu'il était inutile d'y songer. Maymun s'était donc rallié volontiers au projet que lui avait annoncé son fils : aller à Fès et tenter d'y vivre au milieu des coreligionnaires les plus proches d'eux. Certes, la cité était au cœur du pouvoir almohade, mais, pensait Maymun, nul n'oserait y toucher aux juifs. Il y trouverait de surcroît des maîtres exceptionnels, consultés par les imams eux-mêmes, venus là de partout et dont il aimait se remémorer la liste : rabbi Yehouda Bar Hayouz, le plus célèbre des grammairiens hébraïques de l'époque, rabbi Houchiel, de Kairouan, rabbi Hanoch, de Cordoue, le grand talmudiste Ibn Abbas, venu des yeshivot de Babylone, rabbi Judah ha-Cohen Ibn Shushana, héritier d'une famille issue de Bagdad et passée par Cordoue.

David, lui, s'inquiétait : comment son père et son frère pouvaient-ils vouloir se précipiter dans cette cité maudite ? comment des juifs supposés supérieurement intelligents pouvaient-ils être assez stupides pour se réfugier dans la capitale d'un empire antisémite ? Il se prenait à penser qu'ils s'étaient peut-être l'un et l'autre convertis en secret à l'islam pour avoir la paix avec les autorités. Depuis la mort de Sarah, ils n'étaient plus les mêmes. Mais lui, pas question de s'y laisser aller, plutôt mourir les armes à la main !

Lorsque le boutre fut en vue de Ceuta, rabbi Maymun tenta de rassurer son fils cadet :

– Ne t'inquiète pas ! Fès est comme notre Cordoue : c'est une ville juive fondée par des juifs échappés de Babylonie.

– Pour toi, toutes les villes du monde ont été fondées par des juifs ! grogna David. La réalité est que nous arrivons au Maroc, le pays d'où viennent ceux qui nous ont chassés de chez nous.

– Ces gens-là ne sont que de passage au pouvoir, répondit son père. Fès a accueilli les juifs de Cordoue chaque fois que ça allait mal. Ainsi, quand y éclata une émeute antijuive, il y a deux siècles, des centaines des nôtres vinrent s'installer sur la rive droite de l'oued Fès. Ils y ont créé Udwat al-Andalus, le quartier des Andalous.

– Toujours tes vieilles histoires ! sourit David. Mais elles ne sont pas toutes aussi drôles ! Tu as oublié que peu après, par simple caprice, un chef fassi a massacré six mille juifs. Et que les rares survivants sont alors repartis pour Cordoue...

– ... dont ils sont repartis aussi vite, reprit Maymun, quand la vie est redevenue facile au Maroc, au temps des Almoravides...

– ... pour se convertir presque tous à l'islam il y a quelque trente ans, répliqua David, quand un escroc leur annonça la venue du Messie ! Et, aujourd'hui, il n'y a presque plus de juifs...

– Faux ! dit le père, il en reste beaucoup. Et c'est notre destin.

– Ce n'est pas une question de destin ! gronda David. Ne succombe pas au fatalisme musulman. Rien n'est prédéterminé. Il n'y a pas de destin. Dieu ne décide pas des sorts individuels. Sinon, pourquoi aurait-Il voulu la mort de ma mère et de son frère ? Pourquoi aurait-Il voulu nous chasser de chez nous ? Nous sommes libres de croire ou de ne pas croire en Dieu, de vouloir ou de ne pas vouloir nous placer volontairement sous la protection de la Providence. Mais Il ne peut rien pour nous. C'est à nous de nous battre pour notre avenir. Et, s'il le faut, je me battrai.

En débarquant à Ceuta, ils découvrirent une ville incertaine, parcourue de mendiants et d'hommes à cheval, bruissant d'apostrophes et de rumeurs. Ils remarquaient bien que nombre de regards se détournaient à la vue de leur longue robe brune, typique des juifs andalous. Quand ils atteignirent le quartier juif, naguère le plus riche de la ville, ils le trouvèrent presque désert ; les échoppes des orfèvres et des tisserands étaient abandonnées ; les salles d'étude des synagogues, fermées. On leur indiqua la dernière en service : elle était exiguë, reléguée dans le coin le plus discret du quartier. Dans un angle du patio, ils virent quelques femmes en prière. Non loin, un homme de grande taille, entouré d'une nuée d'enfants qu'il houspillait en arabe : le rabbin de la communauté, Juda Ouaknin Essebti. Quand ils se présentèrent, l'autre s'inclina :

– Je suis très honoré de rencontrer des membres de l'illustre famille qui a donné tant de maîtres à notre peuple. Que venez-vous faire ici ?

– Nous allons à Fès, dit Maymun.

– Vous êtes fous à lier ! Tout le monde quitte cette ville ou bien se convertit. Et vous, vous y courez ? Le calife est mourant, dit-on ; on murmure qu'il veut, avant de rendre le dernier soupir, en finir avec nous, revenir à Cordoue, y écraser le roi Loup, l'ami des juifs, et y rétablir sa capitale. La situation va devenir intenable pour nous tous, de Marrakech à Tunis. Ceux qui resteront dans ce pays n'auront plus le choix qu'entre abjurer et périr. Sans même le droit au départ. Moi je pars, et je suis presque le dernier. Vous devriez en faire autant. Remontez dans le bateau qui vous a amenés jusqu'ici. Retournez d'où vous venez !

– Nous venons de Barcelone, dit Maymun. Pas question de remettre les pieds en chrétienté. Ce n'est pas notre monde.

– Accompagnez-nous en Égypte : on y a besoin de médecins, de marchands, de rabbins. Vous y serez bien reçus.

– Vous passez par la Terre sainte ? s'enquit Moshé.

– La Terre sainte ? Tu es encore plus fou que ton père ! rugit Juda Ouaknin Essebti. Au milieu des croisés qui nous clouent au pilori ou nous font piétiner par leurs chevaux ?

– Tu exagères !

– Demande à Yehuda Halévy – paix à son âme ! – si j'exagère...

Les Maymun s'entre-regardèrent :

– Yehuda Halévy est mort ? Nous le pensions dans une yeshiva à Alep !

– Vous l'ignorez ? Il est mort il y a longtemps sur

la route entre Akko et Jérusalem, piétiné par des chevaliers qui ont laissé son cadavre pourrir en travers du chemin !

– Ce n'est pas vrai ! Nous l'aurions appris. Il y a sans cesse des gens qui vont et viennent entre ici et là-bas.

– Nul n'a su que c'était lui qui était mort ce jour-là, jusqu'à ce que son fils, parti à sa recherche, trouve des témoins et les fasse parler... Depuis lors, la situation a empiré. Les troupes du roi Baudouin ont échoué devant Damas ; les musulmans, dirigés par un nouveau chef, le général Nur al-Din, reprennent l'offensive. Et nos frères sont coincés au milieu... C'est toujours un mauvais endroit, le milieu !... Laissez-moi maintenant, j'ai beaucoup à faire. Je dois emballer les rouleaux de la Thora : pas question de les laisser. Partez d'ici, ou vous mourrez. Le Ciel soit avec vous dans les deux cas.

Malgré ces conseils et les objurgations inquiètes de David, Moshé n'en démordit pas : ils iraient à Fès. Ayant acheté un équipage de chevaux et d'ânes, ils quittèrent Ceuta sur-le-champ à destination de la ville sainte. Ils y arrivèrent après un voyage qui laissa Maymun harassé.

Le vieil homme se dit qu'il ne tarderait plus à rendre son dernier souffle ; il n'était plus soutenu que par l'espoir de revoir ses vieux amis et de reparler du bon temps passé ensemble, jadis, à Cordoue. Moshé, lui, ne pensait qu'à retrouver le manuscrit et à repartir au plus vite pour l'Égypte. David n'aspirait lui aussi qu'à déguerpir au plus tôt, pour gagner l'Inde.

Ils cherchèrent le quartier des Andalous, où vivaient les derniers descendants des exilés de Cordoue. Ils traversèrent les nauséabondes tanneries de Chouara. Ils passèrent devant la mosquée des Andalous dont la grande porte nord, ornée de zelliges et d'un auvent de bois sculpté, était célèbre dans tout l'islam. Ils s'installèrent dans une maison d'hôtes, à Fez el Bali, face à la Madrasa Bou Annania, réservée aux voyageurs juifs. Pour l'heure, elle était presque vide : qui pouvait avoir envie de séjourner à Fès ? Il n'y avait là que quelques marchands, des réfugiés venus du sud et faisant route vers les ports du nord, des Fassi ayant vendu leurs biens et sur le point de partir.

Moshé détesta d'emblée cette maison : sur la façade de bois, tout autour de la porte, étaient sculptées treize coupes. Pas quatorze. Mauvais présage... Il eut le sentiment que son intuition se confirmait quand l'aubergiste l'avertit qu'un messager venait de déposer une lettre à son intention. Sans même la décacheter, Moshé devina ce qu'elle pouvait contenir. Il pressentit que la menace de mort deux fois proférée serait réitérée. Il ouvrit et lut :

> *« Tu insistes. Tu as tort. Tu ne t'es pas fait connaître par les moyens de notre monde. Tu n'es pas des nôtres. Quand tu auras trouvé ce qui ne t'appartient pas, tu mourras.*
>
> *Les Éveillés. »*

Moshé sentit la peur l'agripper par le cou : *ils* ne l'avaient donc pas lâché. *Ils* le suivaient depuis le premier jour. *Ils* savaient tout de sa quête. Et *ils* l'attendaient encore à Fès... Des morts avaient déjà jalonné son parcours : Eliphar, les De Souza, Montpas ; qui serait le prochain ? Lui, sans doute.

Il fallait en finir au plus vite. Ne pas moisir ici. Dès le lendemain, il quitta très tôt l'auberge pour se mettre à la recherche d'Ibn Shushana. Dès qu'il fut dehors, un groupe de cavaliers fonça sur lui. Il ne dut son salut qu'à un renfoncement dans lequel il put se réfugier. Il reprit son calme et continua d'avancer. Il se rassura : ce n'était sans doute qu'une coïncidence, la charge des cavaliers n'avait rien eu d'intentionnel.

Il trouva Ibn Shushana dans une modeste synagogue d'Al-Andalous, au bout d'une ruelle pentue. On eût dit une banale maison particulière. Il traversa une courette entourée de hauts murs tapissés de plantes grimpantes. Il pénétra par une porte étroite dans la salle de prières qui dessinait un carré étonnamment vaste aux murs couverts de boiseries sur lesquelles étaient sculptées des inscriptions bibliques. À gauche de l'entrée, une petite pièce où quelques enfants s'essayaient à calligraphier. Au fond, un escalier conduisant au bain rituel. Au-dessus, une galerie pour les femmes : vide. Au milieu, sur la *téva*, un vieux rabbin lisant, seul, après l'office du matin.

Moshé était anxieux : cet homme chétif à la longue barbe blanche devait être le grand Ibn Shushana, le seul érudit qu'admira son père. Comment ce rabbi venu de Bagdad pouvait-il avoir été en relation avec un traducteur de Tolède et un médecin de Narbonne, tous deux chrétiens ? Il était sa dernière chance de retrouver le manuscrit secret. Comment le lui demander ? Fallait-il lui raconter qu'un maître chrétien l'avait envoyé jusqu'à lui avant de mourir assassiné ? Lui montrer la pièce d'or ?

Le jeune homme décida de prendre son temps afin de ne pas l'effaroucher. Il s'approcha du vieillard abîmé dans ses prières.

– Bonjour, maître. Mon nom est Moshé ben Maymun.

L'autre le toisa longuement.

– Je connais ce nom. C'est l'un des plus célèbres dans le monde séfarade. Tu es vraiment le fils de Maymun, de Cordoue ?

– Oui. Je suis l'un des plus humbles sages d'Andalousie dont le prestige a tant souffert de l'exil.

– Ton père est un ami et un très grand sage. Il est ici, avec toi ?

– Il se repose. Le voyage l'a exténué. Il m'a prié de te porter ses hommages.

– Ton père est un grand homme. Je serais si heureux de le revoir, de m'entretenir avec lui ! Voilà qui adoucira nos solitudes. Tu peux être fier de lui. Tu dois être digne de lui. Et ton frère ? Car tu as un frère, n'est-ce pas ?

– Mon frère est avec nous. Il est comme mon fils, mon disciple. Il travaille et gagne de l'argent afin de me permettre de continuer d'étudier. Très versé dans le Talmud et la Bible, c'est aussi un grammairien accompli.

Le rabbin eut un sourire attendri, comme pour pardonner le mensonge de Moshé :

– C'est bien d'être fier de son frère... Et ta mère ?

– Ma mère est morte et nous a abandonnés, prostrés dans un pays étranger.

– Et ton oncle ?

Ibn Shushana connaissait aussi Eliphar ?

– Le frère de ta mère... enchaîna le rabbin. J'ai su ce qui lui était advenu. C'était vraiment un homme magnifique... Magnifique !

Pourquoi Moshé sentit-il que le vieillard s'était brusquement tendu ?

– En effet... Quand je retrouve d'aventure l'un de ses livres, murmura Moshé, ou encore son écriture, mon cœur menace de défaillir, tant ma douleur est violente. J'ai souvent pensé succomber de chagrin à la suite de sa disparition. Si l'étude de la Thora n'avait été pour moi un délice et si la recherche en toutes sciences ne m'avait distrait, je me serais laissé dépérir.

– Tu ne dois pas mourir : ce n'est pas ce que ton oncle aurait voulu. Il mettait de grands espoirs en toi. Penses-tu être devenu aussi savant que lui ?

– Pas encore. Bien qu'étudiant jour et nuit les ordonnances de notre Seigneur, je n'ai pu atteindre à son niveau, eu égard à la dureté des temps et à l'oppression qui s'abat sur moi. J'ai fidèlement suivi la trace des moissonneurs et glané les épis, beaux et moins beaux. Et, n'eût été le secours de mon Seigneur, jamais je n'aurais pu amasser la science dont je dispose et qui me sert aujourd'hui encore. En outre, jamais je n'ai pu vivre en paix : comment étudier alors que l'exil nous pousse de ville en ville et d'un pays l'autre ?

– Je comprends. Mais pourquoi venir ici alors que tous cherchent à en partir ?

Moshé hésita, mais il fallait en finir : il se lança.

– Les noms de Gérard de Crémone et d'Albéric de Montpas te disent quelque chose ?

Le jeune homme sentit le vieux rabbin se raidir comme s'il prenait peur ; il jeta un regard autour d'eux. La synagogue était vide. Un silence s'installa.

Moshé sortit alors la lourde pièce d'or et la tendit à Ibn Shushana qui l'examina longuement, comme avec vénération. Il eut le sentiment que le vieillard sanglotait ou hoquetait une prière muette.

Le rabbin reprit enfin, d'une voix transformée :

– Ainsi, c'est vers toi qu'il est allé... Un enfant ! Un enfant !... C'était un être immense, le meilleur de nous tous... Il ne s'est pas trompé dans son choix.

Le vieillard regarda de nouveau autour d'eux, comme s'il craignait d'être surveillé au cœur de la synagogue déserte. Il chuchota comme pour lui-même :

– J'espère qu'il te recevra vite. Après, tu partiras.

– « Il me recevra » ?

– Je vais t'expliquer. Mais dis-moi d'abord : nous sommes si coupés du monde, ici ! Raconte : comment as-tu trouvé les régions que tu as traversées ?

Moshé aurait voulu revenir à la question du manuscrit, mais n'osa pas.

– Tolède et la Provence sont encore accueillantes, nul ne sait pour combien de temps. Où qu'elles se trouvent, nos communautés sont menacées de disparaître soit par la conversion aux autres religions, soit par les découvertes de la science.

– Tu estimes qu'il faut combattre la science autant que la conversion ?

Moshé comprit : c'était encore un interrogatoire comme il en avait déjà subi un à Tolède et un autre à Narbonne. Sur un sujet à chaque fois différent. Il entra dans le jeu :

– Non ; la vérité reste la vérité et je crois qu'il importe peu de savoir qui l'énonce, fût-il païen. L'avenir du monde est à la science. Il faut donc l'apprendre avant même la théologie, pour qu'elle ne balaie pas la foi.

– Je ne connais rien à la science. Tu crois qu'elle peut discréditer la foi ?

– Si la foi n'est pas encadrée par une règle, si personne n'est là pour édicter une règle de conduite et expliquer comment se préserver sans nier le monde, oui, la science détruira la foi !

– Mais cette règle existe ! objecta le rabbin. C'est

la *Mishna*, écrite il y a mille ans par nos maîtres de Jérusalem.

– La *Mishna* est trop complexe, trop lourde, et personne ne la lit plus, dit Moshé, soucieux de le convaincre. Notre peuple risque de disparaître faute de savoir comment conserver son identité. Or il lui suffirait pour cela d'obéir à nos commandements. Et cela, chacun peut le faire, quels que soient son niveau de savoir et son statut social, même en situation d'oppression. Encore faudrait-il expliquer à nos frères pourquoi il est si important d'obéir à des commandements apparemment absurdes alors que la raison semble nous en éloigner de plus en plus. Car il serait même possible d'expliquer à tous que la science peut donner des raisons de croire.

– Tu penses que notre foi peut s'expliquer par la raison ? demanda Ibn Shushana. Nos sages se méfient pourtant des sciences. Ils ont peur de ce qu'elles peuvent nous apprendre. N'oublie pas que le Talmud interdit de raisonner sur « ce qui est en haut, ce qui est en bas, ce qui est devant et ce qui est derrière ».

– Je connais ce texte, répliqua Moshé, et tous les commentaires qui ont été écrits à son propos. Ne me prends pas pour un débutant ! Saadia Gaon, par exemple, explique que ce texte ne fait que nous exhorter à la prudence dans la réflexion sur la nature de l'infini : l'infini dans l'espace (« ce qui est en haut, ce qui est en bas ») et l'infini dans le temps (« ce qui est devant, ce qui est derrière »). Car l'infini nous dépasse et il faut être un grand savant pour se hasarder à y réfléchir. Mais ce n'est pas interdit : la science nous rapprochera de Dieu.

– Je vois que tu n'es pas un débutant, sourit le vieux

rabbin en ajoutant avec émotion : C'est ton oncle qui t'a appris ça ?

– Oui.

– Et il ne t'a pas parlé des Grecs ?

– Il est possible, en effet, qu'il m'ait enseigné les idées de certains Grecs...

Ibn Shushana le dévisagea, faillit parler, puis se reprit et lâcha d'un ton tout différent, presque badin :

– On me dit que tu es un excellent médecin ?

– Je ne suis pas mauvais. Pourquoi ?

– Fort bien. Tu seras donc médecin. Nous en manquons terriblement.

– Mais je voulais seulement récupérer le livre et m'en aller...

– Ce n'est pas si simple. Rien n'est simple dans notre destinée. Il faudra un peu de temps. Quelques vérifications...

– Des vérifications ?

– Le matin, tu viendras ici pour apprendre et soigner ceux qui passeront. L'après-midi, tu les recevras chez ton père, béni soit-il. Prends une belle maison. Il en est beaucoup de vides, malheureusement. Soigner les corps est une façon d'étudier l'œuvre de Dieu. Tu seras ainsi utile à la communauté.

– Mais ces vérifications dont tu parles, qui y procédera ? Comment saurai-je qu'elles sont terminées ?

Le vieil homme prit une feuille de parchemin et y traça quelques signes que Moshé ne parvint pas à déchiffrer.

– Quelqu'un viendra bientôt te chercher pour te conduire dans la Medina al-Andalous chez un marchand musulman du nom d'Al-Mansour al-Farbi. Il fait commerce de la soie produite dans la région, qu'il expédie à travers le monde. Il aura quelque chose à te dire. Peut-être même, un jour, quelque chose à te remettre...

Ainsi donc, sa quête n'était pas terminée ! Il fallait s'installer au moins pour quelques semaines à Fès. Moshé s'inquiéta : et si son père et David s'y opposaient ?

Dès le lendemain, le bruit courut dans la communauté juive qu'un nouveau médecin était arrivé, bien meilleur que ceux qui se trouvaient encore en ville. Les malades commencèrent d'affluer à la synagogue et dans l'auberge où logeaient les Maymun. Moshé se mit à recevoir ; il s'était fait à l'idée qu'il était là pour quelque temps.

Chacun fut surpris des questions qu'il posait aux malades et des remèdes étranges qu'il leur prescrivait, comme de manger du poumon de hérisson, de se forcer à rire ou de ne pas craindre la mort. D'aucuns disaient qu'il était un sorcier venu de Tolède, ville de toutes les magies. D'autres, qu'il s'inspirait de médecines grecques. D'autres encore, le voyant constituer une pharmacie complète renfermant différents antidotes – ainsi que le lui avait enseigné Albéric de Montpas –, assurèrent qu'il était égyptien.

Dans cette ville ouverte à tous les passages, David chercha quelques pierres à acheter, quelques autres à vendre. Maymun, en quête de ses vieux amis, apprit la dramatique destinée de son cher Ibn Abbas, qu'il croyait encore à Fès.

Dès l'arrivée des Almohades dans la ville, quinze ans auparavant, Abbas avait décidé de gagner Alep, en Syrie, où se retrouvaient déjà nombre de lettrés juifs fuyant les persécutions almohades. Son fils Samuel, savant, poète et mathématicien, l'avait accompagné, mais, bouleversé de constater la faiblesse des juifs partout où ils passaient, il avait abandonné son père à Alep, s'était converti à l'islam et était parti se mettre au service du gouverneur de Maragha, en Arménie ; là, il avait publié un pamphlet antijuif, *La Honte des juifs*, dans lequel il attaquait son propre père et le meilleur ami de ce dernier, Yehuda Halévy. Désespéré, le vieil Ibn Abbas avait cherché à rejoindre son fils pour le supplier de revenir à leur religion. Il avait entrepris le terrible voyage à travers la Babylonie, un périple bien au-dessus de ses forces et de ses moyens. Il était mort en chemin, à Mossoul.

Maymun fut bouleversé d'apprendre cette tragédie. Il y vit comme un résumé de ce qui menaçait le plus le peuple juif : disparaître dans la haine de lui-même.

Une semaine plus tard, une vieille femme voilée de noir se présenta au cabinet de Moshé. Elle n'avait nul besoin de soins, béni soit le Ciel, mais elle l'invita à le suivre sur-le-champ chez son maître qui l'attendait. Elle énonça son nom : Al-Mansour al-Farbi, l'homme dont lui avait parlé le rabbin Ibn Shushana. Enfin !

Moshé renvoya aussitôt tous ses patients et la suivit. Ils quittèrent le quartier juif et marchèrent longtemps, jusqu'à une très belle demeure sise au cœur de la vieille ville. La servante le laissa dans un somptueux patio tout en lui faisant signe de prendre patience. Il attendit une éternité. Puis un esclave l'introduisit auprès d'un vieillard très grand au visage jaunâtre et aux yeux bridés. Moshé fut ahuri de découvrir un Asiatique costumé en Berbère. Celui-ci le considéra en silence d'un air hostile.

Moshé murmura :

– Rabbi Ibn Shushana m'a dit que tu voulais me voir...

L'autre répondit d'une voix peu amène :

– D'après ce que m'a rapporté mon ami Ibn Shushana, tu aurais quelque chose à me montrer ?

Moshé sortit la pièce d'or. Le marchand tressaillit, puis tendit la main vers la pièce, mais se ravisa et refusa de s'en emparer.

– C'était donc vrai ! Incroyable... Deux... Mais pourquoi ont-ils fait ça ? Qui a rompu le...

– Je ne comprends pas.

– Tu n'as pas à comprendre. Cela ne te concerne pas. À moins que... Qui t'a donné ça ?

– Je n'ai pas le droit de le dire.

– Je sais... Je sais...

Le marchand murmura :

– Je ne sais si tu es un membre de notre groupe ou un espion. Dans les deux cas, cache cet objet. Cache-le bien ! Ne le laisse pas chez toi. Dépose-le là où personne ne pourra venir le chercher. Un jour, je te le redemanderai. Si ce que je crois est vrai, tu es en danger. Ou tu es toi-même un danger. Les deux, peut-être...

Le vieil homme s'interrompit. Son regard se dirigea derrière Moshé et un large sourire illumina ses traits. Moshé se retourna : une jeune femme était entrée silencieusement. Elle n'était pas voilée, ce qui était surprenant chez une jeune Fassi. Sans baisser ses yeux en amande, elle fixa Moshé que son apparition laissait pétrifié : d'abord parce qu'elle ressemblait à ce qu'aurait pu devenir Rebecca, son amie d'enfance à Cordoue ; ensuite parce qu'elle était de plus haute taille qu'aucune autre femme de sa connaissance ; enfin parce qu'elle était d'une beauté à couper le souffle.

Moshé songea à Ibn Ezra : où était à présent cet ami qui lui manquait tant ? Lui revint en mémoire ce poème persan qu'il aimait à citer : « Qu'il est vil, ce cœur qui ne sait pas aimer, qui ne peut s'enivrer d'amour ! Si tu n'aimes pas, comment peux-tu apprécier l'aveuglante lumière du soleil et la douce clarté de la lune ? »

Derrière la jeune femme se tenait un homme qui sembla à Moshé de dix ans son aîné et qui avait l'air fort surpris de le voir. Le marchand les considérait l'un et l'autre avec gravité.

– Laissez-moi vous présenter l'un à l'autre : Moshé ben Maymun, philosophe, juriste et médecin ; Muhammad Ibn Rushd, philosophe, juriste et médecin. Tous deux Cordouans. Tous deux exilés dans notre ville pour des raisons différentes. Si je comprends bien, il a fallu attendre que vous ayez l'un trente-huit ans, l'autre vingt-sept, pour vous rencontrer. Si je comprends bien aussi, chacun de vous est détenteur d'une pièce d'or extrêmement rare, comme il n'en existe que quatorze de par le monde. Et tous deux vous êtes venus me demander un manuscrit que je suis censé, conformément à une règle plus que millénaire, ne transmettre qu'à un seul... Concevez donc que je m'étonne et cherche lequel de vous deux est l'usurpateur digne du bûcher... Si l'un de vous a dérobé cette pièce, il aura pu aussi bien voler certains de nos secrets, connaître certains noms, peut-être tuer certains des nôtres... Pour résoudre cette énigme, je n'attends rien de vous. Ce que vous diriez pour l'instant ne m'éclairerait pas. Il va me falloir effectuer un long voyage qui coïncidera avec la livraison de quelques marchandises. D'ici là, vous attendrez. Plusieurs mois...

– Plusieurs mois ! s'exclama Moshé qui pensait partir au plus vite pour Alexandrie.

– Plusieurs mois ! soupira Ibn Rushd, qui espérait revenir au plus tôt à Cordoue.

– Pendant ce temps, poursuivit le marchand, vous exercerez la médecine, vous enseignerez, vous ferez ce qui vous chantera, mais vous m'attendrez. À compter d'aujourd'hui, considérez-vous comme en résidence surveillée. Vous êtes sous le contrôle de mes hommes. Et ne cherchez ni à fuir ni à parler de rien de tout cela à la police du calife ; elle ne ferait que vous torturer pour vous extorquer vos pièces d'or. L'Empire en manque tant ! Moshé, laisse-moi avec Ibn Rushd, Leïla va te raccompagner...

Moshé sortit. Leïla le précédait sans mot dire. Le jeune homme était fasciné par la beauté qu'il lui était donné de côtoyer. Jamais il n'aurait imaginé éprouver un pareil sentiment. Il faudrait attendre, comme prisonnier. Brusquement, une idée folle lui traversa l'esprit : il sortit la pièce d'or, se campa à hauteur de la jeune fille et lui souffla :

– Ton père m'a demandé de cacher cette pièce de telle façon que personne ne sache où elle se trouve. Même lui ne tient pas à le savoir. Je t'en prie, garde-la pour moi. Nul ne pourra penser que c'est toi qui la possèdes. N'en parle à personne. C'est d'une extrême importance. Je t'en prie !

La jeune fille parut hésiter, le regarda droit dans les yeux, sourit, puis, sans souffler mot, prit la pièce. Sa main frôla celle de Moshé, qui frissonna. Elle rentra dans la demeure et le laissa, bouleversé, planté au milieu de la rue.

Pendant ce temps, le marchand interrogeait Ibn Rushd :

– Comment expliques-tu qu'un juif soit venu à Fès, porteur de la même pièce que toi ?

– Je n'en ai pas la moindre idée.

– Qui t'a remis cette pièce ?

– Je n'ai pas le droit de te le dire.

– C'est lui qui t'a envoyé vers moi ?

– Non. Celui qui m'a confié cette pièce m'a dit d'aller trouver un certain Gérard de Crémone à Tolède, lequel m'a envoyé vers toi. Ce nom-là te dit quelque chose ?

– Cela se pourrait.

– Comment vas-tu vérifier que je ne suis pas un imposteur ?

– Il faut que je remonte une filière, que je rencontre certaines personnes. Loin, très loin d'ici. Ne m'en demande pas plus. Je n'ai nulle intention de dévoiler nos secrets à un imposteur...

Le vieux marchand ajouta en le regardant droit dans les yeux :

– ... même s'il ne pourra jamais sortir de cette ville. Quant à la pièce que tu m'as montrée, cache-la, que personne ne la voie jamais. Surtout pas Moshé ! Et attends que je te la redemande. Soit elle te donnera accès au manuscrit, soit elle t'accompagnera sur le bûcher. Laisse-moi, maintenant.

Ibn Rushd sortit, abasourdi, vaguement inquiet. Il allait lui falloir passer des mois ici ? C'était trop ! Surtout si la cour, comme on le disait, était sur le point de repartir pour Cordoue. Devant la maison, il aperçut Moshé qui semblait l'attendre.

– Tu veux bien faire quelques pas avec moi ? demanda le jeune rabbin.

– Bien sûr, lui répondit Ibn Rushd. Nous n'avons

aucune raison d'être ennemis. Tout au moins aussi longtemps que ta supercherie ne sera pas découverte.

– J'allais te dire la même chose... Nos pères étaient amis. Nos grands-parents étaient amis. Et nous voici rivaux, opposés dans un duel à mort.

– Le destin en a décidé ainsi.

– Parce que tu crois au destin ?

– Je pense que ni toi ni moi ne sommes là par hasard, lâcha Ibn Rushd.

– En effet. Et je n'aime pas l'idée que, du jour où tout se saura, tu doives être exécuté.

– Nous verrons bien qui de nous deux le sera. Notre hôte a dit que tu étais médecin ?

– Exact.

– Eh bien, on va voir si tu n'es pas un usurpateur ! suggéra Ibn Rushd. De quoi souffre-t-il ?

– Al-Kindi ? Le diagnostic est simple : il souffre d'asthme et a besoin d'une alimentation particulière.

– Cet homme n'est pas malade ! ricana le musulman. Il souffre seulement de la langueur de son âge. Il n'a besoin que de respirer l'air pur, de dormir davantage, de faire un peu de culture physique.

– Il est très malade, peut-être même au bord de la mort !

– Diagnostic de charlatan ! Tu l'as examiné en détail ?

– Ce n'est pas nécessaire, décréta Moshé. Il ne sert à rien de scruter longuement un malade. L'important est de lui parler. L'écouter quelques instants m'a suffi pour comprendre que cet homme souffre d'une grave anxiété. Son extrême tension lui vient d'un grand chagrin, ou d'une profonde détresse, ou d'une perplexité sans bornes. Là gît la cause de son asthme. Pour apporter du réconfort à ces gens-là et leur épargner les pires affres, les potions habituelles sont inopérantes. Il faut leur parler, leur donner à entendre que le mal n'est pas seulement dans le corps.

– Là, je suis d'accord avec toi, approuva Ibn Rushd. Un bon médecin doit d'abord être capable d'écouter, sans se lasser, les menus secrets des corps, leurs flatulences aussi bien que leur lâcheté face à la mort. Les mortels ne peuvent concevoir l'existence autrement qu'incarnée dans un corps. Tout ce qui n'est pas un corps, tout ce qui ne se trouve pas dans un corps n'a pour eux aucune existence. Et pourtant, c'est dans l'esprit qu'est la vie. Et c'est en le libérant qu'on guérit du mal. C'est en tout cas en agissant de la sorte que j'ai bien l'intention de devenir un jour le plus grand médecin de Cordoue...

– Tu voudrais donc qu'on dise un jour qu'elle fut la ville d'Ibn Rushd, le grand médecin ?

– Au moins autant que tu voudrais que Cordoue soit connue comme la ville de Moshé ben Maymun, le grand médecin !

Les deux jeunes gens s'observèrent. Ils découvraient qu'au-delà de la situation qui faisait d'eux des rivaux, ils étaient étonnamment proches. Chacun réalisait que l'autre aurait pu, aurait dû, depuis longtemps, être son meilleur ami.

[illegible] superstitions, il faut [illegible] que [illegible]
[illegible] dans le corps.

[illegible]

[illegible]

Chapitre 5

5 décembre 1164 : la rafle de l'Achoura

18 Kislev 4925 – 18 Muharram 560

Le premier été après leur arrivée à Fès avait été très sec. Il avait fallu rationner l'eau des tanneurs et des teinturiers ; les moulins arrosant les citronniers du gouverneur ne tournaient plus que quelques heures durant la nuit. Les récoltes s'étaient révélées désastreuses ; beaucoup, dans les villages alentour comme dans la ville même, étaient morts de soif et de faim. Ulémas et rabbins priaient le Ciel de pardonner leurs péchés aux fidèles. Nombre de paysans hésitaient à quitter la région, sachant que la pénurie d'eau était universelle et que les plantations d'Andalousie, de France et d'Italie connaissaient le même sort ; en particulier les jardins de Tolède, si célèbres, étaient au bord de l'asphyxie.

Sept semaines après le début de l'automne, les premiers nuages apparurent à l'horizon. Dix jours plus tard, la pluie commença à tomber. D'abord par brefs orages, puis par longues averses. La population fassie applaudit et dansa sur les terrasses des maisons ; des processions accompagnèrent les premiers arrosages et le retour des légumes et des fruits sur les marchés. Le gouverneur fit savoir qu'il avait plu aussi de l'autre côté du détroit et que les orangers d'Al-Andalous avaient été miraculeusement épargnés. Curieusement, ironisa-t-il, la pluie n'avait pas été aussi abondante chez les chrétiens : les récoltes de Navarre étaient perdues et le très jeune roi de Castille, qui venait de reprendre Tolède aux factions rivales, avait même été contraint de puiser dans ses ultimes réserves d'or pour importer des quantités considérables de vivres et calmer une population affamée, poussée à la révolte par les hommes de l'ancien régent.

À Fès, certains ulémas virent dans ces évolutions climatiques une preuve de plus de la supériorité de l'islam. Des professeurs de l'université expliquèrent que le Tout-Puissant avait décidé d'accorder aux musulmans les moyens de l'emporter définitivement sur les infidèles ; selon eux, le climat aiderait même l'empire almohade à reconquérir Tolède, à reprendre Barcelone, Narbonne et Bordeaux.

Ibn Rushd haussa les épaules ; au grand scandale des théologiens, il affirma à ses étudiants que Dieu avait bien autre chose à faire que de s'occuper de la pluie et du beau temps, et que d'ailleurs la situation de l'Empire ne justifiait pas un pareil triomphalisme.

De fait, les Almohades n'étaient plus très assurés de leur pouvoir, et l'islam andalou ne se trouvait pas en position conquérante : les chrétiens et le roi Loup harcelaient Cordoue. Malgré son extrême fatigue et des douleurs au ventre de plus en plus épouvantables, l'émir avait quitté Marrakech avec son fils et tout son gouvernement, dont Ibn Tufayl, pour prendre la tête de ses troupes de l'autre côté du détroit et mener lui-même l'assaut. En raison de la gravité de sa maladie, tout un chacun spéculait sur sa succession. Beaucoup disaient que, trop intellectuel et trop ouvert, son fils ne saurait résister à l'ambition des vieux barons. Ulémas, fonctionnaires, chefs de troupes, diplomates, officiers de propagande commençaient à se ranger aux côtés des divers prétendants. Partout dans l'Empire prévalait une ambiance de fin de règne ; et les infidèles, à qui les uns reprochaient d'être les alliés des autres, étaient de moins en moins bien vus.

La plupart des chrétiens avaient quitté l'Andalousie et le Maroc ; il n'y restait que quelques dizaines de milliers de juifs. Ceux-ci étaient de plus en plus cantonnés dans leurs quartiers, à l'exception des oasis du Sud et de Fès où la vie juive demeurait encore étonnamment vivable, comme si un invisible protecteur épargnait à cette ville les désastres universels. Les juifs de la région, qui s'en rendaient compte, affluaient vers le *mellah* fassi qui se remplissait de femmes, d'enfants et de réfugiés de toutes sortes.

Ibn Rushd et Moshé s'installèrent dans leurs nouvelles vies en attendant le retour d'Al-Kindi. L'un et l'autre exerçaient la médecine. Ibn Rushd enseignait en outre à l'université cependant que Moshé étudiait à la synagogue. Ils se savaient tous deux marginaux dans leurs communautés respectives et dissimulaient tant l'audace de leurs convictions philosophiques que la vraie raison de leur présence à Fès. Presque chaque semaine, l'un ou l'autre se rendait chez Al-Kindi pour tenter d'obtenir des nouvelles du maître de maison. En général, Leïla ne faisait que se laisser deviner derrière les persiennes d'une des fenêtres du premier étage dominant le patio, et le visiteur repartait bredouille. Parfois elle descendait, le plus souvent voilée, exceptionnellement à visage découvert. Elle annonçait alors avoir reçu un message de son père l'informant de son passage dans telle ou telle ville. De semaine en semaine elle parla ainsi de Paris, Londres, Cologne, Rome, Constantinople, Alexandrie, Jérusalem, Mossoul. Puis plus rien. Elle parut inquiète et se montra moins.

Les deux jeunes gens étaient sous le charme de sa fine silhouette, si différente de celle des filles de la région, ainsi que de sa voix si particulière, que rendait d'autant plus étrange l'accent indéfinissable avec lequel elle parlait l'arabe.

Curieusement, Leïla semblait préférer Moshé, bien qu'il ne fût pas musulman. Peut-être parce qu'il était plus jeune, ou plus grand, ou plus passionné ?

De fait, Ibn Rushd s'intéressait moins à elle. Il passait beaucoup de temps chez le gouverneur, cherchant à savoir si le calife était parvenu à briser le siège de sa ville natale ; il craignait par-dessus tout pour la vie de son père et pour la sécurité de la grande bibliothèque, à ses yeux le lieu le plus sacré qui fût au monde. Il consacrait le reste de son temps, chez lui, à étudier, écrire, préparer ses cours ; il y puisait une profonde euphorie. Pour lui, penser c'était vivre ; c'était prendre un plaisir sans contraire, qui ne tirait sa force que de lui-même ; c'était mener pendant un court laps de temps la même existence que Dieu qui pense l'univers pour le faire exister ; c'était donc éprouver furtivement ce que Dieu devait ressentir éternellement.

Pour ses cours, Ibn Rushd avait retenu le conseil que le père de Leïla lui avait donné lors de leur première rencontre dans la mosquée Al-Qarawiyyin : ne pas parler aux débutants ni aux experts. Il se força donc à rédiger de ses interventions trois versions différentes : un texte simple pour la masse des étudiants ; un autre, plus complexe, pour les théologiens rassemblés en séminaire ; il gardait ses explications les plus détaillées et les plus audacieuses pour les étudiants les plus avancés en philosophie et en sciences, qu'il recevait en tête à tête. Il trouva beaucoup de vertus à un tel exercice qui l'obligeait à clarifier ses idées. Il constata qu'une proposition avait d'autant plus de chances d'être vraie qu'elle pouvait s'exprimer simplement. Parfois, il ne résistait cependant pas, devant les théologiens, à faire montre d'un peu de provocation :

– Un enfant, à sa naissance, dans quelque pays, famille ou religion que ce soit, est en harmonie avec Dieu : car telle est la nature profonde de l'homme, créé par le Tout-Puissant en Adam. L'éducation – dispensée par les imams comme vous, ou par les rabbins, ou par les prêtres, et qui en fait un musulman, un juif ou un chrétien – peut bousculer cette harmonie. Pour la maintenir ou la rétablir, chacun doit se lancer dans le *jihad* ; non pas la guerre sainte, parfois nécessaire, contre les infidèles, mais l'effort que chacun doit fournir pour rester dans le droit chemin, dans la *charia*. Or cela ne s'obtient que par la volonté. Alors, cessez de vous adresser à Dieu pour Lui demander de rétablir votre harmonie personnelle ! C'est à vous de l'obtenir par la seule maîtrise de vos démons ! D'ailleurs, si tout le monde s'adressait à Dieu pour des motifs aussi égoïstes, le Miséricordieux ne pourrait plus se concentrer sur l'existence de l'univers ; et la vie ne serait plus qu'un vague souvenir dans l'esprit de l'Intelligence suprême ; même ceux qui ont vécu n'auraient plus existé ! C'est cela que vous voulez ? Non ? Alors n'encombrez plus les journées de Dieu avec des requêtes de détail ; faites confiance à votre liberté, à votre esprit critique, à votre capacité d'analyse !

Furieux de ce qu'ils prenaient pour autant de blasphèmes, et indignés par ce qu'ils croyaient savoir de son mode de vie, des ulémas demandèrent qu'on privât Ibn Rushd du droit d'enseigner. Quand le doyen Radwan ibn Kobbi vint en parler au gouverneur, celui-ci lui conseilla de modérer l'ardeur de ses théologiens : Ibn Rushd était un envoyé du prince, un ami du maître du *diwan*, un propagandiste efficace de la grande guerre sainte. Nul ne pouvait rien contre lui.

Pendant ce temps, Moshé vantait à son père et à son frère les mérites de Fès. Sans leur confier qu'ils partiraient vers l'Égypte dès que serait revenu un étrange marchand, il leur expliquait qu'ils devaient se considérer comme des privilégiés de vivre dans ce havre de paix. Il demanda à Sephira de leur trouver une vaste maison pour s'y installer. Heureuse d'attendre là le retour vers son Andalousie, la jeune femme dénicha en plein milieu du *mellah* une somptueuse demeure que venait d'abandonner une grande famille partie pour Constantinople.

Maymun, lui, était heureux : c'était à Fès qu'il avait souhaité aller du jour où ils avaient dû quitter Cordoue ; c'était la ville qui, par sa langue et sa culture, ressemblait le plus à la sienne. En outre, il y avait là beaucoup de juifs andalous avec qui il pouvait évoquer le bon vieux temps ; et d'abord son grand ami, le seul maître qu'il considérât comme son égal : Ibn Shushana. Recru d'années, il espérait ne plus repartir, si ce n'est pour retourner à Cordoue et y rejoindre Sarah dans sa tombe.

David, lui, jurait que c'était folie de s'attarder à Fès, car la situation des juifs ne pourrait longtemps y rester différente de celle des autres communautés de l'Empire almohade : ceux qui demeuraient fidèles à leur foi devaient maintenant acquitter des impôts de plus en plus lourds et ceux qui se convertissaient étaient désormais astreints à porter des vêtements noirs pourvus de manches trop longues et trop larges, et, en lieu et place de turbans, des voiles pesants et grossiers. David affirmait que les juifs fassis subiraient bientôt le même sort ; ils ne seraient pas seulement menacés par l'accroissement des impôts, mais aussi par le sabre du bourreau.

Comme il refusait de finir comme son oncle et tous ceux qu'il avait vus monter au supplice, David décréta que les juifs ne devaient pas être des moutons ; en attendant de convaincre son frère de partir pour l'Égypte, il se perfectionna au maniement des armes blanches, sabre et couteau, qu'il avait déjà tant admirés chez les armuriers de Tolède. Avec quelques amis de son âge, il constitua un petit groupe qui s'entraînait secrètement au lancer de la dague et au duel au sabre. Il ne s'en ouvrit pas à son frère pour ne point l'inquiéter. Comme par ailleurs le commerce fassi restait étonnamment actif, il trouva assez d'amateurs de pierres précieuses pour que leur vie demeurât confortable.

En quelques mois, la charge de travail de Moshé était devenue considérable. À l'aube, il se rendait à la synagogue et débattait de tel ou tel point du Talmud avec Ibn Shushana et les autres rabbins ; puis il y soignait les malades qui venaient le consulter à la sortie de l'office. Il allait ensuite à l'université suivre les cours des ulémas sur les théories d'Al-Farabi et d'Ibn Bajja ainsi que sur l'immortalité de l'âme. Sa réputation eut tôt fait d'égaler celle des meilleurs professeurs de médecine et, bien qu'en principe les praticiens ne fussent autorisés à traiter que leurs coreligionnaires, il fut aussi admis à soigner des musulmans. Mieux encore, privilège rarissime pour un juif, il fut appelé à enseigner la médecine à Al-Qarawiyyin. Les malades surgirent alors de partout et ses journées devinrent écrasantes. Il arrivait fréquemment qu'un des adjoints du gouverneur le mandât au palais à l'heure du déjeuner ; il ne rentrait chez lui que dans le courant de l'après-midi, las et affamé. Il trouvait alors toutes les pièces du rez-de-chaussée de leur nouvelle demeure remplies d'une foule hétéroclite : non-juifs et juifs, notables et gens du peuple, juges et plaignants, amis et ennemis. Sitôt descendu de sa monture, il se lavait les mains, s'excusait auprès des visiteurs et allait manger un morceau avec son père – le seul repas de sa journée. Il redescendait ensuite pour examiner les malades et rédiger les prescriptions. Le va-et-vient se prolongeait tard dans la nuit, parfois deux heures du matin et plus. Il se sentait alors obligé de s'étendre, harassé au point de ne plus pouvoir articuler.

Aucun membre de la communauté ne pouvait avoir d'entretien privé avec lui, si ce n'est le jour du shabbat. Ce jour-là, beaucoup venaient chez lui après la prière du matin et il les instruisait, avec son père, sur ce qu'ils devaient faire pour l'ensemble de la semaine. Ils étudiaient jusqu'à midi, après quoi ils repartaient. Certains revenaient après la prière de l'après-midi et étudiaient à nouveau jusqu'à celle du soir. Moshé pouvait alors commencer à rédiger son commentaire de la Loi juive auquel il réfléchissait depuis son jeune âge.

L'évolution du judaïsme mondial l'inquiétait. Il soulignait souvent à ses visiteurs qu'en Occident la Thora avait presque disparu et que les grandes communautés étaient comme mortes, tandis qu'en Orient, d'autres étaient à l'agonie : seuls trois ou quatre lieux, en Terre sainte, n'étaient pour ainsi dire que malades. La Syrie dans son ensemble n'avait plus, selon lui, qu'Alep à montrer, car on y étudiait quelque peu la Thora, sans toutefois être prêt à se sacrifier pour elle. En Mésopotamie, il ne restait plus que trois ou quatre havres aux mains du gaon, le « prince des juifs », Zacharie, discrédité. Aux Indes, les juifs ne connaissaient que la loi écrite et ignoraient tout des rites, à l'exception des règles du shabbat et de la circoncision. Partout, constatait-il, les persécutions se faisaient plus lourdes et oppressantes ; la science des savants disparaissait, et l'intelligence des sages se couvrait d'un voile. À l'entendre, le judaïsme mondial était bien près de disparaître, comme tant de peuples, de religions et de civilisations avant lui.

Parfois, rentrant chez lui, Moshé trouvait son bureau en désordre, sévèrement fouillé. Il se disait que ses poursuivants – mais qui étaient-ils ? – devaient s'obstiner à chercher la pièce d'or. Ils ne la découvriraient pas, puisqu'il ne l'avait plus. Jamais personne ne la chercherait chez Leïla. Peut-être même le croyait-on en possession du fameux livre ? On aurait dû comprendre que, s'il l'avait eu, il aurait fui depuis longtemps.

Il était quelquefois traversé par une crainte : que se passerait-il si, comme tous les autres dans l'Empire, les juifs de Fès étaient placés devant le choix entre conversion et départ ? Serait-il obligé de se convertir pour attendre Al-Kindi ? ou devrait-il renoncer à *L'Éternité absolue* ? Et qu'adviendrait-il de Leïla ?

L'hiver passa. David pressait chaque jour son frère de partir. À côté du commerce des pierres précieuses, qui se faisaient rares, il était devenu l'un des plus importants prêteurs sur gages de la ville. Et, par les marchands qu'il fréquentait, il entendait de sombres nouvelles : nul ne comprenait que les Almohades tolérassent encore la présence de juifs dans leur ville sainte ; cela ne durerait pas. Pourquoi rester alors qu'il était encore temps de fuir ? David s'exerçait avec opiniâtreté au maniement des armes ; il se révéla particulièrement doué au couteau qu'il s'entraînait à lancer sur des cibles de plus en plus lointaines ; la précision des doigts, acquise dans la taille des pierres, lui conférait une extraordinaire sûreté.

Rabbi Maymun commença lui aussi à songer qu'il faudrait partir, en voyant David devenir de plus en plus bagarreur et Moshé délaisser ses charges pour aller de plus en plus souvent retrouver la fille d'un marchand musulman. Car, si Ibn Rushd ne voyait en Leïla qu'une beauté stupéfiante, un objet de séduction parmi d'autres, Moshé, lui, se laissait peu à peu aller à une passion dévorante. Quand il n'était pas avec elle, il pensait intensément à son regard, à sa silhouette, à sa voix. Tous les prétextes étaient bons pour lui rendre visite. Chaque fois, il était davantage stupéfait par l'étendue de sa culture. Elle avait beaucoup lu, énormément voyagé, et parlait avec une remarquable finesse des paysages, des langues, des modes de vie des gens d'Asie. Moshé avait du mal à admettre qu'il ne pouvait plus se passer de sa présence ; il se demandait aussi pourquoi elle acceptait de le recevoir, de ne point le décourager ; et pourquoi elle lui faisait même comprendre, par des sourires plus insistants, des frôlements tout juste esquissés, qu'il ne lui était pas indifférent. Pensait-elle qu'il pourrait aller jusqu'à se convertir ? Moshé se sentait déchiré : il savait fort bien que cet amour était sans issue ; il était trop profondément attaché à son peuple pour le renier.

Un soir qu'il était venu la voir – une fois de plus sans la moindre raison –, elle descendit de ses appartements vêtue d'une longue tunique de cérémonie brodée d'or et de perles, avec autour du cou un magnifique collier de corail. Or, à Fès, les femmes ne portaient du corail que pour signifier à un homme leur désir d'enfant : il était, en effet, supposé faciliter l'accouchement. Moshé, qui se moquait en général de ces superstitions, en fut bouleversé. Il se dit qu'il lui faudrait cesser de la voir, mais n'y parvint pas. Il lui arriva même de penser fugitivement qu'après tout, la meilleure solution serait peut-être pour lui de se convertir : une conversion de façade, bien sûr, qui lui permettrait de rester à Fès à jamais et d'épouser Leïla tout en continuant d'y vivre en juif. N'avait-il pas souvent entendu son père expliquer que, face au brigand qui réclame « la bourse ou la vie », il fallait abandonner sa bourse ? Mais son père avait ajouté : « Sitôt après, fuir ce mauvais voisinage. » Donc fuir après sa conversion. Or Leïla n'accepterait sûrement pas de fuir avec lui et encore moins de se convertir au judaïsme. Et, même si elle le voulait, elle ne pourrait en décider en l'absence de son père. Et celui-ci, s'il revenait, allait peut-être le dénoncer comme « usurpateur »...

David remarqua la souffrance de son frère, mais ne lui en souffla mot ; il repensait à Tolède où, un an plus tôt, son frère aîné s'était inquiété de ses propres relations avec Maria De Souza...

Au début de l'automne suivant, une formidable clameur monta du bas de la ville. Des cavaliers venaient d'apporter une nouvelle stupéfiante : Abd el-Mumin avait blessé le roi Loup, qui s'était enfui, et le calife était rentré dans Cordoue. Rompant définitivement avec les règles collégiales instituées par le Mahdi, il s'était proclamé sultan et avait décrété que son fils lui succéderait.

Quelques jours plus tard, le gouverneur de Fès annonça à la population que le monarque allait reconstruire les palais de l'Andalousie pacifiée et enrichir la bibliothèque de Cordoue en sorte qu'elle possédât plus de livres que toutes les autres bibliothèques d'Europe réunies.

Ibn Rushd était soulagé : dès qu'Al-Kindi serait de retour, il pourrait revenir chez lui et revoir son père ; il serait sous la protection d'un homme plus puissant que jamais, Ibn Tufayl, celui-là même qui lui avait confié la mission de présenter Aristote aux musulmans et qui l'avait mis sur la voie du manuscrit secret. Mais comment le recevrait-il s'il fallait lui avouer qu'il n'aurait jamais ce livre sans l'accord d'un marchand d'Asie ?

Au sein de la communauté juive, la joie était immense. Les rabbis affirmaient que le prince héritier était un ami du peuple d'Abraham et que les exilés cordouans allaient bientôt pouvoir rentrer chez eux. Maymun était aux anges : il pensait pouvoir bientôt retrouver la tombe de sa femme.

David, pour sa part, modérait les enthousiasmes : il craignait que la victoire d'Abd el-Mumin ne conduisît les Almohades à montrer plus de sévérité envers les autres religions du Livre ; que Fès ne cessât d'être un îlot de tranquillité ; qu'il ne fût bientôt laissé aux juifs fassis que le seul choix entre la conversion et la mort. Plus que jamais, il se préparait au combat. Ses amis et lui partaient parfois pour plusieurs jours à la chasse, disaient-ils ; en réalité, ils s'isolaient dans la montagne pour un entraînement sévère au maniement des armes.

Moshé, lui, voulait croire que la situation s'était éclaircie ; et que, dans ce tunnel de souffrance où ils s'étaient engagés à la mort de sa mère et de son oncle, une lueur annonçait enfin la sortie. Il espérait retourner à Cordoue dès qu'il aurait revu le père de Leïla. Il se prenait même à rêver qu'il pourrait la convaincre de l'y suivre et de se convertir au judaïsme.

Dans la ville en liesse, Moshé décida d'aller voir la jeune fille et de lui déclarer son amour. À peine eut-il commencé, embarrassé, à chercher des mots qu'il ne trouvait pas, qu'elle l'interrompit d'un geste et d'un sourire et lui parla de sa voix inimitable.

Puisqu'il avait du mal à former ses phrases, ce qui ne laissait pas de l'étonner, c'est elle qui allait s'exprimer. Une jeune fille ne devait certes pas adresser la parole à un homme, mais elle était sans nouvelles de son père depuis maintenant huit mois et devait commencer à penser à ce qu'elle ferait s'il ne revenait pas... D'abord, laissa-t-elle entendre, si Moshé s'intéressait à elle comme elle osait le deviner – avait-elle tort ? non ? le Miséricordieux en soit béni ! –, il ne devait pas s'inquiéter qu'elle fût musulmane... Non, qu'il ne l'interrompe pas, qu'il attende, il allait comprendre !... Dans certaines religions, il le savait mieux que personne, il arrivait qu'on eût à se convertir pour protéger des intérêts sans pour autant remettre en cause son identité réelle. Or elle se trouvait dans une situation de ce genre... Oui, il avait bien compris : elle était beaucoup plus proche de lui qu'il ne l'avait cru.

Moshé était abasourdi : ainsi, le grand marchand qu'il croyait arabe et musulman était un juif converti à l'islam et resté juif en secret !

Leïla raconta leur histoire. La famille de son père venait de Cochin, où une communauté juive d'origine bagdadie s'était installée un siècle et demi plus tôt sous la direction d'un certain Joseph Rabban ; il y avait là mille juifs qui observaient la Loi, possédaient quelques rudiments du Talmud et faisaient commerce de pierres précieuses. Ils servaient de relais aux courtiers et marchands venus d'Égypte. Tout jeune, son grand-père avait quitté Cochin pour s'établir en Chine, à Kaifeng, capitale impériale de la dynastie Song, dans la province du Henan, sur le fleuve Jaune. Là, il était devenu le chef d'une petite communauté de marchands juifs venus d'Oman, de Perse et d'Inde, qui faisaient fonction de bureaux de représentation pour les marchands du Proche-Orient. Son grand-père devint ainsi l'un des conseillers de l'empereur chinois de l'époque, responsable de la monnaie et du trésor public. Le premier au monde, il fabriqua des billets en jute pour remplacer les pièces. Pour une raison qu'elle avait toujours ignorée, son père, Élie, avait très jeune quitté sa famille et une vie confortable pour une mission dont il ne disait jamais mot, mais qui semblait avoir déterminé sa vie. Il avait voyagé à travers la Chine mongole, l'Inde turque, l'Orient arabe, puis était arrivé en Europe du Nord. Il avait rencontré Rebecca, celle qui allait devenir sa femme dans la communauté juive de Cologne, où le père de celle-ci était médecin. Il s'appelait Abraham Kinder. Ils s'étaient mariés, Leïla était née, mais Rebecca avait été tuée par une troupe de croisés ivres morts. Son père et elle avaient fui en Angleterre, puis en France, en Toscane, en pays magyar et en Bactriane, changeant sans cesse de nom et même de religion. Au fil de ces voyages, son père se livrait au commerce, mais, d'après elle, c'était plus pour avoir une occupation et une raison sociale que pour gagner de l'argent : Leïla avait toujours pensé que son père recevait des subsides de sa famille restée en Chine. Le marchand adorait sa fille et lui avait enseigné la lecture et l'écriture en chinois, en grec, en latin, en turc, en français, en arabe, en hébreu, en romance et en anglais. Il lui avait parlé de la sagesse indienne et de la philosophie grecque, qu'il semblait connaître particulièrement bien. Il lui avait appris à prier en hébreu et l'avait incitée à apprendre seule autant d'autres langues qu'elle pourrait, affirmant que ce bagage-là lui servirait un jour... Élie paraissait en permanence sur ses gardes. Lors de certaines étapes, elle l'avait surpris en grand conciliabule avec des étrangers qui se taisaient en souriant quand elle apparaissait. Dès leur arrivée en Andalousie, il y avait une dizaine d'années, Élie avait choisi de devenir musulman « pour ne pas se faire remarquer », avait-il dit.

Il lui avait alors demandé de continuer à dire ses prières en hébreu, tout en lui faisant jurer de ne jamais les prononcer en public. Quand elle le questionnait pour savoir où était leur pays, il répondait qu'ils n'en avaient pas et que son seul pays à lui, c'était elle.

Leïla était donc juive ! Moshé jubilait... Il n'aurait plus à en passer par une conversion pour l'épouser ! Car il en était certain maintenant : il l'épouserait et ils partiraient ensemble pour Alexandrie !

De cette révélation, Moshé ne pouvait parler à personne. Ni à son père, dont la santé déclinante l'inquiétait, ni à son frère, qui rêvait à tout moment d'en découdre. Comme Ibn Ezra lui manquait !... Où était-il ? Ibn Rushd, devenu à la fois son ami et son rival, ne l'avait pas remplacé.

Même s'ils attendaient le retour d'un voyageur qui pouvait condamner l'un des deux à mort, même s'ils ne s'étaient confié aucun secret, même s'ils ne parlaient jamais de leur rivalité dans la quête du « livre le plus important jamais écrit par un être humain », Ibn Rushd et Moshé découvraient chaque jour, au cours d'interminables conversations, l'extraordinaire proximité de leurs pensées.

Chacun parlait avec vénération de la religion de l'autre, qu'ils considéraient comme la forme la plus haute du monothéisme. Moshé admirait l'audace de son aîné qui osait dire à ses étudiants que la vérité n'était pas dans le Coran, que l'univers existait sans qu'un Dieu l'eût créé, et qu'il n'y avait rien à attendre d'un illusoire paradis. Quant à Ibn Rushd, il était heureux d'avoir rencontré un juif ayant le même respect que lui pour la pensée du plus grand des Grecs. L'un et l'autre estimaient que Dieu existait hors du temps, que c'était même cela seul qui Le distinguait de l'univers. Pour l'un et l'autre, Dieu était l'intellect parfait, immuable, intelligence cosmique en charge du gouvernement de l'univers, du passage de l'esprit à l'acte. L'un et l'autre considéraient sans le dire que la Bible et le Coran étaient des textes largement métaphoriques. L'un et l'autre professaient que Dieu n'avait pas de corps et que c'était seulement pour se faire comprendre de tous que les Écritures parlaient du « doigt » ou du « souffle » de Dieu, discutaient de la « taille » ou des « mensurations » de Dieu ; ils affirmaient qu'à Dieu on ne pouvait prêter ni bonté, ni jalousie, ni colère, ni orgueil, ni sens de la justice, ni miséricorde, ni puissance, car, par Son essence, Il échappait à toutes les catégories humaines. L'un et l'autre jugeaient que la foi et la raison étaient compatibles et que Dieu, tenu par Sa propre raison, ne pouvait ni décider qu'Il n'avait pas existé, ni modifier Ses propres lois. Pour l'un et l'autre, la raison était le moyen donné par Dieu aux hommes pour accéder à Lui. Ils en déduisaient que seule la matière, corruptible, était le mal ; que l'Esprit, immortel, était le bien ; que la Providence générale n'était rien d'autre que la mise en œuvre des lois de la physique imprimées une fois pour toutes par Dieu dans l'univers ; que rien, sinon l'impossible et le nécessaire, n'empiétait sur le libre arbitre qui pouvait seul conduire les hommes au mal en les éloignant des commandements de Dieu. Pour l'un et l'autre, la prière était une forme de méditation, et non une façon d'obtenir de Dieu la réalisation de souhaits.

Ibn Rushd se montrait en général plus audacieux que Moshé. Il osait professer ouvertement que Dieu n'était pour rien dans l'existence de l'univers, éternel dans le passé comme dans l'avenir, mais qu'Il pouvait en modifier la nature en cessant de Le penser. Moshé ne partageait pas cette audace, mais laissait entendre que si la science établissait l'éternité de la matière, il pourrait montrer que la Bible était compatible avec cette idée ; quand il était en veine d'audace, il ajoutait que le livre de la Genèse lui-même donnait à penser que de la matière avait existé avant la création du monde.

Moshé ne dépassait la hardiesse d'Ibn Rushd qu'en osant dire ouvertement que Dieu était une abstraction pure ; son ami, lui, soutenait que si l'on présentait Dieu comme immatériel, le peuple cesserait d'y croire ; il fallait donc Le présenter comme une « lumière ».

Un soir, au terme d'une longue conversation, ils en vinrent à évoquer la vraie raison de leur présence à Fès et de ce qui les avait fait se croiser à Tolède. Moshé parla de Crémone, d'Ibn Tibbon, d'Albéric de Montpas et du rabbi Shushana, qui l'avait envoyé vers Al-Kindi – mais pas de son oncle. Ibn Rushd raconta sa conversation avec Crémone qui l'avait envoyé vers Ibn Tibbon et vers Al-Kindi – mais pas d'Ibn Tufayl. Tous deux évoquèrent « le livre le plus important jamais écrit par un être humain », le *Traité de l'éternité absolue* d'Aristote, qu'on leur avait promis. Aucun ne parla du tétradrachme que chacun avait si longtemps tenu serré dans sa poche.

Un jour du deuxième été suivant leur arrivée à Fès, un serviteur vint annoncer à Ibn Rushd qu'un visiteur l'attendait d'urgence. Ibn Rushd le fit prier de repasser un autre jour, car il finissait de préparer son cours du lendemain. Le serviteur revint dire que le visiteur insistait et se présentait comme « un ami de Crémone ». Ibn Rushd se précipita pour découvrir, dans le patio, un homme chétif au visage hâve, aux yeux caves, aux cheveux insolites : bouclés, presque rouges. Il paraissait vacillant de fatigue en même temps qu'animé d'une extraordinaire force intérieure. Ibn Rushd fut d'emblée sur ses gardes ; il lui sembla avoir déjà vu l'homme quelque part, même s'il n'aurait pu dire où ni quand... Pourtant, la couleur de ses cheveux était inoubliable.

Le voyageur se présenta en arabe, avec un épouvantable accent, sous le nom de William Hastings, traducteur anglais venu de Manchester ; il se dit l'ami de Thomas Becket, ce fils d'un marchand de Rouen devenu chancelier du royaume d'Angleterre, que le roi Henri II venait de nommer archevêque de Canterbury. Selon le pronostic de Hastings, Thomas Becket allait être bientôt exécuté pour avoir osé résister au roi. Lui-même, expliqua-t-il, avait préféré fuir la colère du monarque, qui ne manquerait pas de retomber sur tous les amis de l'archevêque. L'Anglais dit avoir d'abord séjourné à Paris, puis à Tolède où il avait rencontré Gérard de Crémone, dont il était devenu l'élève, et lui avait parlé d'Ibn Rushd. Hastings avait ensuite traîné en Provence, en Toscane et dans les États du pape. Il venait à Fès pour y apprendre le berbère, langue des Almohades.

Ibn Rushd se méfiait de plus en plus : Crémone avait tant insisté sur le secret du tétradrachme qu'il était peu plausible qu'il eût parlé de lui à qui que ce fût. Pourtant, il se souvint que le fameux traducteur, la seule fois qu'il l'avait vu, à Tolède, était entouré d'élèves anglais. Et certains avaient des cheveux rouges.

Hastings semblait un intarissable bavard. Pendant que l'on servait de l'eau de rose – qui, souligna-t-il avec un étonnant sans-gêne, n'avait rien à voir avec celle de Perse, la seule à mériter ce nom –, il expliqua qu'il avait décidé de s'installer à Fès parce que la politique du califat allait changer : tout serait bientôt beaucoup plus ouvert, plus facile ; les voyageurs afflueraient, les idées circuleraient, les chrétiens comme lui seraient tout à fait admis. Mais quiconque aspirait, comme lui, à vivre dans le monde musulman, qui le passionnait, devait parler le berbère, la langue des maîtres dans laquelle il faudrait tout traduire. Voilà pourquoi il venait à Fès avant même que la nouvelle politique entrât dans les faits. Ce qui ne saurait tarder, insista-t-il.

Abd el-Mumin allait mourir : qu'on ne lui demande pas comment il le savait, mais il le savait ! Son fils, le prince Abou Yacoub Yousouf, prendrait bientôt le pouvoir sous le nom de sultan Yousouf Ier ; et c'est lui, poursuivit l'Anglais, qui mettrait en œuvre ces changements considérables. Le futur monarque avait passé sept ans à Séville, il y avait reçu une grande partie de sa formation intellectuelle auprès des meilleurs savants d'Al-Andalous ; il allait se débarrasser des vieux barons de son père et engager, partout dans son empire, un programme d'embellissement : des mosquées et des canaux, des palais et des jardins, des traductions et des livres. Allait s'ouvrir une ère de lumière et de liberté, comme au temps des Almoravides !

Ibn Rushd se demandait comment cet Anglais bizarre pouvait être au courant de tels secrets. Il n'osait croire à une telle bonne nouvelle : celui qui l'avait chargé d'étudier Aristote allait bientôt devenir le calife ! ? Si c'était vrai, tout changerait pour lui : il pourrait passer son temps entre Fès, où il donnerait des cours, et Cordoue, qui redeviendrait un lieu béni de Dieu. Le centre de l'Islam, réinstallé en Andalousie, ne serait plus jamais aux mains des Arabes. Il trouverait une façon de s'expliquer avec Ibn Tufayl. Et Al-Kindi ne pourrait plus rien contre lui, même s'il revenait un jour avec l'intention de lui nuire.

Après avoir avalé sa troisième coupe d'eau de rose, l'Anglais demanda à Ibn Rushd s'il connaissait un juif du nom de Moshé ben Maymun.

– Pourquoi me demandes-tu cela ? s'enquit Ibn Rushd stupéfait.

D'une voix qu'Ibn Rushd trouva étonnamment métallique, l'autre répondit :

– Crémone m'en a aussi parlé.

Là encore, c'était impossible ! Ibn Rushd savait par Moshé qu'il avait parlé de Fès avec Crémone ; mais le jeune rabbin avait dit au traducteur qu'il allait se rendre à Narbonne pour chercher la traduction en latin, et non pas à Fès où se trouvait, selon le même Crémone, la traduction en arabe. Il était donc bien peu probable que Crémone eût demandé à qui que ce fût de prendre des nouvelles de Moshé à Fès !

Toujours sur ses gardes, Ibn Rushd eut l'impression

que l'autre le guettait comme un chat sauvage épie sa proie. Il regarda les mains très fines, les ongles très longs, agrippés au fauteuil comme des griffes. Il se décida :

– Tu mens...

Les doigts de l'Anglais se crispèrent davantage encore sur le bois, comme s'il voulait le broyer.

– Ah ?

– Je ne crois pas que Crémone t'ait parlé de moi. Et encore moins qu'il t'ait parlé de ce Moshé...

– Pourquoi donc ?

L'autre était devenu blême. Ibn Rushd eut l'impression qu'il regardait du côté de la porte, comme pour s'assurer d'une voie libre pour fuir. Il lui répondit :

– Pour trois raisons. D'abord, parce que Crémone était un homme secret, angoissé ; il avait très peur de l'aventure dans laquelle il se disait embarqué ; il regrettait d'y être mêlé ; il n'en aurait donc certainement pas parlé à un étranger. Ensuite, parce qu'il ne savait pas que quelqu'un d'autre que moi viendrait à Fès. Enfin, parce que, d'après ce que j'ai su, il a fui Tolède le lendemain même du jour de notre rencontre, de crainte d'y être accusé d'un double meurtre. Je ne vois donc pas quand il aurait trouvé le temps de parler de traduction avec un inconnu, encore moins de moi et de ce Moshé ben Maymun. Pourtant, il n'est pas exclu qu'un homme de ce nom soit passé par cette ville. Mais comment le saurais-tu ?

L'autre avait recouvré son flegme. Ibn Rushd eut l'impression de se trouver face à un monstre froid, parfaitement maître de lui. Il se demanda encore une fois où il l'avait déjà vu. L'Anglais reprit d'une voix sereine :

– Il est étrange que tu aies des amis juifs, toi qui es un théologien musulman...

– Tu ne réponds pas à ma question : comment as-tu su que je serais à Fès ? et comment as-tu su que ce Moshé y est passé ?

Hastings sortit de sa poche une sorte de foulard avec lequel il s'épongea délicatement le front.

– C'est que Crémone m'a justement chargé de vous poser une question à tous deux. Libre à toi de ne pas l'entendre ; ce ne sont pas mes affaires !

Et le rouquin observa son interlocuteur d'un air docile, plein d'humilité et de soumission. Ibn Rushd hésita.

– Qu'est-ce qui me prouve que tu as vraiment rencontré Crémone ? T'a-t-il dit quelque chose qui pourrait me convaincre que c'est bien lui qui t'envoie ?

– Peut-être me croiras-tu quand je te dirai que Crémone m'a aussi parlé d'un ami de ton ami, un autre juif nommé Ibn Ezra... Tu ne vois pas ? Bizarre !... Tu ne connais pas le meilleur ami de ton meilleur ami ? Car c'est ton meilleur ami, n'est-ce pas, ce Moshé ?... Vous êtes décidément des gens très particuliers... Enfin, fais-lui savoir que j'ai des nouvelles d'Ibn Ezra. Tu verras, il accourra aussitôt...

Ibn Rushd décida d'en avoir le cœur net. Il envoya un esclave chez Moshé, qui se présenta à l'entrée moins d'une heure plus tard. Ibn Rushd vint à sa rencontre dans le patio et lui rapporta sa conversation avec l'Anglais :

– Je ne sais pas du tout qui est cet homme. Il a une allure à la fois humble et menaçante. Je ne l'ai jamais rencontré et pourtant il m'est familier. Le plus étrange est qu'il dit avoir entendu parler de nous par Crémone...

– Impossible ! Crémone ignorait que je viendrais ici !

– C'est ce que je lui ai dit. Il prétend qu'il a une question à nous poser à tous deux de la part de Crémone. Au surplus, il affirme que Crémone lui aurait parlé d'un nommé Ibn Ezra... l'un de tes amis, paraît-il ?

– En effet, l'un de mes amis ! s'étonna Moshé. Mais Crémone et Ibn Ezra ne se sont jamais rencontrés ! Je n'ai vu Crémone qu'une seule fois, à Tolède, et j'étais seul. Quand j'ai quitté Ibn Ezra, à Narbonne, il partait pour Rome. Je lui ai dit que je me rendais à Fès ; peut-être est-ce par lui que Crémone l'a su ?

– Il faudrait pour cela que Crémone ait rencontré ton ami Ibn Ezra...

– Ce serait une incroyable coïncidence qu'ils se soient rencontrés quelque part et en soient venus à parler de moi !

– Allons lui poser toutes ces questions. Et méfions-nous : il ment, c'est certain. Mais pourquoi ?

Ils rejoignirent l'Anglais dans le salon. Ils le trouvèrent occupé à essayer de parler dans un mauvais berbère avec un jeune serviteur manifestement à son goût.

Moshé eut un choc : lui aussi fut à la fois stupéfait par la couleur de sa tignasse et sûr de l'avoir déjà rencontré quelque part. Et pas qu'une fois ! Mais où aurait-il pu le croiser ? Et comment avait-il pu oublier des cheveux pareils ?

Hastings le considéra d'un air méfiant :

– Tu es qui, toi ?

– Je suis Moshé ben Maymun.

Le visage du rouquin s'illumina :

– Ah, voilà : vous vous connaissez !

Il se tourna vers Ibn Rushd :

– Ce n'est pas correct de me l'avoir caché. Pas bien du tout...

Il parlait doucement, comme un policier en charge d'interrogatoire, ou un malade enfin rasséréné.

Moshé le dévisageait intensément :

– Nous nous sommes déjà rencontrés, n'est-ce pas ?

L'autre le regarda droit dans les yeux, avec défi :

– J'aurais aimé avoir cet honneur, mais je ne pense pas que nous nous soyons jamais trouvés dans la même pièce.

– J'aurais pourtant juré... Tu connais Crémone ? Et tu dis que Crémone a rencontré Ibn Ezra ? Où ? Comment ?

Le traducteur anglais laissa s'installer un long silence pendant lequel il suivit des yeux le serviteur venu apporter des fruits. Quand le jeune garçon fut ressorti, Hastings reprit posément :

– J'ai en effet rencontré Crémone, j'ai même été son élève.

Moshé songea aux élèves anglais de Crémone qu'il avait croisés à Tolède : en faisait-il partie ? L'autre continua :

– Ce fut une période... délicieuse. Quand je lui ai dit mon intention de passer à Fès, il m'a conseillé de vous y chercher, l'un ou l'autre ; et de vous demander si vous aviez trouvé ce qu'il vous avait envoyé chercher ici. Je ne sais ce que cela veut dire...

Moshé et Ibn Rushd s'entre-regardèrent. Moshé se dit qu'on ne pouvait exclure que Crémone eût cherché à savoir s'ils avaient mis la main sur le fameux livre. Et cet étrange rouquin, si antipathique qu'il parût, pourrait dire vrai lorsqu'il déclarait connaître Crémone. Moshé hasarda :

– Et comment veut-il que nous lui fassions connaître notre réponse ?

– Par moi... Je dois lui envoyer diverses choses à une adresse qu'il m'a donnée à Rome. Je transmettrai votre réponse avec.

Non, songea Ibn Rushd, Crémone n'avait pu prendre un tel risque. Il n'avait pu charger un inconnu de leur poser ce genre de question. Moshé pensa pour sa part que répondre de façon vague à une question vague ne les engageait à rien. Il allait le faire, mais Ibn Rushd lui fit signe de se taire.

– Je ne vois pas du tout ce dont tu veux parler, dit le jeune cadi.

– Non ? Toi non plus ? demanda l'Anglais en fixant Moshé.

– Moi non plus, répéta Moshé en regardant Ibn Rushd.

– Tu n'as donc aucune réponse à lui transmettre ? insista l'Anglais en ne lâchant pas Moshé des yeux.

– Non. Aucune.

– Même si je te dis que Crémone m'a aussi parlé de ton ami Ibn Ezra ?

Moshé se mit à trembler de tout son corps. La question, proférée d'une voix si douce, sonnait comme une menace.

– Et que t'en a-t-il dit ?

– Qu'il l'avait rencontré à Rome.

C'est bien peu vraisemblable, pensa Moshé, mais il demanda :

– Et alors ?

Hastings reprit de l'eau de rose, examina les fruits, en prit un qu'il reposa avant d'en saisir un autre, puis il murmura :

– Prépare-toi au pire...

– C'est-à-dire ? questionna Moshé, poignardé par l'inquiétude.

L'Anglais soupira, bâilla comme avant de s'acquitter d'une corvée, puis lâcha :

– Crémone m'a dit avoir rencontré ton ami à la bibliothèque Vaticane, si misérable depuis qu'elle a été pillée. Lui-même était en train d'étudier une exceptionnelle grammaire copte, quand il remarqua un homme très excité qui riait aux éclats dans la salle de travail. Ils étaient seuls. L'autre s'est excusé du bruit qu'il faisait, puis a expliqué à Crémone qu'il venait de faire une découverte extraordinaire qui allait bouleverser tout ce que les hommes pensaient de l'univers et des religions. Il ne pouvait en dire plus, sinon qu'il était très inquiet pour un de ses amis, Moshé ben Maymun, parti à Fès se jeter « dans la gueule du loup » et à qui il aurait dû conseiller, à Tolède, de se méfier, « de ne pas entrer dans le jeu de la pièce d'or ». Ibn Ezra aurait aussi déclaré à Crémone que « si un jour il obtenait la preuve absolue de ce qu'il venait de découvrir, toute l'histoire humaine s'en trouverait bouleversée ». Crémone n'a rien compris à ces délires. Le lendemain, il a appris qu'Ibn Ezra s'était suicidé en se jetant dans le Tibre.

– Suicidé ! hurla Moshé. Lui ? Impossible !

– Je suis navré, souffla Hastings, mais c'est ainsi.

– Il n'aurait jamais fait ça ! s'exclama Moshé.

– Tu ne peux pas savoir, murmura Ibn Rushd. Le suicide vient comme une bouffée : un instant après, il aurait peut-être pris une autre décision.

– Non, c'est impossible, répéta Moshé. Il ne s'est pas suicidé. Quelqu'un l'aura assassiné, lui aussi ! Pourquoi ? Oui, pourquoi ? répéta-t-il comme pour lui-même.

– Tu as de la peine, le juif ? grinça l'Anglais. Tu as de la peine... Mais cela ne fait peut-être que commencer... Car on ne saurait exclure que ce suicide soit lié à ce que tu es venu chercher ici... Mais je n'ai pas à m'en mêler : ce sont là vos affaires. J'ai transmis le message de Crémone ; je puis retourner à mes propres affaires. Nous nous recroiserons sans doute un jour, puisque nous habitons la même ville. La paix soit avec vous !

Hastings s'inclina d'une brusque révérence et sortit, les laissant à leur stupeur. Qui était-ce ? Pourquoi cet air ouvertement hostile ? Comment pouvait-il être un ami de Crémone ? Par quelle coïncidence Crémone aurait-il pu rencontrer Ibn Ezra à Rome ? Avait-il vraiment pu parler à cet Anglais d'Ibn Ezra ? Et si celui-ci était mort, qui l'avait tué ? Car il ne s'était évidemment pas suicidé.

Deux jours plus tard, le palais confirma l'une des nouvelles apportées par l'Anglais : le calife, le grand Abd el-Mumin, se mourait à Cordoue. Fès parut se réjouir tout entière. Les tavernes restèrent ouvertes plus tard qu'à l'ordinaire ; le vin fit sa réapparition, même si peu de gens osèrent en boire ouvertement à la santé du prochain calife. Le gouverneur, ne sachant dans quel sens le vent allait tourner, laissa faire.

Dans le *mellah*, on se prit à murmurer que le successeur allait rendre à chacun tous ses droits. Bien des familles venues quelques années plus tôt de Cordoue commencèrent à espérer pouvoir vendre correctement leurs échoppes ou leurs champs et se préparer à repartir en Andalousie. D'aucuns pensaient même que les juifs qui avaient été obligés antérieurement à se convertir allaient pouvoir redevenir ouvertement juifs en plaidant que leur conversion à l'islam avait été extorquée. David songea qu'il avait appris en pure perte à lancer des couteaux et à manipuler des sabres.

Une semaine après, un grand cri retentit dans la mosquée. Tous les muezzins se mirent à psalmodier. Un cavalier épuisé avait apporté la nouvelle relayée de poste en poste : le calife était mort huit jours plus tôt. Son fils, Abou Yacoub Yousouf, lui succédait. Le peuple prit le deuil et des milliers d'habitants traversèrent la ville en se martelant la poitrine. Le gouverneur, ses conseillers, les plus grands marchands, les principaux professeurs s'enfermèrent pour d'interminables conciliabules, échafaudant des plans et étudiant la meilleure façon de plaire au nouveau maître.

Trois jours plus tard, on apprit que Yousouf avait confirmé Ibn Tufayl au poste de Premier ministre. Deux semaines passèrent ; de grandes fêtes eurent lieu dans toutes les villes de l'Empire pour célébrer l'avènement du nouveau souverain. À Fès, la communauté juive organisa une procession à travers la ville, applaudie par le reste des Fassi ; chacun se réjouissait de pouvoir se rendre à nouveau ouvertement aux fêtes les uns des autres.

Puis tomba la pire des nouvelles : le nouveau calife ordonnait une application stricte et littérale du Coran. Yousouf n'admettrait aucune liberté en matière de foi et se voulait l'ennemi de toute déviance. Il exigeait que tout document officiel portât en guise d'en-tête la mention « Louange à Dieu ! » Il se réservait dans tout l'Empire le droit de condamner à mort. Il rappelait qu'il n'avait jamais cessé de considérer Ibn Tumart comme son maître à penser, bien que son père en eût quelque peu négligé les commandements. Et que, pour lui « le raisonnement n'a pas place dans la Loi divine ». C'était une condamnation sans appel du droit à philosopher, à raisonner et à se livrer à la science. Yousouf décréta encore que ceux des musulmans qui n'accepteraient pas ces principes seraient considérés comme des mécréants à l'égal des juifs et des chrétiens. La guerre sainte, disait-il, n'était pas seulement dirigée contre les flottes des rois chrétiens, mais aussi contre les cavaleries des ultimes rebelles musulmans et contre tous ceux qui refuseraient d'appliquer à la lettre les préceptes du Coran.

Dans ce qu'il restait de communautés juives, ce fut un complet désarroi ; après avoir cru que les heures glorieuses allaient revenir, voilà qu'il fallait de nouveau et plus que jamais se tenir prêt au pire. À Fès, les notables musulmans qui, quelques jours auparavant, avaient applaudi au passage de la procession juive, refusèrent de recevoir les dirigeants de la communauté. À l'office du vendredi soir, Ibn Shushana enjoignit à tous de fuir, non pas l'islam, mais un dictateur qui détournait la vérité de l'islam. Lui, pour sa part, ne partirait pas, ne se convertirait pas, mais il ne demandait à personne de suivre son exemple.

La panique gagna la ville quand le gouverneur annonça l'arrivée imminente au Maroc du Premier ministre, Ibn Tufayl, chargé par le jeune monarque de mettre en œuvre la nouvelle doctrine.

Ibn Rushd était à la fois stupéfait et terrorisé : comment le prince qui lui avait demandé de faire connaître Aristote pouvait-il être devenu un intégriste ? et comment son conseiller, si ouvert, lui avait-il emboîté le pas ? L'un et l'autre avaient-ils peur ? Mais de quoi ? de qui ? Qui détenait le vrai pouvoir si ces deux-là n'étaient que des marionnettes ? Et lui qui avait fait preuve de tant d'audace dans ses cours, il figurerait certainement sur la première liste des condamnés.

David mobilisa ses amis : pas question de se laisser massacrer sans réagir. S'il le fallait, autant mourir au combat comme à Massada, en Israël, douze siècles plus tôt ! Il en parla à Moshé, en lui dévoilant ses talents dans le maniement des armes : il plaça une cible à plus de trente pas et y lança dix couteaux d'affilée, tous en plein cœur, sans la moindre défaillance.

Moshé le calma : ils partiraient au plus vite. Sans avoir à se battre, pensait-il ; en enlevant Leïla s'il le fallait ; et sans attendre son père. Il se précipita chez elle pour lui proposer de le suivre.

Devant la grande maison, il trouva des colosses inconnus aux yeux bridés, vêtus d'un pantalon bouffant, de bottes montantes et d'une étrange toque de fourrure, qui montaient la garde. Ils lui ouvrirent le passage, comme s'ils l'attendaient, et le guidèrent jusqu'au premier patio. Le sol était jonché de malles dont débordaient tapis de soie, statues d'ivoire, tissus brodés, bijoux d'or, pierres précieuses, lampes d'opale. Leïla, qui portait son hijab, vint lui confirmer ce qu'il avait déjà compris : son père venait de rentrer au bout de près d'un an d'absence ! Et il avait aussitôt demandé à voir Moshé et Ibn Rushd. Elle lui étreignit très fort la main, l'air préoccupé, et le laissa monter à l'étage, escorté de deux gardes.

Dans le grand salon, Moshé aperçut Ibn Rushd encadré par deux autres gardes. Les deux hommes échangèrent un regard d'appréhension. Ils avaient eu la même pensée : l'un d'entre eux ne sortirait sans doute pas vivant de cette pièce.

Quelques instants plus tard, le vieux marchand fit son entrée et s'assit sur des coussins tout en invitant ses deux hôtes à l'imiter. Il semblait avoir quelque peu vieilli, mais ses yeux clairs étaient toujours aussi intenses. Il dit d'une voix lente :

– Que la paix soit avec vous ! Leïla m'a rapporté que vous aviez tous deux pris souvent de mes nouvelles. C'est bien. J'ai fait un long voyage, largement à cause de vous. J'ai dû aller à la rencontre de plusieurs personnes en divers pays. Nous avons tiré la conclusion que quelque chose n'allait pas au sein de notre confrérie... Tout se passe comme si elle était infiltrée par quelqu'un qui chercherait à nous tuer tous l'un après l'autre. Quelqu'un qui aurait un tétradrachme, mais qui ne posséderait pas le livre et tuerait pour l'avoir. En vain, heureusement, pour l'instant. Tous ont pensé que l'infiltré ne pouvait être que l'un de vous deux ; car des autres nous sommes sûrs. L'un de vous deux est donc un usurpateur conscient ou un naïf manipulé. Dans l'un ou l'autre cas, il mourra. Et je pense savoir qui il est.

Il regarda Moshé et ajouta :

– Ma décision ne dépend pas de ma religion. Ni de la vôtre. Il serait temps d'aller au-delà de ces enfantillages. C'est d'ailleurs tout le sujet de cette histoire. Non, ma décision ne dépend que de votre réponse à trois questions. Celui que je choisirai recevra le livre, et les autres membres de la confrérie se feront connaître à lui. L'autre...

Il marqua une pause, puis reprit :

– Récapitulons. L'un comme l'autre, vous ne pouvez me dire qui vous a remis le tétradrachme que vous possédez. Cela, je le comprends : telle est notre règle. Mais vous m'avez l'un et l'autre parlé de ce qui vous est advenu ensuite. Toi, Ibn Rushd, tu aurais été envoyé vers moi par Gérard de Crémone ?

– Pas exactement : il m'a demandé d'aller soit à Fès pour te voir, soit à Narbonne pour voir un dénommé Albéric de Montpas. J'ai préféré venir ici, la destination étant moins risquée pour un musulman. Mais je n'ai pu le faire sur-le-champ, n'ayant pas obtenu le droit de quitter mon poste à Ceuta.

– Quant à toi, Moshé, tu aurais eu à passer par davantage d'étapes. Crémone t'aurait envoyé, prétends-tu, vers un certain Ibn Tibbon, qui t'aurait expédié vers Ibn Shushana, qui t'aurait envoyé vers moi. C'est bien ça ?

– Pas exactement. Crémone m'a aussi donné le choix entre deux contacts : l'un à Fès, l'autre à Narbonne. Deux autres que ceux qu'il a désignés à Ibn Rushd. Il m'a parlé d'Ibn Shushana à Fès, et c'est moi qui ai préféré me rendre à Narbonne pour voir Ibn Tibbon, car cette région me paraissait moins dangereuse pour un juif que le Maroc. Et c'est Ibn Tibbon qui m'a adressé à Albéric de Montpas.

– Tu es venu ensuite ici parce qu'Albéric était mort sans te remettre le livre ? Très bien. Tout cela, je l'ai vérifié. Tout est vrai, même si nous ne savons pas qui a tué Albéric de Montpas.

Un long silence s'installa, puis le marchand reprit :

– Nous pensons que l'infiltré aurait dû être détecté par nous avant même d'entrer en possession du tétradrachme. Et qu'il ne l'a pas été parce que les questions qui auraient dû vous être posées ne l'ont pas été : Crémone vous a révélé des choses qu'il n'aurait jamais dû vous laisser connaître.

– Des questions ? s'enquit Ibn Rushd. Quelles questions ?

– Nul ne peut entrer définitivement dans notre groupe sans avoir répondu de façon satisfaisante à trois questions. Depuis que notre confrérie existe, ces trois questions nous ont toujours permis de vérifier si celui à qui nous nous confiions en était digne. Et nous pensons que l'un de vous deux n'est pas préparé à répondre à ces questions.

Moshé et son ami s'entre-regardèrent avec angoisse. Les géants chinois barraient toutes les issues. Al-Kindi reprit :

– Voici mes questions. Répondez-y vite, naturellement, grâce à ce que vous savez, aussi longuement que vous voulez. Retrouvez au fond de votre mémoire la réponse qui convient le mieux, sans chercher à deviner ce que j'ai envie d'entendre. Voilà qui est clair ?

Les deux hommes hochèrent la tête.

– Première question : Qu'est-ce qui, selon vous, oppose les trois monothéismes ?

Tous deux écarquillèrent les yeux ; ils s'attendaient à des questions bien plus précises, liées à leur histoire. Ils ne comprenaient pas quelle relation cette question théologique élémentaire pouvait avoir avec le fameux manuscrit. Pourtant, Moshé se dit qu'il avait déjà entendu poser cette question, exactement en ces termes. Mais où ?

– Nous n'avons pas de différences religieuses, murmura-t-il comme si un automate parlait en lui. Nous croyons aux mêmes choses. Pour les juifs comme pour l'islam, Dieu est le créateur du ciel et de la terre. Il se révèle aux hommes et établit des relations avec eux. Il prend soin d'eux et Se soucie de leurs comportements. Il leur enseigne comment il convient de vivre. Il les juge en fonction de leurs actes et de la manière dont ils obéissent à Ses instructions. Neuf des principes du judaïsme sont d'ailleurs compatibles avec l'islam : croire en l'existence d'un Créateur ; en Son unité ; en

Son incorporéité ; en Son éternité ; en Son droit à un culte ; en la parole des prophètes ; en la révélation de la Loi à Moïse sur le Sinaï ; en l'immuabilité de la Loi révélée ; en l'omniscience de Dieu. Mais pour nous, en outre, Moïse est le plus grand des prophètes alors que Mahomet n'en est pas un. Car un prophète doit savoir lire, et Mahomet ne savait pas ; de plus, les prophètes guident les peuples sans en être les chefs militaires, alors que Mahomet l'était. Pour nous, juifs, Mahomet n'était qu'un humain investi d'une mission divine, comme Jésus, ou Marie, ou Cyrus, roi des Perses, rien de plus ; un homme qui marche, vit et mange comme les autres hommes. Par ailleurs, pour nous, le mal c'est l'ignorance, alors que pour l'islam c'est l'inhumanité. Satan, en hébreu, c'est le divagant, alors que, pour l'islam, Satan est un djinn jaloux des hommes. De surcroît, à notre avis, le Coran est truffé de contradictions : par exemple, il fait vivre Aman, qui est dans le livre d'Esther, à l'époque de Pharaon ; il confond Marie, mère de Jésus, avec Myriam, sœur de Moïse et d'Aaron ; en le nommant Issa, il mélange Jésus avec Esaü, l'un des fils d'Isaac. Enfin, selon le Coran, c'est Ismaël qui aurait dû être sacrifié, et non Isaac. Malgré cela, l'islam est pour nous le plus pur des monothéismes et je nourris le plus grand respect pour lui. Il n'en va pas de même pour le christianisme qui n'est pas, selon nous, un monothéisme.

Sans un mot, le marchand se tourna vers Ibn Rushd et le fixa. Le jeune cadi commença d'une voix tendue :

– Je ne comprends pas l'intérêt de la question, mais voici ma réponse : Nous avons nous aussi le plus grand respect pour le judaïsme, religion parfaite. Celle que voulait Mahomet, l'islam, est si proche du judaïsme que les idolâtres de Médine se sont empressés de reconnaître la pensée du Prophète avant que les juifs ne s'en emparent. De plus, le nom d'Abraham apparaît soixante-neuf fois dans le Coran et dans vingt-cinq sourates. Mais, avec les juifs, nous n'avons pas la même conception de l'identité de Dieu : pour nous, Dieu est lumière ; pour eux, il est abstraction. De plus, l'islam est universel ; il ne passe ni par un peuple, comme pour les juifs, ni par un homme, comme pour les chrétiens. Tous les hommes sont égaux devant lui et je crois en la *Shu'ubiyya*, c'est-à-dire en l'égalité de tous les musulmans. Pour nous, la création du monde suffit à révéler Dieu ; nous n'avons nul besoin d'attendre un Messie. Le Coran est le seul miracle du prophète Mahomet, l'ultime expression de Dieu. Plus encore, il est le seul signe véritablement prophétique. S'il a été écrit d'une façon spécifique, c'est parce qu'il a été envoyé au peuple arabe qui avait été privé des autres révélations. À preuve, ce verset coranique : « Tu es un des messagers envoyés à un peuple dont je n'avais pas averti les ancêtres. » C'est pourquoi le Coran doit être interprété à l'intention des autres peuples. Ghazali a compté soixante-dix mille interprétations possibles de chaque verset du Coran. D'autres philosophes parlent de plus de trois cent mille ; d'autres encore, de deux millions quatre cent mille. Pour moi, comme pour Moshé, le christianisme – pour lequel j'ai le plus grand respect – n'est pas un monothéisme. Les chrétiens disent que le Christ est la greffe d'une branche d'olivier sauvage sur l'olivier du judaïsme : mais pourquoi greffer quelque chose sur un arbre sain ? Ils disent aussi que Jésus est venu « racheter » la douleur du monde : mais y aurait-il un marché de la douleur ? Pour nous, Jésus, fils de Marie, n'est pas mort sur la croix, mais s'est élevé vivant auprès de

Dieu, son retour étant annoncé vers la fin du monde ; il fait partie des prophètes avec Adam, Seth, Noé, Abraham, Ismaël, Moïse, Lot, Salih, Houd, Shu'ayb et Mahomet. Notre religion est donc, à mon sens, supérieure à toutes les autres, mais elle n'a pas vocation à dominer les autres.

Al-Kindi les regarda alternativement sans qu'un quelconque mouvement de ses traits pût être interprété comme une approbation ou un rejet de ce qu'il avait entendu. Au bout d'un long silence, comme s'il avait voulu tout assimiler de ce qu'ils avaient répondu, il reprit :

– Continuons. Deuxième question : Qu'est-ce qui peut faire disparaître l'univers ?

Quelle étrange question ! pensa Ibn Rushd, que le marchand dévisageait avec intensité. Comment cela pouvait-il l'aider à détecter un imposteur ? Moshé, lui, avait compris : la question lui rappelait son oncle Eliphar ! Il la lui avait posée, il en était à présent certain. Et il lui avait inculqué une réponse qu'il débita à toute allure :

– L'univers disparaît si Dieu cesse d'y penser. Dieu a voulu l'univers à un certain moment et Il pourrait cesser de le vouloir. Mais si, comme d'aucuns le croient, l'univers existe de toute éternité, indépendamment de Dieu, alors le Seigneur pourrait aussi le faire disparaître. Il y a en effet des indices, dans la Genèse, qui pourraient laisser croire que la matière existait avant la création du monde ; il est donc possible que la matière comme le temps soient éternels ; cela n'empêcherait pas Dieu d'y mettre fin, simplement en cessant d'y penser.

– Et pour toi, Ibn Rushd, qu'est-ce qui peut faire disparaître l'univers ?

– Rien, répondit le cadi, aucune action ne peut avoir d'effet sur ce qui n'a pas de commencement. Je menace parfois mes élèves de la disparition de l'univers, mais je n'y crois pas. Dieu ne peut faire disparaître quelque chose qu'Il n'a pas créé. Car Dieu, principe de tout mouvement, n'a créé ni la matière, éternelle, ni les formes, ni le temps ; car rien ne peut passer du néant à l'être. L'Un ne peut produire que l'Un. Dieu transmet Son esprit à l'univers. Il ne le crée pas. Il crée la Première Intelligence d'où émanent ensuite les Intelligences de toutes les sphères célestes, la plus humble de celles-ci étant l'esprit humain, l'humanité pensante. Si Dieu cesse de le penser, l'univers ne disparaît donc pas, il devient autre, il se vide, il n'est plus intelligible par l'esprit humain, conçu pour avoir conscience du monde pensé par Dieu. Si Dieu cesse de penser l'univers, Il pourrait aussi vouloir qu'un esprit autre que le nôtre le pense autrement. Pour cet esprit, il n'y aurait ni temps ni matière. La science, qui existe parce que Dieu laisse l'homme la penser, existerait alors différemment, tout comme elle existait sans doute autrement avant que les humains ne la pensent. La science est ainsi une façon d'expliquer l'univers propre à la condition humaine. Elle ne peut donc nous dire comment faire disparaître l'univers.

Al-Kindi restait impassible, regardant loin, plus que loin devant lui. Il reprit :

– Voici la troisième question : La vérité aurait-elle pu être révélée à d'autres qu'à vos prophètes ?

– Bien sûr ! se hâta de répondre Ibn Rushd qui pensait avoir compris où voulait en venir le marchand. La même vérité a été révélée au prophète Mahomet par l'ange Gabriel et à des philosophes par une émanation de Dieu : l'intellect agent, lumière divine, expression du verbe divin.

– Bien, très bien, murmura Al-Kindi.

Ibn Rushd, songeant à ce qu'il croyait savoir du livre secret, continua :

– La philosophie, la science sont une manière d'accéder aux processus de maintien en état de l'univers ; et la raison ouvre aux hommes l'accès aux mêmes vérités que celles que les prophètes ont reçues de Dieu.

– Et toi ? demanda Al-Kindi en se tournant vers Moshé.

Celui-ci avait deviné la question avant même que le marchand ne la pose. Et il récita sans hésiter ce que son oncle lui avait appris à ce sujet :

– Dieu se révèle à différents peuples de différentes manières, et à travers différentes révélations qui correspondent à leurs tempéraments, leurs habitudes, leurs cultures. Il peut donc y avoir un jour des prophètes non juifs.

– Se peut-il qu'aient existé des prophètes qui n'aient été ni juifs ni musulmans ? reprit lentement Al-Kindi.

Moshé pensa de nouveau à ce que lui murmurait jadis son oncle et ajouta :

– Selon le Talmud, depuis la destruction du Temple, seuls les enfants et les fous peuvent être prophètes. Mais je connais quelqu'un qui parlait parfois comme les prophètes sans en être un.

– Qui ? insista Al-Kindi.

Moshé considéra Ibn Rushd, hésita, puis se hasarda là encore à citer Eliphar :

– Aristote. Sa *Physique* semble sortie du premier chapitre de la Genèse, et sa *Métaphysique* s'inspire directement du premier chapitre d'Ézéchiel...

Imperturbable, Al-Kindi murmura :

– Les faux prophètes sont des aveugles contraints de s'appuyer à la poignée des portes. Et la gloire de Dieu est de cacher la vérité... Et toi, qu'en dis-tu ? lança-t-il à Ibn Rushd.

Malgré ce qui pouvait passer pour une mise en garde, Ibn Rushd répondit :

– L'aveugle se détourne de la fosse où le clair-voyant se laisse tomber. Seule la révélation du Coran est prophétique. Philosophie et religion doivent être maintenues chacune dans leur sphère, ce qui est la condition de leur accord. Et je ne connais aucun homme plus près d'être un prophète qu'Aristote, car il n'y a eu personne de plus parfait parmi les hommes.

– Vous pensez donc l'un et l'autre qu'Aristote n'aurait pas pu être un prophète ?

– Impossible ! répondit Ibn Rushd. Mais, même si le Grec n'est pas un prophète, la vérité émane parfois de lui et il nous faut alors la recevoir avec joie. Car le nom du propriétaire de l'instrument du sacrifice n'influe pas sur la validité du sacrifice.

– Voilà une bien étrange comparaison ! sourit le vieux marchand.

– Je veux dire : ce n'est pas l'instrument qui compte, c'est le résultat, reprit Ibn Rushd. De plus, en tuant le bouc émissaire, le bourreau maintient l'ordre social. Sacrifier ou dire le vrai est donc la même chose : c'est mettre de l'ordre. Le rôle de la raison est de mettre de l'ordre dans le monde, puisque Dieu n'a pu créer qu'un monde ordonné. Ainsi, le but de la philosophie, comme celui des mathématiques et du droit, est d'accumuler du savoir sur l'œuvre de Dieu, et d'éliminer la violence.

Le marchand regarda l'un après l'autre les deux

jeunes gens, se servit une coupe d'eau de rose, puis murmura :

– Je vous remercie. Je sais maintenant lequel d'entre vous deux est un imposteur. L'autre recevra le livre le plus important à avoir jamais été écrit par un être humain. Je vais à présent devoir réunir quelques amis pour décider de ce que nous allons faire. Entre-temps, vous m'attendrez ici.

Il fixa Moshé et ajouta :

– Si je ne reviens pas, je te désigne pour t'occuper de Leïla.

Al-Kindi sortit en laissant, anxieux, les deux hommes sous la garde des colosses chinois.

Au même moment, en cette nuit du dix-huitième jour du mois de Muharram, jour de l'Achoura – jeûne célébrant à la fois le repentir d'Adam chassé du paradis, le salut de Noé et la libération des enfants d'Israël de l'oppression de Pharaon –, Ibn Tufayl entra discrètement dans Fès avec quelques-uns de ses principaux généraux. Il réunit sur-le-champ les hauts responsables de la ville, leur expliquant qu'il ne pouvait plus tolérer les avantages scandaleux dont les *Ahl al-Kitab*, les gens du Livre, juifs ou chrétiens, avaient bénéficié jusque-là. Il fallait y mettre bon ordre. Il avait appris en particulier que dans certaines maisons de la ville se tenaient des cérémonies religieuses réservées à des musulmans convertis en secret au judaïsme ou à des juifs convertis à l'islam mais n'ayant pas renoncé à leur première religion. Or de pareils comportements étaient passibles de mort.

En quittant son bureau, les officiers réunirent leurs troupes. Des cavaliers firent irruption dans le *mellah* ; des soldats enfoncèrent des portes, réveillèrent des familles. Ils visitèrent en particulier la maison d'Al-Kindi et furent surpris d'y rencontrer deux jeunes hommes à qui rien ne pouvait être reproché. Ils fouillèrent les meubles, les malles – en vain. Ils perquisitionnèrent ainsi toutes les habitations et allaient repartir bredouilles quand l'un des soldats remarqua un étrange renfoncement dans le mur d'une des plus pauvres masures du *mellah*. Derrière un rideau, on découvrit un étroit passage débouchant à son tour sur un boyau assez long, lequel finissait par ouvrir sur une vaste pièce souterraine au sol recouvert de sable pour étouffer le bruit des pas. Là était aménagée une magnifique synagogue illuminée comme en plein jour. Une dizaine de personnes y étaient assemblées. Parmi elles, le rabbin Ibn Shushana, deux importants négociants de la vieille ville, l'un des ulémas les plus influents, le traducteur anglais William Hastings et un marchand à peine revenu de voyage, Al-Kindi. William Hastings cria et pleura, expliquant qu'il était là par simple curiosité, qu'il avait des relations haut placées et qu'il n'avait rien à voir avec ces gens-là. Al-Kindi tenta de s'enfuir par un souterrain qui parut s'ouvrir sous ses pieds. Vite rattrapé, il fut battu par les soldats, grièvement blessé et emmené avec les autres dans les sous-sols du palais d'où, disait-on, jamais personne n'était ressorti vivant.

Chapitre 6

8 avril 1165 : l'exécution de la Madrasa Bou Annania

14 Nissan 4924 – 13 Jumada 559

Partout dans le monde, l'hiver fut désastreux pour les juifs. Dans une Europe ruinée, mal remise de la déroute de la deuxième croisade, les appels du pape Alexandre III à une troisième expédition résonnaient dans le vide. En France, en Angleterre et en Allemagne, les communautés étaient massacrées ou expulsées. Certaines se réfugièrent en Pologne, d'autres en Égypte, à Constantinople et en Castille. Pris entre les deux monothéismes conquérants, les rares juifs de Palestine étaient traités comme des sous-hommes. Le sort des communautés d'Alep, de Bagdad, de Mossoul, de Damas, de Kaboul, du Yémen n'était guère meilleur. De Fès à Kairouan, de Marrakech à l'Andalousie, la situation dans l'Empire almohade était critique : le nouveau calife venait de décréter que tous les juifs devaient immédiatement se convertir ou quitter ses terres sans avoir le droit de vendre aucun de leurs biens.

À Fès, la rafle de l'Achoura avait produit une terrible impression sur les derniers milliers de juifs fassis. Beaucoup maudissaient l'Éternel Tout-Puissant de les avoir abandonnés dans cette nasse ; ils disaient qu'ils n'avaient pas mérité pareille avanie, qu'ils avaient toujours prié et que le Seigneur, devenu injuste et ingrat, les avait oubliés aux mains de Ses nouveaux favoris. Beaucoup se convertissaient. David et ses compagnons se préparaient à mourir les armes à la main en luttant contre la soldatesque du calife. Un illuminé qui se faisait passer pour le Messie assurait à ceux qui le suivraient la protection contre la mort, l'assurance de l'immortalité sans avoir besoin de se convertir. Dans un sermon prononcé à la grande synagogue, Moshé le dénonça comme un escroc : il ne pouvait être le Messie, car celui-ci ne pourrait rien contre un tyran, encore moins accorder aux hommes l'immortalité. Cet individu ne méritait donc que la prison ou l'asile, puisqu'il était un charlatan ou un fou. Moshé rappela qu'il ne fallait rien attendre du Ciel, ni obéir à la Loi par intérêt, ni en vouloir à Dieu des malheurs qui venaient à frapper les hommes. Dieu, expliqua-t-il, n'était pas au service du monde ; c'était l'homme qui était au service de Dieu. La foi devait donc être totalement désintéressée, et l'exercice de la justice, de la vérité et de l'amour trouver en soi sa récompense.

Au lendemain de la rafle, Leïla se précipita au palais du gouverneur pour tenter d'obtenir des nouvelles de son père. Il la renvoya en la priant de se montrer plus discrète si elle ne voulait pas qu'on s'intéressât à son propre cas : était-elle vraiment certaine d'être bonne musulmane ?

Ibn Rushd, qu'elle supplia d'intervenir, ne parvint pas à être reçu par Ibn Tufayl. Il apprit seulement que les prisonniers avaient été conduits dans les sous-sols du palais du gouverneur ; ils y avaient été interrogés par Ibn Tufayl en personne qui leur aurait proposé sa grâce au bout d'un an d'esclavage s'ils se convertissaient. Plusieurs auraient accepté et été envoyés sur-le-champ dans les mines du Sud. William Hastings devait faire partie de ceux-là, mais, d'après ce que le jeune cadi avait appris, il semblait ne pas avoir survécu aux interrogatoires et son corps aurait été inhumé dans l'enceinte même de la prison. Ibn Shushana aurait pour sa part refusé la conversion et préféré attendre le supplice. Ibn Rushd n'était pas parvenu à savoir ce qu'était devenu Al-Kindi, blessé en tentant de s'évader.

David proposa à Moshé de lancer une expédition contre le palais afin de libérer les prisonniers. Moshé refusa : cela ne ferait qu'accroître le nombre de victimes. Il s'inquiétait de la violence de son frère et de ses hommes, dont les agissements risquaient de se retourner contre la communauté.

Un peu plus tard, le gouverneur fit savoir que le rabbin serait exécuté s'il persistait dans son attitude, à moins que les juifs ne paient dix mille maravédis pour sa libération. Somme énorme, impossible à réunir. Les chefs de famille se rassemblèrent dans la synagogue et firent le compte de ce dont ils disposaient : le maximum qu'ils pouvaient offrir, même en mettant en danger la survie de leurs propres familles qui se préparaient à partir, était six mille deux cents maravédis. Ils les proposèrent au gouverneur, qui refusa : dix mille ou rien, et dans trois mois au plus tard. Il ne restait plus qu'à rechercher ailleurs le soutien de juifs. Mais où ? Les seuls encore à l'aise dans la région se trouvaient à Tolède, où la situation s'était stabilisée. Trois mille cinq cents maravédis : c'était dans leurs moyens. Il fallait envoyer une délégation pour les en convaincre. Mais l'accès à Tolède était difficile : on devait remonter en bateau jusqu'à Barcelone, et faire vite !

Il fut décidé de dépêcher un messager, porteur d'une lettre pour Abdul Hassan Yéhoudah, chef de la communauté et haut dignitaire à la cour de Castille. La missive fut rédigée par Moshé, qui choisit son frère pour l'acheminer : parce que David savait mieux que personne parler argent, et parce que, avec ses compagnons, il était le mieux préparé à traverser des régions hostiles.

Moshé écrivit ce qui suit :

« ... Que Dieu vous protège sous Ses ailes et vous bénisse en raison de votre action passée en faveur de captifs. Notre très honoré frère, David ben Maymun – que le Seigneur le garde ! –, est porteur d'une missive qui doit être lue en public. Lorsqu'il sera donné lecture de cette missive, veuillez, mes chers frères, lui accorder toute l'attention qu'elle requiert, et vous aurez ainsi accompli une action méritoire. Agissez ainsi que nous avons agi, nous autres juges, anciens et savants. De jour comme de nuit, nous nous rendons auprès des uns et des autres afin de solliciter la générosité de nos frères, à la synagogue, dans les maisons, le bazar, pour contribuer à cette noble entreprise. Nous-mêmes avons apporté notre propre contribution suivant nos moyens. Vous devez imiter cet exemple pour libérer notre captif et faire preuve de générosité. Dès que la grâce divine et votre bonté propre vous auront permis de réunir ces fonds, ayez l'obligeance de les faire parvenir par le truchement de notre estimé frère David qui est mentionné ci-dessus. Je sais que point n'est besoin de vous rappeler vos devoirs. Puisse le Seigneur – qu'Il soit exalté ! – ne jamais vous précipiter dans

la détresse, mais au contraire vous protéger et veiller sur vous dans Sa grande bonté. Que votre quiétude dure à jamais ! »

Deux mois passèrent. Dans le désordre général, les juifs de Fès reçurent une missive en provenance des rabbins de Narbonne, leur recommandant de choisir la mort plutôt que la conversion. Ce fut un grand choc : si, loin d'ici, des rabbins pensaient comme leur maître Ibn Shushana, peut-être avaient-ils raison ? Et tous de sangloter. Moshé s'indigna de ce conseil prodigué par des gens qu'il connaissait bien et qui ne risquaient rien. Il se souvint du jour terrible, seize ans plus tôt, où son père avait eu à parler sur le même sujet dans la grande synagogue de Cordoue. Avec son père affaibli à ses côtés, il expliqua que la vie était le plus sacré des biens et qu'il ne fallait pas condamner ceux qui devaient se convertir de force. Il ajouta même, que si l'on y était forcé, il fallait se convertir sans crainte, car l'islam était, lui aussi, un monothéisme et les mosquées, faites de pierre et de bois, ne renfermaient pas d'idoles, à la différence des églises catholiques. Naturellement, il fallait ensuite fuir dès que possible. Il ne fallait se résoudre à la mort que si la fuite était impossible et si l'oppresseur voulait contraindre les convertis à transgresser un devoir moral, comme cela avait été le cas sous Nabuchodonosor, quinze siècles plus tôt. Ce n'était pas le cas ici : les Almohades n'exigeaient pas des juifs de Fès, même convertis, qu'ils allument le feu le samedi ou mangent le jour de Kippour. Si cela advenait, et si la fuite était impossible, alors oui, il faudrait envisager la mort.

Des juifs convertis vinrent parler des vertus apaisantes et universelles de l'islam, « le plus pur des monothéismes », affirmaient-ils en répétant ce qu'avait souvent dit Moshé. D'aucuns chuchotèrent qu'une conversion de façade n'était pas risquée puisque, pour rester juif, il suffisait de réciter quelques prières, même en les abrégeant, et de se montrer charitable. Certaines familles, incapables d'imaginer leurs vies ailleurs et d'abandonner leurs rares biens, décidèrent de se convertir sans esprit de retour et de devenir de bons musulmans.

La plupart résolurent de partir en abandonnant tout. Des marchands musulmans vinrent leur proposer de prendre en charge leurs biens ; ils les leur restitueraient à coup sûr dès que tout se calmerait. Car le point sur lequel tout le monde s'accordait était que tout cela ne durerait pas : quand le nouveau calife se rendrait compte du rôle essentiel que les communautés juives et chrétiennes jouaient dans la puissance de l'Empire, il reviendrait vite à la raison et les ferait rentrer.

Les jours passèrent ; tous étaient surpris de ce qu'Ibn Tufayl, le Premier ministre, parût s'éterniser dans la ville. Ibn Rushd s'étonna qu'il ne demande pas à le voir, pour récupérer le tétradrachme et réclamer le manuscrit à jamais perdu. Le vieux Maymun n'était plus que l'ombre de lui-même, il restait dans la maison à regarder par la fenêtre en attendant le retour de David, sans penser à rien d'autre. Moshé, lui, passait beaucoup de temps avec Leïla, qui désespérait d'obtenir des nouvelles de son père. Il semblait que le marchand s'était volatilisé.

Une nuit, Moshé rêva de David : il se trouvait à bord d'un bateau, pris dans une tempête. Il criait, pleurait, priait, appelait son père et son frère à la rescousse, les suppliant de venir le chercher, puis se noyait.

Moshé se réveilla en sueur.

Un peu plus de deux mois après la rafle, le grand vizir vint lui-même ramener à Leïla le corps de son père. Le marchand, expliqua-t-il, venait de mourir des suites des blessures qu'il avait essuyées, malgré tous les soins qu'Ibn Tufayl lui avait fait prodiguer par les meilleurs médecins dont lui-même. C'était d'ailleurs pour cette raison qu'il était resté à Fès le soigner. Il ajouta qu'il venait de faire exécuter les soldats responsables de cet excès de zèle. Le marchand était le dernier qu'il aurait voulu voir disparaître. C'était un homme d'exception, qui savait tant de choses... Après un long silence, Ibn Tufayl reprit : elle-même n'avait-elle jamais entendu son père parler de monnaies grecques ? Non... Et d'Aristote ?... Non, le marchand devait sûrement garder ça pour lui... Savait-elle au moins où il cachait ses objets les plus précieux ? Elle devrait lui faire visiter la demeure en détail si elle ne voulait pas que ses hommes la mettent à sac.

Écrasée de chagrin, elle fit ouvrir tous les coffres ; les soldats y trouvèrent des vases chinois, des calligraphies japonaises, des livres sacrés indiens, des manuscrits uniques. Malgré sa promesse, le grand vizir ordonna à sa garde de passer le palais au peigne fin. Ils défoncèrent les meubles et les planchers, sondèrent les zelliges, examinèrent les robes, même celle qu'elle portait, mais sans dégrafer la ceinture où elle dissimulait le tétradrachme que Moshé lui avait confié un an auparavant. Ibn Tufayl ne trouva rien qui ressemblât à ce qu'il recherchait. Furieux, il s'inclina, laissant Leïla libre de partir ou de rester : il comprendrait qu'elle fît ou l'un ou l'autre. En tout cas, aussi longtemps qu'elle resterait dans l'Empire, il assurerait sa protection. Aussi longtemps, bien sûr, qu'elle demeurerait fidèle à l'islam, ajouta-t-il en la regardant droit dans les yeux.

Au milieu des soldats du vizir et des serviteurs du mort, Leïla fit envelopper d'un caftan le corps de son père. On le porta un peu plus tard au cimetière musulman. La jeune fille avait demandé à Ibn Rushd de dire la prière des morts, la *salât al-janâza*. Le cadi la récita avec une infinie tristesse. Il n'avait plus à redouter la décision du marchand, mais avait perdu toute chance d'obtenir le manuscrit ; et, avec l'arrivée en ville d'Ibn Tufayl, il se retrouvait face à celui qui l'avait lancé dans cette chasse et qui lui demanderait sans doute un jour des comptes.

À côté de lui, Moshé dit en silence le *kaddish*. Lui aussi, comme Ibn Rushd, perdait avec Al-Kindi tout à la fois une menace et une promesse. Plus rien ne le rattachait au fameux manuscrit, sinon Ibn Shushana qui l'avait envoyé vers Al-Kindi. Tout faire pour sauver le vieux rabbin ! Mais comment ? Et David qui ne donnait pas de nouvelles !...

Au retour des obsèques, Moshé fit part à Leïla de son désir de l'emmener en Égypte et de lui faire réintégrer la religion de son père. La jeune fille accepta avec simplicité : elle partirait avec lui, à condition qu'ils se marient au préalable. Il ne demandait que ça !... Mais, précisa-t-elle, pas dans une synagogue : dans une mosquée... Devant sa mine ahurie, elle expliqua que non, elle ne voulait pas rester musulmane, mais c'était pour tous deux la voie de la sagesse. Ibn Tufayl avait bien précisé que sa protection tomberait si Leïla venait à reprendre la religion de ses aïeux. Il fallait donc que Moshé se convertisse et qu'ils partent dès le retour de David. Après, il leur serait loisible de revenir au judaïsme...

Moshé ne réfléchit pas. Il accepta.

Ils se précipitèrent chez Ibn Rushd. La jeune fille était plus pâle encore sous son voile de deuil. Moshé, lui, semblait particulièrement animé.

– Nous avons besoin de toi, dit-il à son ami.

– De moi ? En quoi donc ?

– Je souhaite que tu enregistres ma conversion à l'islam.

– Tu plaisantes ? Toi ? musulman ?

– Oui, moi !

– Je ne crois pas que tu choisisses librement la plus belle et la plus pure des religions. Cette conversion ne vaut rien.

– Je t'en prie. Ne réfléchis pas ! Fais juste le nécessaire.

– Je n'ai rien à faire : il te suffit de déclarer que tu crois qu'il n'y a de Dieu qu'Allah et que Muhammad en est le Messager. Et que tu le dises en arabe : *La Ilaha Ill'Allahou, Muhammadonne Rasoulou'llahi*. Si tu tiens vraiment à être musulman, répète !

Moshé hésita. Il regarda Leïla, qui lui sourit et lui prit la main. Il dit d'une voix cassée :

– *La Ilaha Ill'Allahou, Muhammadonne Rasoulou'llahi.*

– Voilà le premier pilier de la foi. Les autres sont la prière, le jeûne, la charité et le pèlerinage. Pour la prière, tu l'apprendras vite. Pour la charité, notre *zakat* est semblable à ta *tsedaka*. Et nos jeûnes, un peu plus exigeants que les vôtres. Pour le pèlerinage, tu voyages assez pour savoir ce que cela veut dire. Dernière chose : il te faudra prendre en rentrant un bain, en geste de purification.

– Je le ferai.

– Tu vois comme c'est simple de passer la frontière... Le destin nous a rapprochés. C'est Dieu qui l'a voulu.

– Dieu n'est pour rien là-dedans, grogna Moshé. Il nous a laissés seuls. Il ne nous punit ni ne nous récompense. C'est la violence des hommes qui nous a rapprochés.

– Dans ta nouvelle religion, ce que tu dis là n'est pas très orthodoxe, fit remarquer le cadi ; mais je pense comme toi. Les hommes sont libres, même s'ils ne le voient pas. S'ils vivaient dix mille ans, ils finiraient par comprendre qu'ils peuvent influer sur leur destin.

– Dans dix mille ans, sourit Moshé, la terre sera remplie de la connaissance de Dieu, comme l'océan est rempli d'eau.

Leïla les interrompit :

– L'heure n'est pas à vos discussions philosophiques ! Moshé et moi avons besoin de plus encore. Tu es juge, n'est-ce pas ? Tu peux donc enregistrer des mariages...

– Je comprends. Je comprends... Maintenant ?

– Tout de suite ! répondit Moshé.

Ibn Rushd allait appeler quelques témoins pour procéder à la cérémonie quand un garde vint lui annoncer qu'il était attendu d'urgence par Ibn Tufayl. Enfin ! Le grand vizir, qu'il n'avait pas revu depuis qu'à Marrakech, près de deux ans auparavant, il lui avait confié cette mission, exigeait de le voir ! Il allait certainement lui demander des comptes. Il faudrait jouer serré, lui expliquer qu'il devait encore attendre le retour de Crémone à Tolède ; en espérant que le grand vizir n'ait pas appris que le traducteur avait détruit son propre exemplaire tout en en remettant une version à Al-Kindi... Mais Ibn Tufayl devait être au courant : c'était d'ailleurs sans doute pour découvrir cette traduction qu'il avait ordonné la rafle ; il avait peut-être même fait parler Al-Kindi sous la torture. Si tel était le cas,

Ibn Rushd n'était plus d'aucune utilité au grand vizir... Depuis trois mois, il attendait cette convocation avec angoisse. Il songea à fuir, mais c'était impossible : un garde l'attendait pour le conduire au palais, et il ne ferait pas deux heures de cheval hors de la ville sans être rattrapé. Il sourit à ses amis :

– Je vous marierai demain... si j'en sors vivant !

Ibn Rushd retrouva la peur, la terreur même, qu'il avait éprouvée à bord du caïque qui traversait le détroit, deux ans plus tôt en se rendant à son premier rendez-vous. En pénétrant dans le palais, il se dit que jamais plus il ne reverrait le ciel étoilé qu'il aimait tant. Il se savait prêt à n'importe quoi pour survivre, n'étant pas de la race des martyrs ; il se demanda comment la vie, si belle, pouvait basculer d'un instant à l'autre dans l'horreur du néant. Il restait tant de choses encore à faire. Il se promit, s'il en réchappait, de ne jamais l'oublier.

Il trouva le Premier ministre assis dans le fauteuil du gouverneur. Les deux hommes ne s'étaient pas revus depuis ce jour où, dans le palais de Marrakech, le conseiller du prince héritier lui avait remis le tétradrachme. Devenu Premier ministre, il avait beaucoup grossi. Ses yeux étaient enfoncés dans leurs orbites, comme s'il était en proie à une incurable fatigue... Que de choses s'étaient passées depuis lors dans la vie d'Ibn Rushd : le voyage à Tolède, la rencontre avec Crémone, le séjour à Ceuta, la recherche du marchand à Fès, la rencontre avec Moshé, l'interrogatoire d'Al-Kindi, la rencontre avec Hastings... De tout cela, surtout ne rien lui dire !

Ibn Tufayl semblait pressé : il allait bientôt repartir pour Cordoue, où les événements se précipitaient. Il accueillit Ibn Rushd comme s'il l'avait quitté une heure auparavant :

– La paix soit avec toi ! Je crois comprendre que tu n'as pas rempli la mission dont je t'avais chargé ?

– Pas encore. J'attends toujours un message de Crémone qui me dira de retourner à Tolède pour y recevoir le manuscrit.

– Un message ?... C'est ce que tu m'as fait dire en son temps... Mais dois-je le croire ? Il est vrai que ce Crémone a quitté la ville il y a près de deux ans. Un de mes hommes, qui le surveillait, m'en a rendu compte. Il est tout aussi vrai qu'il n'y est pas encore revenu...

Ibn Rushd eut du mal à déglutir.

– Tu sais donc tout ce qui se passe à Tolède ?

L'autre sourit :

– La moindre des choses, pour un gouvernement efficace, est d'avoir des espions bien placés, et d'abord dans la capitale de nos ennemis. De fait, nous avons d'excellents informateurs à Tolède, très bien placés... Ce Crémone ne t'a indiqué aucune autre piste pour trouver le livre ?

Ibn Rushd eut le plus grand mal à maîtriser un tremblement.

– Non, il est parti chercher son exemplaire en me promettant de revenir...

– Oui, oui... Un long voyage ! Pourtant, j'ai cru apprendre récemment par un de mes informateurs que ce Crémone connaissait cet Al-Kindi qui ne t'est pas étranger puisque mes hommes t'ont trouvé chez lui le soir où on l'a arrêté... Bizarre, non ? L'Italien connaissait ce juif déguisé en musulman... Et si c'était pour le rencontrer que tu étais venu à Fès ?

Ibn Rushd se sentit défaillir. Il essaya de faire bonne figure.

– Je suis venu à Fès pour y donner mes cours. Je crois d'ailleurs que tu n'es pas pour rien dans ma nomination à l'université.

L'autre sourit :

– On peut dire les choses ainsi. Mais, avant cela, tu as demandé à plusieurs reprises l'autorisation de quitter Ceuta pour Fès. Et cet imbécile de gouverneur n'a pas cru bon de m'en rendre compte ! Pourquoi voulais-tu tant venir ici ?

– Une simple curiosité intellectuelle. Je souhaitais visiter l'université...

– Visiter l'université ? Ah, bien sûr... Comme tu dois l'imaginer, aucune de tes paroles, aucun de tes écrits et presque aucune de tes pensées depuis deux ans ne m'ont échappé.

Il savait tout ! Qu'attendait-il pour lui annoncer sa condamnation ? Ibn Rushd recouvra un brin de courage : quitte à en finir, autant le faire au mieux ! Il hasarda :

– Tu sais donc ce que j'ai enseigné dans mes cours ?

– En effet. Ils étaient des plus intéressants.

– Peux-tu alors m'expliquer pourquoi, toi qui as tenu à ce que j'enseigne dans cette université la tolérance, tu t'es rangé aujourd'hui du côté de ceux qui l'assassinent ? de ceux qui interdisent de penser, de croire, de vivre ?

– Je vois qu'il te reste de l'audace ! Fort bien... Je suis du côté de la gloire du Prophète. Nous sommes en train d'organiser le triomphe de l'Islam, l'assise sur laquelle nous bâtirons un empire de mille ans. Pour ce genre de cause, il vaut beaucoup mieux faire partie des vivants que des martyrs.

– Mais pourquoi pourchasser ces pauvres gens ? Pourquoi persécuter ces juifs ? vouloir assassiner ce rabbi ?

– Tu défends les juifs, maintenant ?

– Les juifs ont la plus haute des religions. Ils ne nous ont rien fait de mal. Ils acceptent de vivre sous notre loi. Nous avons à les protéger, pas à les martyriser.

– Sauf ceux qui complotent contre l'intérêt de l'État ! Et ce rabbi l'a fait. D'ailleurs, il n'est pas encore tout à fait mort. Il reste encore deux jours à ses amis pour payer sa rançon. Tu es très lié, je crois, au frère de celui qu'ils ont envoyé pour la réunir et la rapporter, n'est-ce pas ?

Un silence s'installa. À présent, Ibn Rushd s'attendait au pire.

– Moshé ben Maymun... Personnage on ne peut plus intéressant ! N'est-ce pas lui qui était avec toi chez le marchand où mes gardes t'ont trouvé, l'autre soir ?

– En effet...

– Qu'y faisiez-vous en fait ?

– Nous admirions les objets que ce marchand venait de rapporter de Chine.

– Bien sûr... Tu n'as jamais parlé avec ce Moshé du tétradrachme que je t'ai prêté ?

– Non... Pourquoi ?

– Pour rien. L'idée m'a parfois traversé que ce juif pourrait ne pas être pour rien dans le fait que tu n'aies pas encore récupéré le manuscrit. Et qu'il le cherche, lui aussi. Qu'il l'a peut-être trouvé... Tu es bien certain qu'il ne t'en a jamais parlé ?

– Non, jamais.

– Je saurai ça aussi. Je saurai tout... Une dernière chose : le tétradrachme, tu l'as toujours, n'est-ce pas ?

Ibn Rushd glissa la main dans sa poche. L'autre l'arrêta net, d'un sourire énigmatique :

– Inutile... J'ai encore besoin de toi. Nous nous reverrons d'ici quelques jours.

Il lui indiqua que l'entretien était terminé.

Ibn Rushd sortit dans un vertige mêlé de sueurs. Il ne comprenait pas : pourquoi l'avoir fait venir si ce n'était pas pour lui arracher un secret ? Et, s'il savait tout, pourquoi le gardait-il en vie ? Pourquoi lui laisser sa pièce d'or ? À moins que le grand vizir ne fût sincère dans son désir de lui laisser le temps de trouver le manuscrit ?

Le lendemain, David revint de Tolède avec ses compagnons. Moshé crut comprendre que leur petite troupe avait dû occire quelques cavaliers almohades en traversant l'Andalousie. Quoi qu'il en soit, ils avaient réuni la rançon. Mieux encore : la communauté de Tolède avait donné les dix mille maravédis pour permettre aux juifs de Fès de ne pas partir démunis en exil.

Moshé se précipita chez le gouverneur avec les principaux chefs de famille et la rançon. Il pénétra dans le palais où il était venu si souvent soigner l'un ou l'autre des officiers. On les fit longuement attendre. Puis un secrétaire vint leur annoncer que la rançon arrivait trop tard et qu'elle ne suffisait plus : le rabbi ne serait libéré que s'il se convertissait. Ils protestèrent. Le secrétaire ajouta qu'il n'avait pas reçu mandat de négocier, mais seulement celui d'accompagner Moshé, seul, jusque dans la cellule du prisonnier pour tenter une ultime fois de le convaincre.

Moshé savait que c'était impossible : jamais le vieil homme ne plierait ; mais il suivit le secrétaire.

Un garde, éclairé par une torche, l'entraîna vers un escalier qui descendait profond sous le patio principal. Ils arrivèrent à l'orée d'un long couloir qui semblait donner sur de nombreuses portes soigneusement cadenassées. Devant l'une d'elles, Moshé vit un groupe d'hommes richement habillés. L'un d'eux, qu'il ne connaissait pas se présenta comme le grand vizir et dit :

– Dépêchons-nous, je n'ai pas de temps à perdre. Je suppose que vous avez des choses à vous dire.

– En effet, mais en tête à tête, si possible...

Ibn Tufayl haussa les épaules :

– Comme tu voudras, mais ça ne changera rien : j'entendrai tout d'à côté.

– Eh bien, allons-y ensemble, concéda Moshé.

Le vizir fit ouvrir une porte. Ils pénétrèrent dans l'obscure cellule. La lueur de la torche balaya la pièce. Moshé aperçut d'abord avec stupeur un homme enchaîné gisant à même le sol : William Hastings, qu'on croyait mort dans cette geôle depuis trois mois ! L'Anglais semblait particulièrement mal en point, ses bras étaient tout tordus, une jambe paraissait cassée. Il esquissa des gestes à l'intention de Moshé, qui ne les comprit pas. L'ignorant totalement, Ibn Tufayl ne considéra que le vieux rabbin étendu à côté, méconnaissable, le visage tuméfié, la mâchoire décrochée. Ibn Shushana essaya de se redresser, mais n'y parvint pas. Moshé s'approcha et le soutint :

– Mon maître, nous avons réuni la rançon ; mais ils prétendent que cela ne suffit plus. Ils ne veulent pas te libérer sans que tu te sois converti.

Le vieil homme toisa Ibn Tufayl avec une rage froide. Il tenta de parler ; sa mâchoire fracturée l'en empêcha. Il lança son poing en direction du grand vizir, comme pour le frapper. L'autre ne cilla pas.

Moshé répéta au vieil homme :

– Tu m'as entendu ?

– Je t'ai entendu, murmura la voix à peine audible. Tu remercieras tous ceux qui ont considéré que ma pauvre vie valait si cher. Tu leur diras qu'ils ont eu tort. Je ne me convertirai jamais. Mais il est bon qu'ils aient réuni une telle somme. Il faudra la distribuer équitablement entre les plus pauvres de la communauté pour faciliter leur départ. Tu m'entends ?

– Cet argent est là pour te sauver, pour rien d'autre ! Accepte la conversion ! Tu sais bien que nous en avons le droit.

Moshé vit Hastings adresser au rabbi des signes qu'il ne comprit pas. Le vieillard reprit, moyennant un immense effort entre chaque mot :

– Vous, vous en avez le droit. Et vous devez le faire, si nécessaire. Je vous y engage. Moi, je n'ai pas ce droit. Pas une seconde je n'accepterai d'appartenir, même fictivement, à cette religion, aussi longtemps qu'elle sera dirigée par des fanatiques qui dévoient le Coran. Personne ne sait plus que moi la vanité des guerres entre religions. Mais là, il ne s'agit pas d'un rapprochement, il s'agit d'un acte de force. L'accepter serait trahir tout ce à quoi je crois.

Ibn Shushana regarda du côté de Hastings et corrigea :

– ... tout ce à quoi nous croyons.

Puis il agrippa d'une main étonnamment ferme la manche de Moshé et continua :

– Pars. C'est au pied du mur où le soleil se couche qu'il s'est trouvé. Souviens-toi de celui qui disait : « Mon corps est en Occident, mon cœur est en Orient. »

Moshé se demanda si le vieil homme ne délirait pas.

Puis il se souvint que cette dernière phrase était extraite d'un poème de Yehuda Halévy, le poète cordouan parti mourir à Jérusalem. Pourquoi le rabbi le citait-il ?

Il remarqua que l'Anglais s'était subrepticement rapproché de lui. Il fit comme s'il n'avait rien vu.

– Je ne comprends pas bien, maître...

L'autre parut divaguer en dodelinant de la tête :

– Le quatre vers David, et le dix vers le Ciel. Ne t'intéresse qu'à ceux qui auraient pu être prophètes...

Ibn Tufayl avait l'air fort intéressé par ce qu'il entendait et, en même temps, très tendu. Moshé comprit que le vieux rabbin ne délirait pas, qu'il s'agissait sans doute là d'un code.

– Le quatre ? Le dix ?

Moshé sentit l'Anglais se rapprocher encore. Ibn Tufayl aperçut son manège et le repoussa d'un coup de pied.

Ibn Shushana s'accrocha à Moshé, exaspéré qu'il ne saisît pas le message :

– Tu y réfléchiras. Et n'oublie pas : ceux qui auraient pu être prophètes...

– Je ne comprends toujours pas...

Le vieux maître en colère suffoquait, grognait, lançait à présent les mots comme des couteaux :

– Être prophète, c'est être traversé par Dieu. Un professeur, un mauvais élève, un savant, un collectionneur de papillons, un presque Grec, un voyageur d'Asie peuvent être traversés par Dieu.

Hors d'haleine, il s'interrompit avant de reprendre après un long silence :

– Jésus a dit : « Beaucoup viendront de l'Orient et de l'Occident et ils s'assiéront à la même table qu'Abraham, Isaac et Jacob. » Mahomet a dit aussi : « Nul n'est plus en droit de se réclamer de Jésus et

Marie que moi, car entre lui et moi il n'y a aucun prophète... »

– Je ne vois pas, maître, je ne comprends toujours pas...

– Suffit ! coupa Ibn Tufayl. C'est à moi qu'il doit maintenant parler, et à moi seul. Laisse-nous !

Tandis qu'on le tirait au-dehors, Moshé regarda le rabbin qui souriait et l'Anglais qui semblait le supplier.

Le lendemain 24 Jumada 559, 24 Nissan 4925, 8 avril 1165, juste avant l'aube, le rabbin Ibn Shushana fut décapité d'un coup de sabre devant la Madrasa Bou Annania, à l'entrée du quartier juif. Le gouverneur annonça que Hastings, l'Anglais complice des relaps, avait été garrotté et jeté aux corbeaux.

Quand le quartier s'éveilla, les derniers juifs de la ville trouvèrent le corps décollé du vieil homme, sa tête à quatre pas. Ils décidèrent de lui faire de splendides obsèques avant de se ruer tous vers Ceuta et d'y embarquer pour n'importe où, au plus loin de cet enfer. David aurait à présent voulu rester pour venger l'infortuné rabbi, mais Moshé le calma : il y avait mieux à faire.

Ainsi, comme à Cordoue seize ans plus tôt lors de l'enterrement de sa mère, Moshé assista aux dernières funérailles d'un juif dans une ville dont ils étaient chassés. Il songea à tous ceux qui, dans les siècles passés, s'étaient trouvés dans la même situation partout dans le monde. Pourquoi les hommes se conduisaient-ils aussi mal ? Pourquoi le sort s'acharnait-il toujours sur les mêmes ? Il songea aussi à ces vers magnifiques d'Omar Khayyâm que lui citait souvent son ami Ibn Ezra (pourquoi, par qui était-il mort ?) : « Tu as brisé ma cruche de vin, Seigneur. / Tu as fermé sur moi la porte du plaisir, Seigneur. / Tu as versé à terre mon vin pur, / Mais serais-tu ivre, par hasard, Seigneur ? »

Et si Dieu justement, pris de boisson, avait soudain perdu le jugement ? Et s'Il avait oublié Ses fils ?

L'après-midi, tout se précipita.

Ibn Rushd célébra les épousailles de Moshé et Leïla dans la demeure de la jeune fille. Elle était descendue de son appartement habillée d'une longue tunique d'or, parée d'une ceinture de corail à la taille et d'un collier d'ambre autour du cou. Ibn Rushd remarqua qu'elle portait dans ses cheveux le tétradrachme d'or de Moshé. Le cadi tenait le sien dans sa paume. Il avait insisté pour faire venir le gouverneur comme témoin de l'authenticité de la conversion et du mariage. Celui-ci félicita Moshé d'avoir rejoint la plus belle des religions, la seule vraie. Pût-il convaincre tous ses coreligionnaires d'en faire autant – la ville avait tellement besoin d'eux ! Il dit à Moshé qu'étant devenu musulman, il aurait désormais davantage encore de pratiques comme médecin ; justement, lui-même souhaitait passer le voir dès le lendemain. Moshé s'excusa, expliquant qu'il partait précisément le lendemain avec son épouse pour un *omra* – un pèlerinage – vers La Mecque. Il devait prendre le bateau à Ceuta à destination de l'Arabie... Le gouverneur l'en félicita, puis se précipita pour faire rapport à Ibn Tufayl de cette étrange cérémonie dont il ne voulait pas être tenu pour responsable.

Leïla monta s'occuper des bagages, cependant que Moshé restait un moment avec Ibn Rushd. Tout ce qui les avait à la fois rassemblés et divisés avait disparu. Ibn Shushana et Al-Kindi, les deux hommes qui les reliaient au livre caché, étaient morts ; ils avaient perdu toute chance de résoudre l'énigme. Ils se voyaient sans doute pour la dernière fois. Ibn Rushd allait tenter de rentrer à Cordoue, et Moshé essaierait de gagner Alexandrie avec sa famille. L'un et l'autre avaient échoué dans leur quête.

C'est alors qu'ils décidèrent, malgré les interdits, de mettre en commun tout ce qu'ils savaient.

Moshé raconta à Ibn Rushd ses conversations avec son oncle. Il lui dit comment Eliphar l'avait adressé à Crémone, qui l'avait ensuite fait choisir entre Ibn Tibbon et Ibn Shushana. Il lui parla des lettres de menaces, du sentiment d'être suivi, qu'il avait éprouvé en permanence. Il lui expliqua la mort des De Souza, le voyage à Narbonne, la rencontre avec rabbi Nahmin qui l'avait mis en contact avec Ibn Tibbon, lequel l'avait envoyé chez Albéric de Montpas, puis la mort de ce dernier qui lui avait si bien parlé des règles de l'humilité, code de reconnaissance d'une mystérieuse « confrérie ». Il lui exposa sa décision de se rendre à Fès, sa rencontre avec rabbi Shushana qui l'avait envoyé chez Al-Kindi, où ils s'étaient à nouveau retrouvés face à face comme chez Crémone. Il lui rapporta enfin son ultime conversation avec le rabbi dans sa prison.

De son côté, Ibn Rushd raconta à Moshé sa première convocation par Ibn Tufayl, deux ans plus tôt ; puis, quelques minutes après la sienne, sa conversation avec Crémone qui lui avait donné le choix entre Montpas et Al-Kindi, deux autres noms que ceux qu'il avait indiqués à Moshé. Ils comprirent mieux la stupeur de Crémone en découvrant deux tétradrachmes au lieu d'un, et pourquoi il les avait adressés à des correspondants différents. Tout se passait comme si les détenteurs du livre étaient protégés par une sorte de garde rapprochée. Ibn Rushd narra aussi son séjour à Ceuta, son arrivée à Fès, ses conversations avec Al-Kindi. Ils réalisèrent qu'ils étaient tous deux en quête du même livre, celui que Crémone avait traduit en arabe et en latin. Chacun des deux amis sortit sa pièce d'or : elles étaient identiques.

Ils parlèrent aussi de l'Anglais : que faisait-il avec Al-Kindi et Ibn Shushana dans la synagogue cachée ? pourquoi l'avait-on placé en cellule avec le rabbin puis exécuté ? était-il un des Éveillés ?

Puis ils discutèrent des dernières paroles d'Ibn Shushana. Ibn Rushd écouta attentivement le récit détaillé que Moshé lui fit de cette conversation, dont sa formidable mémoire gardait la trace intacte. Le cadi réfléchit à haute voix :

– Ibn Shushana a sûrement voulu t'indiquer comment reprendre la quête. Il a dû savoir où ton oncle avait caché son exemplaire. Sans doute l'avait-il révélé aux autres membres de leur confrérie pour éviter que le livre ne se perde ? Il faut que nous reprenions mot à mot ce qu'il t'a dit. Rien ne doit être laissé au hasard... Rabbi a commencé par citer Yehuda Halévy, n'est-ce pas ?

– Oui, mais je n'en vois pas la raison. Et s'il faut que je le relise en entier pour comprendre...

– Non, mais la phrase qu'il a dite, répète-la.

– « Mon corps est en Occident, mon cœur est en Orient. » Cela ne veut strictement rien dire...

– Peut être voulait-il t'indiquer de faire comme Halévy ?

– C'est-à-dire ?

– D'aller en Orient ?

– C'est vaste !

– Plus précisément de faire comme lui : de se rendre en Terre sainte... Et il a cité Halévy parce qu'il espérait que Tufayl ne reconnaîtrait pas la citation d'un poète hébreu. Quelle était la phrase d'après ? Tu as une mémoire infaillible, paraît-il. C'est le moment ou jamais de t'en servir...

– Il a dit : « C'est au pied du mur où le soleil se couche qu'il s'est trouvé. »

Ibn Rushd bondit :

– Mais c'est on ne peut plus clair ! Comment n'as-tu pas compris ? « Le mur où le soleil se couche » : le Mur occidental ! C'est ainsi que tu nommes ce qui reste du temple de Salomon à Jérusalem, non ? Tu aurais dû y penser avant moi ! L'exemplaire de ton oncle se trouve certainement en Palestine, près du Mur...

Vexé de ne pas y avoir pensé le premier, Moshé répliqua.

– Mais non ! C'est impossible : comment ce livre serait-il arrivé jusque-là ? Mon oncle n'a jamais quitté Cordoue...

– Il aurait pu le confier à un voyageur en partance pour la Terre sainte. Peut-être même à Yehuda Halévy quand il y est parti il y a vingt ans. Oui, c'est sans doute cela : c'est lui qui l'y a emporté !

– Et il l'aurait caché près du Mur occidental avant d'être assassiné... ? Ce qui reviendrait à dire que l'exemplaire d'Eliphar ne se trouve plus à Cordoue depuis belle lurette ?

– Tout à fait ! C'est peut-être même la raison pour laquelle Yehuda Halévy a été assassiné... ... Essaie de te souvenir : ton oncle ne t'a-t-il jamais parlé de la Palestine ?

Moshé tenta de se remémorer les innombrables conversations qu'il avait eues avec son oncle. Certes, ils avaient souvent évoqué la Terre sainte, dont il lui parlait comme d'un paradis. Puis, brusquement, Moshé se souvint : dans son ultime tête-à-tête avec lui, quand il lui avait demandé de lui montrer le livre caché, Eliphar avait répondu : « Je ne peux pas. Et, même si je le voulais, je ne le pourrais pas. Mais quand je serai vieux, je te dirai tout. Je te dirai comment aller chercher mon exemplaire dans le Saint des saints... » Le Saint des saints ?... Cela ne voulait-il pas dire en effet ce qui restait du temple de Jérusalem ? C'était bien cela ! Il y avait donc un exemplaire de *L'Éternité absolue* à Jérusalem, quelque part près du mur du Temple ! Mais où ?

Ibn Rushd reprit :

– Il t'a aussi parlé d'un quatre et d'un dix, n'est-ce pas ?

– Quatre, c'est facile : c'est le tétradrachme, répondit Moshé.

– Non, ce serait trop simple. Il n'avait aucune raison d'en parler. Il s'agit d'autre chose...

Cette fois, ce fut Moshé qui trouva :

– Mais oui, bien sûr ! Comment n'y ai-je pas pensé ?

– Quoi donc ?

– Il a dit : « Le quatre vers David, et le dix vers le Ciel. » Cela signifie qu'il faut compter horizontalement quatre pierres du Mur en direction du tombeau de David, et dix vers le ciel, c'est-à-dire vers le haut. C'est là, sous la quatrième pierre de la dixième rangée des pierres du Mur, que doit se trouver l'exemplaire de mon oncle ! Nul ne pourrait l'y découvrir, car personne n'a le droit de creuser dans ce Mur ! Il fallait que ce livre soit d'une importance capitale pour que quelqu'un ait osé déplacer une pierre du Mur occidental afin de l'y cacher...

– Il sera donc impossible d'aller le retrouver là-bas ?

– Je me débrouillerai. Il le faut. Nous allons partir vers l'Égypte. Nous passerons par Jérusalem.

– Si tu parviens à quitter le Maroc ! Aucun bateau ne voudra te prendre à son bord. Attends encore un instant : ton oncle t'a parlé d'autre chose, n'est-ce pas ?

– Oui, il m'a parlé des prophètes, de Jésus et de Mahomet. Puis il a débité une liste de mots sans queue ni tête. Il a dit : « Un professeur, un mauvais élève, un savant, un collectionneur de papillons, un penseur Grec, un voyageur d'Asie peuvent être traversés par Dieu. »

– Tu ne vois donc pas ? Ce ne sont en rien des mots lancés au hasard !

– Comment ça ?

– Il n'y a qu'un homme et un seul à qui tous ces substantifs s'appliquent !

Moshé réfléchit un instant, puis s'exclama :

– Tu as raison ! J'aurais dû m'en apercevoir tout de suite ! Aristote était professeur, mauvais élève, collectionneur de papillons, macédonien, donc presque grec, et il a voyagé en Asie. Le rabbi voulait donc dire...

– ... qu'Aristote était un prophète !

– Mais c'est impossible !

– En tout cas, c'est ce qu'il a voulu dire ! s'enflamma Ibn Rushd. Souviens-toi. Tu m'as rapporté qu'il avait cité Jésus dans Matthieu : « Beaucoup viendront de l'Orient et de l'Occident et ils s'assiéront à la même table qu'Abraham, Isaac et Jacob. » Ce qui veut dire que Jésus aurait annoncé une manifestation à venir de l'Esprit saint : c'est Mahomet ! Puis il a cité à son tour Mahomet : « Nul n'est plus en droit de se réclamer de Jésus et Marie que moi, car entre lui et moi il n'y a aucun prophète. »

– Et alors ?

– Eh bien, continua Ibn Rushd, il a voulu nous dire que si entre Jésus et Mahomet il n'y a pas de prophète inconnu, en revanche, avant Jésus, il y avait eu justement d'autres prophètes que ceux que nous connaissons. Voilà pourquoi Al-Kindi t'a demandé s'il avait pu exister un prophète non juif !

– Mais cela n'a pas de sens ! Un prophète inconnu... Depuis la destruction du Temple, seuls les enfants et les fous sont prophètes. Non, il ne peut y avoir de nouveau prophète...

– D'abord, c'était avant la deuxième destruction du Temple ! Réfléchis bien : il y a longtemps que nous aurions dû y penser ! Nous en avons parlé devant Al-Kindi. Il nous a posé la question ! Toi et moi savons mieux que personne qu'Aristote est un géant de la pensée. Qu'il parle de Dieu mieux que personne. Qu'il dit la vérité sur l'univers mieux que nos Écritures sacrées, parce qu'il ne se perd pas dans des métaphores. Nous savons qu'il ose dire que l'homme n'a rien à attendre de Dieu, qu'il doit être moral sans espérer en un paradis quelconque, qu'il sait que c'est par la science que nous approcherons de la vérité... Les autres prophètes ont parlé pour leur peuple à un moment où l'on ne pouvait pas tout lui dire. Aristote, lui, s'exprime librement, universellement, par la raison. Dieu lui a peut-être révélé quelques lois de l'univers.

– Il est vrai qu'il s'est inspiré des prophètes. Mais de là à...

– Il est l'un d'eux ! corrigea Ibn Rushd. En tout cas, c'est ce qu'Ibn Shushana voulait te dire !

– Et donc ce livre, son *Traité de l'éternité absolue*, serait une prophétie ?

– Peut-être beaucoup plus ! Une nouvelle Bonne Parole. Peut-être même l'ensemble des lois mathématiques de l'univers ! Souviens-toi : « le livre le plus important jamais écrit par un être humain », m'a confié Ibn Tufayl et t'a confirmé ton oncle ! En affirmant l'importance de la raison, en explicitant les lois de l'univers, Aristote a voulu dire que la science est la parole de Dieu que Dieu ne parle pas seulement par les religions, mais aussi par la raison. Si c'est cela, la révélation est immense !

– Ce n'est pas tout : Ibn Shushana a aussi parlé de l'Asie, murmura Moshé, et mon oncle m'a souvent raconté qu'Aristote y avait voyagé... Quant à Ibn Ezra, il m'a lui aussi précisé qu'Aristote était proche du bouddhisme... Et si Bouddha et Aristote étaient les deux maillons manquants entre nos prophètes et Jésus ?

– Un *maillon manquant* ? bredouilla Ibn Rushd. Mais qui a déjà prononcé l'expression devant moi ? Crémone ?... Je voudrais avoir ta mémoire pour m'en souvenir...

– C'est sûrement ça ! s'exclama Moshé. D'ailleurs, tout chez Aristote est d'inspiration bouddhique. Ainsi sa conception de l'éternité, cette fusion de toutes les âmes dans une éternité collective...

Ils firent silence, puis Ibn Rushd reprit :

– Aristote, prophète, non juif, recevant les lois de l'univers, proclamant que Dieu parle par la science et que les religions doivent s'effacer devant la raison... Je comprends que ce soit difficile à accepter !

– Ceux qui connaissaient ce livre auraient eu, en effet, toutes les raisons d'en dissimuler le contenu.

– Parmi eux, ton oncle...

– Eliphar devait faire partie d'une sorte de confrérie – ces « Éveillés » dont parlaient les lettres de menaces – qui me fait suivre depuis le premier jour.

– Ibn Tufayl en fait peut-être lui aussi partie. À moins qu'il ne veuille détruire ce texte si dangereux pour les croyants...

– Non, il doit en faire partie ! s'écria Moshé. Sinon, comment aurait-il détenu le tétradrachme qu'il t'a confié ? Il est dans la confrérie, mais il veut m'empêcher d'y pénétrer.

– Nous n'en saurons jamais rien.

– Qu'il en soit ou non, dit Moshé, Ibn Tufayl n'a aucun intérêt à laisser des témoins derrière lui. Il doit déjà penser que nous en savons trop ; je m'attends au pire, pour toi comme pour moi.

Chapitre 7

18 avril 1165 : meurtre dans la synagogue

4 Iyyar 4925 – 4 Jumada 560

Tout alla vite : dix jours après le supplice d'Ibn Shushana, Moshé et sa famille voguaient vers Saint-Jean-d'Acre, et Ibn Rushd était redevenu le favori du monarque.

Sitôt après son mariage et son entretien avec Ibn Rushd, Moshé avait fait part à son père et à son frère de sa conversion fictive et de ses épousailles. Leïla, qui était avec lui, raconta l'histoire de sa famille. Le vieux rabbi fut stupéfait de l'entendre s'exprimer en hébreu avec le même accent qu'elle avait en arabe : un accent chinois.

Moshé leur annonça qu'ils devaient lever le camp au plus tôt, non plus pour l'Égypte, mais pour la Terre sainte. Il tenta de justifier son revirement : il venait d'apprendre que la sécheresse avait réduit les crues du Nil et provoqué des récoltes catastrophiques, des famines et des émeutes. Débordé, le calife chiite et fatimide avait fait appel aux troupes de l'atabek d'Alep, le sunnite Nur al-Din, qui avait envoyé un général kurde, Salah al-Din ibn Ayyub – ou Saladin –, pour rétablir l'ordre. Saladin s'était fait nommer vizir du calife, puis l'avait éliminé et avait restauré la primauté sunnite au Caire. La situation de l'Égypte n'était donc pas très favorable aux juifs. Seule certitude, en revanche : le même Saladin souhaitait voir les juifs du monde revenir occuper la Palestine pour mieux en exclure les croisés. Pour le nouveau maître de l'Égypte, croyait-on savoir, mieux valait avoir pour voisins des juifs que des chrétiens. Moshé fit croire à son père et à son frère qu'il voulait s'installer à Hébron, près des tombeaux sacrés.

Maymun était sans volonté : la conversion, même fictive, de son fils, son mariage avec une jeune femme qu'il croyait musulmane, c'était trop pour lui. Mais il était prêt à suivre Moshé n'importe où, et à plus forte raison en Terre sainte. Il se savait proche de la fin ; s'il ne pouvait revoir le tombeau de sa femme, mourir en terre d'Israël lui convenait fort bien. Encore fallait-il partir au plus vite : il n'en avait plus pour longtemps.

David, lui, n'était pas du tout enthousiaste : pourquoi changer ainsi d'avis au dernier moment ? La Terre sainte n'était pas un lieu de commerce, elle ne figurait sur aucun des grands axes des caravanes et aucun État juif n'y était possible. Alors qu'en Égypte, expliqua-t-il, depuis l'an mil les juifs jouissaient d'une prospérité et d'une liberté sans égales : paysans, artisans, changeurs, courtiers, orfèvres participaient à la construction de la nouvelle capitale, Al-Qahira, à côté de l'ancienne, Fostat. Les lettrés juifs y voisinaient avec les penseurs musulmans et les théologiens byzantins. Des architectes juifs dessinaient les plans de la mosquée Al-Azhar ; des marins juifs continuaient de relier, comme depuis plus de mille ans, Alexandrie à l'Espagne, à la Sicile, à Pise, Amalfi, Corfou, Oman et

Cochin. Lui, David, y trouverait à s'employer. D'ailleurs c'était lui qui avait accumulé, par son travail, les ressources nécessaires pour payer leur passage et leur installation. C'était enfin lui qui, avec ses armes, assurerait leur sécurité pendant le trajet. Il pouvait quand même avoir son mot à dire sur le lieu de leur exil !

Ils transigèrent : ils iraient d'abord en Palestine par le premier bateau en partance. Si la vie y était trop difficile – et une fois trouvé le livre caché sous une pierre du Mur, pensa Moshé –, ils repartiraient pour l'Égypte afin de s'y installer pour de bon, après seize ans d'errance. De là, David comptait commercer avec l'Inde, ce dont Moshé espérait le dissuader le moment venu : il avait toujours peur que la mer n'emportât son frère. Le même cauchemar revenait trop souvent dans ses nuits.

Le vieil homme, ses deux fils, Sephira et Leïla partirent la nuit même pour Ceuta. À tout instant ils craignaient de se voir rattraper par une patrouille de cavaliers bleus qu'ils imaginaient lancés à leurs trousses. À chaque auberge où ils se faisaient passer pour des marchands musulmans, David et Moshé tardaient à s'endormir, guettant les bruits. Mais non : rien. Si David ne fermait pratiquement pas l'œil, le couteau à la main, prêt à en découdre, Moshé finissait par s'assoupir et rêver de l'avenir : trouver un endroit paisible où vivre ouvertement en juif ; s'établir, avoir des enfants, étudier, rédiger ce grand ouvrage dans lequel il montrerait que la foi n'a rien à craindre de la science. À moins que la lecture du livre « le plus important jamais écrit par un humain », qu'il était désormais assuré de trouver sous une pierre du Mur occidental, ne le conduisît à d'autres idées ? Moshé retournait souvent entre ses doigts la pièce d'or, seule preuve tangible qu'il n'avait pas rêvé toute cette histoire.

En pénétrant dans Ceuta, ils trouvèrent les derniers juifs de la ville dans la pire des situations, sommés, comme ailleurs dans l'Empire, de se convertir sur-le-champ ou de partir sans aucune ressource. Plus aucun d'entre eux ne pouvait vendre ni immeuble ni commerce. Certains, qui souhaitaient s'exiler à tout prix à Tolède, cherchaient un bateau en partance pour Barcelone, car il était hors de question de passer par Almería et Cordoue, la guerre faisant rage entre les troupes du calife et les chrétiens. La plupart étaient en quête d'un passage pour Constantinople afin d'y rejoindre leur rabbin, Essebti Ouaknine, parti là-bas deux ans plus tôt. Tous étaient prêts à embarquer sur n'importe quel bateau pour n'importe où, le plus loin possible. Il arrivait que des juifs, allant sur le port négocier un passage, trouvent en rentrant leurs maisons occupées par des voisins musulmans. D'heure en heure montaient les prix des voyages. Ceux qui ne pouvaient payer ou qui ne trouvaient personne pour les aider étaient contraints de rester et de se convertir. On disait que plusieurs rabbins, dans ce cas, recommandaient le suicide.

Pendant que, sur le port de Ceuta, Moshé cherchait en vain des places sur un quelconque rafiot, à Fès, Ibn Rushd pensait sa dernière heure arrivée.

Dans la semaine qui avait suivi le mariage de Moshé et alors qu'il se rendait à la mosquée pour la prière du soir, le doyen Radwan Ibn Kobbi lui avait annoncé avec un large sourire qu'Ibn Tufayl avait enfin décidé de faire détruire tous les livres de science et de philosophie de la bibliothèque de l'université, hormis bien sûr les livres de médecine ainsi que ceux d'arithmétique et d'astronomie élémentaire nécessaires pour calculer la durée du jour et de la nuit et déterminer la direction de la *kibla*. L'œil gourmand, le doyen avait ajouté que des officiers l'attendaient pour le conduire jusque chez Ibn Tufayl.

Ibn Rushd pensa que c'était la troisième fois qu'il allait rencontrer le grand vizir. Et que, pour la troisième fois, il s'y rendait avec la conviction qu'il n'en sortirait pas vivant. Le Premier ministre de l'Empire le reçut avec son air des très mauvais jours. À Cordoue, le nouveau calife ne réussissait pas à se débarrasser des descendants des membres des premiers conseils almohades, en particulier des descendants d'Abu Hafs 'Omar, principal compagnon du Mahdi. Ses cousins, les Sayyid, se permettaient des privautés avec la religion, se croyant tout permis. Ibn Tufayl avait donc autre chose à faire que de mettre de l'ordre dans une ville de province. Il allait en repartir dès le lendemain. Il devait juste en finir avec cette histoire, tenter une ultime manœuvre pour récupérer le livre...

Quand Ibn Rushd pénétra dans la pièce, le grand vizir ne leva pas la tête. Il lisait. Ibn Rushd ne dit mot et attendit.

L'autre, désignant le document qu'il venait de parcourir, grogna :

– Alors ? Te voici marieur, maintenant ? Tu auras fait décidément tous les métiers !

– On ne peut refuser cela à un croyant.

– À un croyant ? En effet... J'ai peu de temps. Je pars tout à l'heure rejoindre le calife à Cordoue. Je n'ai même que trop tardé. Quant à toi, la raison voudrait que je te fasse exécuter. Tu parles trop, tu critiques notre religion, tu es lié à des juifs, tu sais trop de choses qui pourraient nuire à notre action. Mais j'ai du mal à m'y résoudre. Non point parce qu'un médecin ne saurait exécuter un médecin, ni parce que c'est moi qui t'ai fait entrer dans cette histoire sans que tu me demandes rien ; mais parce que tu pourrais encore m'être utile. D'abord en continuant de rédiger l'ouvrage que le nouveau calife t'a commandé...

Ibn Rushd réalisa qu'il avait peut-être une chance, une fois de plus, de sortir vivant de ce bureau : il avait reçu du calife en personne l'ordre de travailler sur Aristote, et Ibn Tufayl n'oserait donc pas le faire disparaître. Sans compter qu'une des premières décisions de Yousouf avait justement été de se réserver le droit de condamner à mort dans tout l'Empire. Ibn Rushd recouvra son calme et son aplomb.

– Tu as encore besoin qu'on écrive sur Aristote malgré ton ordre de brûler tous les livres ?

– Les livres que j'ai fait brûler ne valaient rien : des commentaires de troisième ordre ! En revanche, ce que tu pourras écrire sera autrement utile pour répondre à ceux qui veulent faire sombrer l'islam dans l'ignorance.

– Je n'imaginais pas que mon travail puisse être utile à la survie d'un régime qui chasse les juifs et les chrétiens et interdit d'enseigner la philosophie...

– Ne te moque pas ! Tu risques la mort... Je suis prêt à te laisser la vie sauve si tu continues à produire les ouvrages que je t'ai commandés il y a deux ans...

– ... que le calife m'a commandés, rectifia Ibn Rushd.

Le vizir ne releva pas et continua :

– Je te nomme donc premier juge à Séville. Là-bas, tu seras libre d'agir et de penser à ta guise, mais il faudra que tu t'engages à ne rien dire de ce que tu sais de cette histoire. Nous sommes bien d'accord ?

– À une condition.

– Une condition ? Je crois que tu n'as pas bien compris : tu n'es pas en situation de dicter des conditions. C'est ça ou le pal dans une heure : décide-toi !

– Je ne crois pas que tu aies le pouvoir de m'embrocher. Le nouveau calife a fait savoir à travers tout l'Empire qu'il était le seul à pouvoir condamner à mort. Pour lui demander de me condamner, il faudrait que tu lui racontes toute cette histoire. Or je ne suis pas certain que tu y tiennes...

Un long silence suivit. Ibn Rushd reprit :

– Tu ne souhaites pas connaître ma condition ?

L'autre grogna :

– Dis toujours, si ça t'amuse.

– Que tu me racontes tout !

Ibn Rushd tentait de maîtriser sa peur : et s'il était allé trop loin ? Ibn Tufayl sourit :

– Tu devances mes désirs. J'ai en effet l'intention de t'en dire plus long, car j'ai encore besoin de toi pour autre chose.

Ibn Rushd croyait en être sorti. Ce n'était pas encore le cas.

– Besoin de moi ? Mais pour quoi faire ?

– Tu ne pourras comprendre que lorsque je t'aurai raconté mon histoire. Ou plutôt, comme je suis aussi romancier, quand je t'aurai confié ce que pourrait être le sujet de mon prochain roman...

Ibn Rushd résolut d'entrer dans le jeu :

– Ton prochain roman ? Il aura quelque chose d'autobiographique, je suppose ?

– Pas du tout. Il n'y a que les mauvais romans qui

le soient. Les bons servent à faire comprendre la nature humaine. Et on ne la trouve que dans la fiction.

– Je t'écoute.

– Tout commence par l'histoire d'un Macédonien qui vécut il y a quatorze siècles. Il crut entendre une voix qui disait venir du Ciel. Cette voix, qu'il ne savait nommer, lui dictait des phrases très complexes, d'un haut niveau d'abstraction, des formules d'algèbre qu'aucun homme n'aurait pu concevoir. Il comprit qu'il entendait là des paroles de ce qu'il appela « Dieu ». Des paroles très particulières, parce qu'adressées à un savant et non pas à un berger ou à un rabbi. Dans le langage de la science, Dieu lui expliquait la nature réelle de l'espace, de l'univers, de la matière, de la vie. Il lui dévoilait l'équation fondamentale du temps, la dynamique de la nature humaine, ce qu'est l'immortalité, comment on y accède. Toutes choses qui ne peuvent se dire que dans un langage scientifique, inaccessible aux hommes d'alors et même d'aujourd'hui. Il lui dit aussi l'importance de la raison, de l'unité des croyances ; l'urgence de ne pas laisser les religions verser dans le mysticisme et l'intolérance, l'importance de condamner et de faire disparaître les théocraties.

Ibn Rushd songea à la conversation qu'il venait d'avoir avec Moshé : ils avaient deviné juste. C'était bien cela que le rabbin avait voulu leur dire avant de mourir. Il murmura :

– Aristote était donc bien un prophète !

– Je n'ai rien dit de tel, gronda Ibn Tufayl. Je n'ai même prononcé aucun nom. Dans mon roman, le jeune homme, pour mieux comprendre ce qu'il entendait, étudia la philosophie, la médecine, la botanique, la logique, les mathématiques, les religions. Il réussit à devenir l'élève du plus grand des maîtres grecs, Platon. Mais, bien vite, il réalisa que l'enseignement qu'il recevait n'avait rien à voir avec le contenu des messages qu'il entendait. Il entreprit alors de coucher par écrit ces paroles et ces équations dans un livre qu'il intitula *Traité de l'éternité absolue*. Sans doute à la demande de la voix venue du Ciel, il partit pendant cinq ans en Inde. Il y devint disciple d'élèves de Bouddha. Puis il revint en Macédoine, devint le précepteur d'un jeune roi, lui conseilla d'aller lui aussi en Inde, et se fâcha avec le monarque quand celui-ci prétendit avoir trouvé sa propre voie vers l'éternité : la gloire ! Il se retira alors et poursuivit la rédaction de son livre. Juste avant de mourir, le Maître remit son manuscrit encore inachevé à son fils...

– Nicomaque ?

– Pas de nom, je te dis ! Il lui remit aussi une bourse, accompagnée d'une lettre à ne lire qu'après sa mort. Une fois le Maître enterré, le fils trouva dans la bourse quatorze pièces : quatorze tétradrachmes d'or, très lourds, très rares, prélevés dans le trésor de Damanhour et issus du monnayage de Mazaios, satrape de Cilicie. En les examinant, le fils vit côté face le portrait d'Alexandre, côté pile un Zeus aux jambes croisées, comme il était d'usage de le représenter sur les pièces fabriquées après la mort du basileos Alexandre. Autour du portrait, des signes auxquels le fils ne comprit rien. Dans sa lettre, le père lui demandait de ne révéler le contenu de l'ouvrage à personne, car il ne voulait en rien devenir le chef d'une Église. Il le priait en outre de faire en sorte que le livre fût transmis de génération en génération jusqu'à ce que les hommes fussent devenus capables d'en appréhender le contenu.

– Pourquoi ne l'a-t-il pas révélé tout de suite ? Il aurait été magnifique que tout le monde le connût !

– Impossible... Il contient des raisonnements impliquant des progrès mathématiques encore aujourd'hui inaccessibles. De surcroît, ce livre démontre que toutes les religions ne sont que des versions primitives de la vérité, destinées à des esprits simples ; qu'elles ont toutes la même source ; qu'aucune religion n'a de titre à dominer les autres ; que le monothéisme n'est pas la seule expression de la foi, et que la vérité sur l'homme et l'univers est accessible par la raison...

– Je comprends... Je comprends d'autant mieux aussi ton premier roman : cet enfant qui entend des voix et établit seul à seul un dialogue avec Dieu pour instaurer sa propre religion...

Ibn Tufayl écarta l'allusion d'un geste et poursuivit :

– Dans sa lettre, le Maître demandait à son fils de faire lui-même quatorze copies de son manuscrit et de les remettre avec une des pièces à quatorze personnes choisies pour leur force morale, dont il lui énumérait les noms. Elles vivaient en différents points du monde, sur la route qu'il avait parcourue vers l'Inde. Elles devaient former la *Confrérie des Éveillés*.

– C'est donc ça.... Voilà pourquoi tu donnas ce titre à ton premier livre...

– ... Il lui demanda d'aller remettre en mains propres un exemplaire et une pièce d'or à chacune de ces personnes. Avec ordre, pour chacune, de cacher le manuscrit dans un endroit introuvable, pas nécessairement auprès d'eux, puis de se choisir un successeur à qui le transmettre de génération en génération, de lui enseigner les codes de reconnaissance, et de tuer tous ceux, étrangers à la Confrérie, qui chercheraient à en connaître le contenu.

– Pourquoi leur donner aussi un tétradrachme ? Le manuscrit ne suffisait-il pas ?

– Il avait tout prévu. En particulier le cas où un Éveillé mourrait avant d'avoir pu transmettre son exemplaire du *Traité de l'éternité absolue*. Aussi, dès qu'un Éveillé pense être menacé ou sent l'approche de la mort, doit-il chercher celui auquel il pourrait plus tard transmettre son exemplaire. Celui-ci devient alors un « Désigné ». Le Désigné doit être un homme ou une femme de caractère, très bien formé sur le plan philosophique et d'une solidité morale à toute épreuve ; il doit aussi être capable de résister à la torture et de tuer quiconque se mettrait en travers de la Confrérie. Lorsqu'il l'a trouvé, l'Éveillé lui remet son tétradrachme, lui enseigne les codes de reconnaissance et lui indique comment entrer en contact avec un autre Éveillé, au cas où il mourrait avant de lui avoir transmis son exemplaire. Si cela advient, le Désigné doit montrer son tétradrachme à l'Éveillé de substitution, lequel doit lui poser une série de trois questions auxquelles le Désigné a été préparé par celui qui l'a choisi. Si les réponses le convainquent, l'Éveillé de substitution doit sortir son exemplaire de sa cachette et en faire une copie destinée au Désigné. Les Éveillés savent comment se joindre entre eux ; tous doivent savoir où sont cachés les exemplaires existants du livre ; mais ils ne se révèlent jamais aux Désignés avant que ceux-ci soient devenus Éveillés.

– Et, depuis lors, ils sont restés quatorze ?

– Quatorze. Quatorze personnes au courant du contenu du livre depuis quatorze siècles. Chaque fois, des gens d'exception, choisis pour leur morale, leur savoir, leur caractère, parfois aussi leur puissance, mais pas toujours. Des hommes, quelques femmes. Il se peut qu'un Éveillé se trompe dans son choix et qu'un Désigné veuille faire un usage personnel de ce qu'il a appris...

– C'est arrivé ?

– Je t'en parlerai tout à l'heure. Chaque chose en son temps...

– Cette transmission doit perdurer jusqu'à quand ?

– Jusqu'à ce que les quatorze, unanimes, décident que les hommes sont capables de comprendre le texte, de lire ses équations mathématiques, de ne pas le dénaturer, d'affronter l'immortalité, d'admettre que la science conduit à Dieu, de reconnaître que toutes les religions sont l'expression d'une même foi, de s'unir dans le respect du vivant et la glorification de l'esprit.

– Je comprends qu'au bout de quatorze siècles on en soit encore loin... Tu connais quelques-uns des noms des Éveillés qui se sont succédé ?

– Dans mon roman, on compta parmi eux le Maître de Justice, Jésus, saint Paul, saint Augustin, Mahomet et beaucoup d'autres encore comme Héloïse, Hildegarde de Bingen et Albert le Grand qui se fait parfois appeler Albéric de Montpas. Tous, bien qu'ils n'aient pas eu le droit de parler de ce qu'ils avaient lu, s'en inspirèrent pour exprimer un message adapté à leur auditoire.

Jésus, Mahomet... pensa Ibn Rushd. Voilà donc ce qu'avait voulu dire rabbi Shushana ! Celui-ci ne parlait pas d'Aristote, mais des Éveillés. Tous membres d'une confrérie. Tous disciples d'Aristote. Il reprit :

– Et nous pouvons imaginer que dans ton roman, à notre époque, parmi les Éveillés, aient figuré des gens comme Eliphar ben Attar, Gérard de Crémone, Al-Kindi, rabbi Shushana, Hastings... ?

– Pas de noms, encore une fois !

Il insista :

– Mais toi, es-tu des leurs ?

Ibn Tufayl parut hésiter, puis lâcha :

– Pour reprendre ton hypothèse ô combien romanesque selon laquelle je m'identifierais au héros de ce roman, je dirai qu'il y a seize ans les Éveillés, pas loin de croire que Cordoue avait accédé à ce degré de fusion des religions où tout devenait possible, étaient sur le point de tout dévoiler. À l'arrivée des Almohades, tout a été remis en cause. Quelqu'un – qui pourrait être moi – a alors découvert leur existence...

– Comment ça ?

À présent, Ibn Tufayl s'identifiait pleinement au héros de son récit :

– Disons qu'un homme venu de l'Inde pourrait m'avoir apporté la pièce... C'était un des Désignés. Celui qui l'avait désigné était mort. Celui auquel il devait réclamer le manuscrit, n'ayant pas confiance en lui, avait refusé de le lui remettre. Plus intéressé par l'argent que par rien d'autre, il avait renoncé à devenir un Éveillé et avait tenté de tirer un profit de ce qu'il avait déjà appris.

– Crémone ? interrogea Moshé en se gardant de faire remarquer à Ibn Tufayl qu'il venait de passer du roman à la confession.

– Non : un marchand de Tolède, De Souza ! Il est venu me raconter – ou plutôt raconter au héros de mon livre – toute cette histoire en échange d'une très grosse somme. Je l'ai écouté, sans y ajouter foi. Qui aurait pu y croire ? Puis j'ai pensé qu'il y avait peut-être une chance que ce soit au moins partiellement vrai. J'ai alors écrit un roman que j'ai construit comme un piège pour attirer l'attention des Éveillés – s'ils existaient. Beaucoup se sont demandé pourquoi le conseiller du monarque écrivait un roman. Eh bien, voilà la raison. Tu l'as lu, tu sais de quoi j'y parle. Te souviens-tu du titre ? *La Vie du fils de l'Éveillé*. Toute l'histoire de la Confrérie s'y trouve, hormis le nom d'Aristote.

– Et ça a servi à quelque chose ?

– L'un des Éveillés, à Cordoue, l'a lu. Il a communiqué avec les autres. Ils ont pensé que l'un d'eux était en train de dévoiler le secret. C'était gravissime. Quand nous sommes entrés dans la ville, cet *Éveillé* s'est converti à l'islam pour m'approcher. Il est venu me voir dans l'intention de me tuer...

– L'oncle de Moshé ? Il a tenté de t'assassiner ?

– Fort habilement. Il a prétendu m'apporter des informations secrètes sur les défenses de Tolède. Je l'ai fait arrêter, avec d'autres, pour une autre raison, afin de ne pas éveiller l'attention de la Confrérie. Je lui ai proposé la vie sauve en échange de son exemplaire du livre. Il a nié être au courant de quoi que ce soit. J'ai cherché à savoir s'il avait déjà un Désigné. Il a refusé de me répondre. Il a été exécuté. Quand j'ai appris que son neveu se promenait dans Tolède, ville de nos ennemis, avec une pièce d'or identique à celle que m'avait vendue De Souza, j'ai compris que l'histoire que celui-ci m'avait racontée était vraie. J'ai alors envoyé mon meilleur agent – celui que je tiens en réserve pour les missions les plus difficiles, capable de parler douze langues, de trahir et de tuer de sang-froid – enquêter sur ce que ce garçon cherchait à Tolède.

– Ton agent ? Qui ? Crémone ?

– Hastings !

– Lui, un agent ? Ce n'était donc pas un Éveillé ? Il se trouvait en prison avec Ibn Shushana et il est mort garrotté !

– Tu vas comprendre... Hastings a appris que ton

ami Moshé demandait des nouvelles d'un nommé Crémone. Mais celui-ci était parti. Hastings a alors tenté de dissuader ton ami de l'attendre en lui écrivant une lettre de menaces au nom de la Confrérie. Moshé est resté à Tolède. Hastings s'en est allé à la recherche de Crémone, qu'il a retrouvé trois ans après. Il a alors réussi à devenir son élève et a tué quatre membres de la Confrérie que Crémone avait rencontrés, sans pour autant trouver leurs exemplaires du livre. Pendant ce temps, j'ai envoyé De Souza et sa fille à Tolède pour surveiller Moshé et attendre le retour de Crémone. Quand, dix ans plus tard, j'ai appris par Hastings que Crémone était rentré, j'ai décidé d'envoyer quelqu'un le rencontrer avant Moshé afin de récupérer son exemplaire. Et le quelqu'un, c'était toi !

– Pourquoi moi ?

– J'avais repéré l'audace de tes cours à Cordoue. Et j'ai pensé que Crémone poserait peut-être des questions de théologie délicates et ardues. J'ai donc décidé de te demander d'étudier Aristote ; je t'ai confié la pièce et t'ai envoyé voir ce Crémone.

– Pourquoi ne pas l'avoir demandé à De Souza ? C'était l'un des Désignés...

– Je n'avais pas confiance en lui. Il avait trahi une fois pour de l'argent, il pouvait trahir encore. En outre, Hastings, qui était revenu à Tolède en compagnie de Crémone, a cru comprendre que celui-ci et De Souza, qui se connaissaient, se haïssaient. Il n'est d'ailleurs pas exclu que Crémone soit justement l'Éveillé qui avait refusé le livre à De Souza, huit ans auparavant. De Souza ne lui avait pas pardonné ce premier refus. Hastings a effarouché Crémone en lui annonçant qu'il était menacé. Crémone a alors fait deux copies de son livre, mais l'Anglais n'est jamais parvenu à savoir où il les avait cachées.

– C'est donc bien chez Crémone que j'ai vu pour la première fois cet Anglais ?

– Oui. C'est lui qui a fait en sorte que Moshé et toi vous vous rencontriez tous les deux chez Crémone, le même jour, pour qu'il en soit particulièrement frappé et qu'il dévoile devant vous où il avait caché les exemplaires du livre. Et ça a marché. Abasourdi de voir deux pièces d'or presque en même temps, Crémone a pris peur ; il était si bouleversé qu'au lieu de vous poser les trois questions rituelles et de n'envoyer chacun, au mieux, que vers un Éveillé différent, il vous a donné les noms de ceux qui protégeaient les détenteurs des deux copies. Sans poser aucune question ! Et même – ce qu'il n'aurait jamais dû faire –, il a cité le nom des deux Éveillés ! Mais cela, je l'ignorais à ce moment-là, car Hastings n'avait rien pu surprendre de vos conversations. Je ne l'ai appris que beaucoup plus tard. En particulier, je ne savais pas que Crémone t'avait parlé de deux autres Éveillés. Sur mon ordre, l'Anglais a alors tué De Souza et sa fille, dont je n'avais plus besoin. Crémone a compris que Hastings était un agent infiltré dans la Confrérie et il s'est enfui vers l'Inde juste avant que l'Anglais ne l'assassine. Hastings a voulu le pourchasser, mais je lui ai donné l'ordre de n'en rien faire et de suivre Moshé pour obtenir le livre. Crémone ne perd rien pour attendre : je l'ai retrouvé à Cochin.

Ibn Rushd pensa : voilà pourquoi Moshé et lui étaient certains d'avoir déjà vu Hastings et sa rouge chevelure frisée quelque part ! Il était chez Crémone à Tolède. Et voilà comment s'expliquaient les lettres de menaces reçues par Moshé à Tolède, à Narbonne et à

Fès. Et pourquoi De Souza et sa fille étaient morts. Il reprit :

– C'est aussi Hastings qui a tué Albéric de Montpas ?

– Tu connais Albéric ? Je vois que Moshé et toi avez beaucoup parlé... En effet, cet Éveillé était on ne peut plus prudent, mais Hastings l'a repéré chez Moshé pendant qu'il le soignait d'une morsure de serpent. Il l'a suivi pour lui extorquer son manuscrit. Mais il ne l'a pas trouvé... Alors il l'a tué.

– Et moi, pourquoi m'avoir laissé moisir à Ceuta ?

– J'ai d'abord pensé que Crémone ne t'avait rien dit, puisque tu avais pris ton poste sans broncher... Je t'ai cru et j'ai eu tort... Quand tu m'as dit que Crémone était censé revenir avec le livre, je t'ai cru encore. Il m'a fallu des mois pour découvrir par Hastings que tu me mentais et que, si tu voulais gagner Fès, c'était pour y retrouver un Éveillé. J'aurais alors pu te faire tuer, mais j'avais besoin de toi, encore une fois, pour les approcher... Quand j'ai compris que tu recherchais un certain Al-Kindi, puis que tu l'avais trouvé, je l'ai fait chercher, mais il n'y avait personne de ce nom-là dans la ville. Je n'ai appris que beaucoup plus tard qu'il s'agissait du nom de sa femme. Et encore, un nom arrangé... Elle était juive allemande, Kinder était son nom. J'ai alors fait savoir à cet Al-Kindi que tu le cherchais de la part de Crémone. Il a mordu à l'hameçon. Il t'a demandé de venir le voir. Pendant ce temps, Hastings continuait de filer Moshé qui débarquait à Fès, à ma grande surprise, pour retrouver celui que Crémone lui avait indiqué : le rabbin Ibn Shushana. J'ai dû alors intervenir pour éviter que cette communauté juive ne soit exterminée comme les autres. J'en avais besoin. Sur l'instant, personne n'a compris pourquoi je l'ai protégée... Moi, je devais savoir ce que Moshé voulait faire. Hastings le menaça par lettre, sans se montrer, pour voir comment il réagirait et l'écarter de ton chemin. Moshé est allé voir Ibn Shushana, qui l'a aussitôt envoyé à Al-Kindi. Voilà comment vous vous êtes retrouvés tous deux en même temps devant Al-Kindi, tout comme vous l'aviez été naguère devant Crémone. Comme le traducteur italien, Al-Kindi ne savait trop que faire : deux Désignés en même temps ! C'était un signe de désordre qui pouvait se révéler extrêmement grave pour la Confrérie. À la différence de Crémone, Al-Kindi a alors gardé son flegme et décidé d'aller consulter les autres Éveillés pour prendre leur avis. Ce qui m'a permis, en le faisant suivre par Hastings, de les tuer l'un après l'autre : cinq de plus ! Mais sans jamais trouver leur exemplaire du livre. Trop bien caché. C'est ainsi que Hastings a rencontré à Rome l'ami de Moshé...

– Ibn Ezra ? C'était un Éveillé ?

– Évidemment ! Il avait été envoyé à Tolède pour s'assurer que Moshé était bien digne de recevoir le manuscrit.

– Hastings a récupéré son exemplaire ?

– Non, pas plus celui-ci qu'un autre. Il a continué à pister Al-Kindi, en vain. Il n'a trouvé aucun exemplaire du livre. L'Anglais m'a alors informé qu'Al-Kindi s'en revenait vers Fès. Je me suis précipité pour y arriver en même temps que lui. Dès qu'Al-Kindi eut posé ses bagages, il vous a reçus et vous a posé les questions rituelles, puis il a choisi : il a compris que c'était toi l'imposteur, parce que tu ne répondais pas ce que tu aurais dû apprendre de celui qui t'avait remis le tétradrachme. Et pour cause : quand je te l'ai donné, j'ignorais tout de ces questions. Avant de te faire exécuter, il a réuni ceux qui assuraient sa sécurité pour préparer leur fuite. Mais Hastings, qui le suivait, l'a su. Le moment était venu : je les ai fait arrêter pour leur faire avouer où était le livre.

– Pourquoi Hastings a-t-il été coffré avec eux ?

– C'est ce que j'ai fait croire pour mieux justifier le fait de le placer dans la même cellule que le rabbin. En réalité, c'était pour faire parler le vieux, mais Al-Kindi et le rabbin sont tous les deux morts sans rien lâcher.

– Et Hastings ? Pourquoi est-il mort ? Tu n'avais plus besoin de lui ?

L'émir esquissa un sourire :

– Mais il n'est pas mort ! Il a suivi ton ami à Ceuta et l'a vu embarquer sur un bateau en partance pour la Terre sainte.

Ibn Rushd était rassuré.

– Il est parti ? Il a donc pu t'échapper !

– Personne, à Ceuta, ne trouve un bateau tant que je ne l'ai pas décidé.

– Je suis content qu'il soit parti. Cet homme-là, Dieu l'aime beaucoup, et sa prière transperce les Cieux.

– Pourquoi tiens-tu tant à ce juif ?

– Parce que nous pensons de façon toute proche.

– Ne serait-ce pas parce qu'il pourrait récupérer le livre et le partager avec toi ?

Ibn Rushd hésita :

– Mais non ! Comment pourrait-il l'obtenir ?

– Eliphar pourrait avoir réussi à lui indiquer sa cachette.

Ibn Rushd se dit qu'Ibn Tufayl n'était pas loin de la vérité. Il risqua :

– Voilà pourquoi tu l'as laissé en vie ?

– Voilà pourquoi j'aurais dû le torturer !

– Quel est le service que tu me demandes ?

– Hastings est encore à Ceuta. Je veux qu'il parte pour l'Inde avec le tétradrachme pour y retrouver Crémone et obtenir le livre coûte que coûte. C'est ma dernière piste. Tu vas aller le rejoindre chez le gouverneur et lui remettre la pièce d'or. Il saura quoi en faire.

Ibn Rushd pensa aussitôt à garder la pièce, mais il ne voyait pas en quoi elle pourrait désormais lui être utile. Et s'il essayait de fuir sans la remettre à l'Anglais... Ibn Tufayl l'apprendrait par Hastings et le ferait tuer. Nulle échappatoire... Mais, après tout, il était encore vivant, et c'était l'essentiel. Il répondit :

– Ce sera tout ?

– Oui. Après, tu prendras un bateau pour Séville afin d'y occuper ton poste de juge.

– Si je refuse ?

– Si tu refuses, je m'arrangerai pour faire croire que tu t'es converti au judaïsme ; je te ferai enfermer dans l'ancien quartier juif de Cordoue, puis mettre à mort. Sois assuré que je n'aurai pas besoin de la permission du calife – loué soit-il ! – pour vous faire exécuter, toi et tous ceux qui t'ont un jour approché...

À Ceuta, Ibn Rushd retrouva son vieil ami gouverneur, le général Al Moussaoui, déjà prévenu de son arrivée et de très méchante humeur : on venait de lui annoncer sa nomination à Marrakech, mutation qu'il avait sollicitée mais qui avait perdu tout son intérêt depuis le déménagement de la cour à Cordoue.

Hastings vint à lui et tendit la main en souriant. Il attendait : Ibn Rushd lui remit le tétradrachme. C'était comme si sa vie touchait à son terme. L'autre lui conseilla de filer au plus vite prendre son bateau pour

Séville et de tout oublier. Ibn Rushd lui demanda ce qu'il comptait faire de la pièce. L'Anglais lâcha :

– Il y a au port un bateau qui se nomme *La Délivrance*... Il suffit de montrer cette pièce d'or au capitaine pour qu'il aille là où on lui dit d'aller. Il va m'emmener aux Indes retrouver Crémone. La paix soit avec toi !

Hastings le quitta après avoir effectué la même courbette qu'à l'issue de leur première rencontre. Ibn Rushd décida de le suivre. Il le vit congédier les gardes qui l'escortaient, puis se précipiter vers le quartier juif et pénétrer dans une des synagogues. En lorgnant par la fenêtre, Ibn Rushd fut stupéfait de constater que l'Anglais avait rejoint Moshé.

Son ami était-il le complice d'Ibn Tufayl ?

En voyant entrer Hastings, Moshé resta pétrifié : la dernière fois qu'il l'avait vu, c'était en prison, gisant enchaîné à côté d'Ibn Shushana ! Il était convaincu qu'il avait succombé au supplice du garrot. Comment avait-il fait pour se retrouver dans cette synagogue où lui-même avait tenu à venir prier avant de chercher un bateau et de lever l'ancre ?

L'Anglais lui raconta qu'il s'était évadé et lui montra le tétradrachme qu'Ibn Rushd venait de lui remettre. Il expliqua qu'il était un des Désignés et que Moshé, s'il connaissait la cachette d'un exemplaire de *L'Éternité absolue*, devait en partager avec lui le secret et faire copier son exemplaire afin que le nombre de quatorze fût maintenu. Moshé se méfia. Comment vérifier qu'Hastings était bien un Désigné ? Lui poser les trois questions ? Trop long, et il ne connaissait pas toutes les variantes des réponses. Il se souvint alors de ce qu'avait dit Albéric, un an plus tôt, pendant qu'il le soignait à Narbonne. Il demanda :

– Connais-tu les règles ?

– Quelles règles ?

– Celles de l'humilité.

– Je ne sais pas ce que tu entends par là.

Moshé osa alors, sans certitude, le provoquer :

– Tout Éveillé les connaît ! Si tu ne les connais pas, c'est que tu es un imposteur !

Tout alla très vite : l'Anglais sortit un couteau. Moshé chercha des yeux son frère. Pas question de regarder vers l'entrée à laquelle il tournait le dos. Comme il aurait aimé qu'il soit là ! Mais David avait préféré rester au-dehors pour surveiller l'entrée de la synagogue où Moshé avait choisi de venir se recueillir.

Hastings s'avança vers Moshé, le couteau pointé en avant. Moshé sentit brusquement un souffle frôler sa chevelure : l'Anglais s'arrêta net, interdit. Il regarda Moshé, puis sa poitrine où une lame venait de se planter, et leva enfin les yeux vers un point situé derrière Moshé. Celui-ci se retourna : dans l'embrasure de la porte, il découvrit Leïla et David qui lui souriaient. Hastings fit encore un pas, puis tomba en avant sur le manche du couteau.

Après un temps de silence, David murmura :

– J'aimerais bien les connaître, moi, les règles de la Confrérie !

Moshé sourit :

– Je vais te les dire : le remords, le renoncement, l'aveu, la quête du pardon.

– Moi qui viens de commettre un meurtre à l'intérieur d'une synagogue, j'en aurais grand besoin, du pardon !

Laissant Moshé avec Leïla, David sortit vérifier que personne n'avait suivi l'Anglais.

Moshé vit alors la jeune femme tendre vers lui deux tétradrachmes parfaitement identiques. Il interrogea :

– Deux ? Comment se peut-il ?... Tu as le mien, mais Ibn Rushd t'a donné le sien ?

Leïla sourit :

– Non, c'est le tien et celui de mon père. Désormais le mien. Mon père était un Éveillé. Il m'a désignée et donné sa pièce. Sans me dire non plus comment trouver le livre. Mais en m'indiquant que, le moment venu, s'il mourait avant d'avoir pu me le préciser, c'est à toi que je devrais en parler. Et le moment est venu, puisque plus rien ne nous séparera.

Moshé pensa à ce que lui avait dit d'elle Al-Kindi lors de leur dernière rencontre : « Si je ne reviens pas, je te désigne pour t'occuper d'elle. » Elle était donc, comme lui, un Désigné !

David rentra avec Ibn Rushd, qu'il avait trouvé à l'extérieur.

Ibn Rushd raconta à Moshé sa rencontre avec Ibn Tufayl. Moshé comprit ainsi la raison d'être des longues veillées avec son oncle, tous les noms qu'il avait cités, d'Héloïse à Hildegarde, et des conversations avec Crémone, Montpas, Ibn Ezra et Shushana.

Ibn Rushd expliqua ensuite comment il avait eu l'idée de suivre Hastings, sans se douter que Moshé était encore en ville.

– La pièce que l'Anglais t'a montrée est la mienne. Comme il m'a dit que le capitaine d'un bateau appelé *La Délivrance* emmènerait le détenteur de cette pièce où il voudrait...

– Nous avons donc un moyen de partir en Terre sainte !

Ibn Rushd se pencha pour prendre le tétradrachme dans la main du mort.

– Exactement. Quant à moi, si tu veux bien, je récupère la pièce de l'Anglais. Ibn Tufayl croira Hastings parti à la recherche du manuscrit, puisque le bateau ne peut lever l'ancre sans qu'il ait montré sa pièce...

– Et Leïla ?

Moshé lui raconta ce qu'elle venait de lui apprendre et ajouta :

– Nos routes vont se séparer à jamais.

– Que feras-tu si tu trouves le livre ? demanda Ibn Rushd.

Moshé regarda Leïla, qui souriait, et répondit :

– Je le lirai, le garderai secret et poursuivrai la tradition des Éveillés. Pour rétablir le nombre, j'en ferai copie à l'intention d'un autre détenteur de la pièce.

– C'est-à-dire ?

Moshé décocha un nouveau regard à Leïla, puis lâcha :

– Leïla possède une pièce. Elle a donc droit à un exemplaire. Et je ne vois pas pourquoi ne pas lui faire confiance. Mais toi aussi, tu détiens maintenant une pièce, n'est-ce pas ? Le destin a donc décidé que tu serais aussi un Désigné. Où que tu sois, je trouverai moyen de te faire parvenir une autre copie. Du moins si tu es prêt à faire partie de la Confrérie.

– Je le ferai. Tu resteras ensuite en Palestine ?

– Non. Je rêve d'une restauration de l'État juif, d'un État non théocratique. Mais pour l'heure, c'est une utopie. La seule chose que je puisse faire, c'est donc d'aider mon peuple à survivre dans la dispersion pour éviter le sort des Athéniens, des Scythes, des Sarmates, des Avars, parmi tant d'autres.

– Que comptes-tu faire pour y parvenir ?

– Après avoir récupéré le livre, je m'installerai en Égypte et j'écrirai pour une élite au-dessus des intelligences vulgaires, je lui donnerai les moyens de réfléchir au sens de l'existence, aux principes de l'éthique, à l'essence des choses, aux raisons de ne rien redouter de nos ennemis. Je me souviens de la phrase d'Aristote que répétait mon oncle, et que je ne comprends que maintenant : « Ce ne sont pas les lièvres qui vont imposer des lois au lion. » Et toi ?

– Moi ? Je vais m'installer à Séville et j'écrirai. Pour montrer aussi comment utiliser la science sans renoncer au Coran, clamer que la théocratie est une barbarie, lutter pour une société où l'esprit de Dieu logerait en chaque homme, où nul n'agirait plus par crainte du prince ou de l'enfer, où plus personne ne dirait « c'est à moi », où chacun recevrait les moyens de mettre en œuvre les possibilités qu'il a reçues de Dieu.

– Si nous réussissons, toi et moi, dit Moshé, les Éveillés, s'il en reste, pourront un jour se révéler...

– Je crains que ce ne soit pas avant longtemps, soupira Ibn Rushd.

– Cela viendra, affirma Moshé. Et nous nous retrouverons un jour ou l'autre, à Cordoue.

– *Inch Allah*.

– Oui, si Dieu le veut. Et si les hommes aussi le veulent.

Qui sont-ils ?

Tous les personnages de ce roman ont bel et bien vécu où et quand se déroule cette histoire.

Moshé ben Maymun, dit Maïmonide, est né à Cordoue en 1135. Il l'a quittée en 1149, comme dans le roman. On ne retrouve sa trace qu'en 1162, à Fès où il est possible qu'il ait enseigné la médecine. Entre-temps, il n'est pas exclu qu'il soit passé, comme ici, par Tolède et Narbonne. Il est établi qu'il quitta Fès exactement comme dans ce roman : dix jours après la mort du rabbin Ibn Shushana, qui refusa de se convertir et périt le 8 avril 1165. On a prétendu que Maïmonide s'était converti à l'islam au cours de cette période.

Son père était bien rabbi Maymun, théologien très connu. Sa femme était bien la fille d'un boucher. Le frère de Moshé, David, était bien diamantaire.

Ibn Rushd, dit Averroès, est né en 1126 à Cordoue où il vécut jusqu'à devenir secrétaire du gouverneur à Ceuta, en 1161, comme dans le roman, peut-être après un bref séjour à Tolède. Il enseigna ensuite peut-être à l'université Al-Qarawiyyin de Fès, puis, comme dans le roman, fut nommé juge à Séville.

Ibn Tufayl fut bien, comme dans ce livre, écrivain, conseiller, ministre, puis Premier ministre. Il est bien, comme ici, l'auteur du roman Le Vivant Fils de l'Éveillé, *publié de son vivant et dont le sujet est celui évoqué ici.*

Gérard de Crémone était bien un traducteur venu d'Italie qui vécut longtemps à Tolède, entouré d'élèves anglais.

Posquières était bien un rabbin kabbaliste de Provence.

Ibn Tibbon était bien un traducteur réputé de Narbonne. Il devint plus tard le traducteur de Maïmonide en hébreu.

Yehuda Halévy était bien un célèbre poète et philosophe cordouan qui mourut sous les sabots du cheval d'un croisé.

Abraham Ibn Ezra est bien mort à Rome.

Quant aux autres personnages...

Et après ?

Maïmonide et Averroès ne se revirent jamais.

À partir de 1165, l'Histoire connaît beaucoup mieux la vie de nos héros. Ibn Rushd, dit Averroès, prit son poste de juge à Séville. Il devint l'adjoint d'Ibn Tufayl comme médecin du nouveau calife et se révéla à la fois grand philosophe et grand orateur. Un contemporain écrit de lui qu'il était alors « abondant de paroles, tant dans les cercles du sultan que dans les assemblées de la foule », et qu'il parlait « dans une langue alerte et avec une tournure agréable ». Quelques années plus tard, sans qu'on sache pourquoi, il s'en revint brusquement à Cordoue et renonça à toute activité mondaine pour travailler. « On raconte qu'alors il n'a plus abandonné la réflexion ni la lecture, si ce n'est la nuit de la mort de son père et celle de son mariage. »

L'émirat anti-almohade d'Ibn Mardanîsh, à Murcie, résista jusqu'en 1172. En 1182, à la mort d'Ibn Tufayl, Ibn Rushd le remplaça comme médecin du sultan Yousouf. En 1184, le nouveau calife, à la tête d'une armée considérable qu'il commandait lui-même, lança une grande offensive à la fois terrestre et navale contre les chrétiens. Il échoua lamentablement. Gravement blessé lors de sa retraite, Abou Yousouf Ier mourut cette même année 1184 en revenant à Séville.

Son fils devint le sultan Abou, dit Al-Mansour, et

demanda à Ibn Rushd de le suivre à Marrakech. Un témoin de ses dernières années raconte que celui-ci « portait des vêtements élimés » alors même qu'il occupait de très hautes fonctions. En 1197 – il avait alors soixante-six ans –, Ibn Rushd se vit reprocher par le nouveau calife de s'être occupé « de la sagesse et des sciences des Anciens ». Il fut banni à Lucena ; le calife ordonna qu'on brûlât ses œuvres, hormis celles concernant la médecine et le calcul. Cet édit fut rapporté l'année suivante, et Averroès rappelé à Marrakech en octobre 1198. Moins de trois mois plus tard – le 10 ou le 11 décembre 1198 –, il y mourut. Il fut d'abord enterré sur place, au cimetière de Bâb Taghzût. Trois mois après, sa dépouille fut exhumée pour être transportée à Cordoue où se trouve aujourd'hui sa tombe. Ibn 'Arabî témoigne que « l'on chargea le cadavre sur une bête de somme, l'autre côté du bât étant équilibré par ses écrits ».

Selon une légende colportée par divers ouvrages, tel celui de Léon l'Africain au XVIe siècle, son destin aurait été plus morose : comme il en est menacé dans ce livre, il aurait été relégué, lors de sa disgrâce, dans un quartier de Cordoue réservé aux juifs ; il s'en serait enfui pour revenir à Fès où, reconnu, il aurait été emprisonné et aurait dû abjurer publiquement sa passion pour Aristote ; il aurait vécu ensuite de l'enseignement du droit et aurait connu la misère à Fès, puis à Cordoue.

Les Maymun partirent pour la Palestine exactement le 18 avril 1165, à la date indiquée dans ce roman, dans la cohue du départ des juifs de Ceuta, à bord d'un bateau étrangement disponible et qui les conduisit directement à Saint-Jean-d'Acre. On ne sait rien de ce qu'ils firent en Terre sainte. Trois mois plus tard, le père rabbi Maymun y mourut d'épuisement. Au bout de cinq mois, Moshé décida de partir pour l'Égypte avec son frère David et sa jeune femme ; celle-ci périt peu après leur arrivée en Égypte sans avoir eu d'enfant. Moshé quitta alors Alexandrie et s'installa à Fostat (qui deviendra Le Caire). David reprit son commerce de pierres précieuses ; il disparut six ans plus tard, en 1171, dans un naufrage entre l'Égypte et l'Inde. Écrasé de chagrin, Moshé devint le médecin du vizir de Saladin, Al-Fadil, gouverneur de l'Égypte et chef de la communauté de Fostat. Il fut désigné par l'expression emphatique d'« unique maître et merveille de sa génération », jusqu'à ce qu'un juif venu de Fès le dénonçât comme musulman. Il s'en défendit. L'affaire remonta jusqu'à Saladin, qui jugea que même si le grand philosophe juif s'était converti à Fès, cela ne pouvait être que sous la contrainte, et l'on ne pouvait donc le considérer comme un relaps. En 1186, Moshé se remaria avec la sœur du secrétaire du vizir, Ibn Almal. L'année suivante naquit son premier fils, Abraham. Il acheva le *Guide des égarés* en 1190 et mourut le 13 décembre 1204 à Fostat. Un deuil de trois jours fut alors décrété dans toutes les communautés juives d'Égypte. Dans beaucoup d'autres à travers le monde, on observa un jour de jeûne public avec lectures bibliques, en particulier celle d'un passage de Samuel se terminant par ce verset : « La Gloire a quitté Israël, car l'Arche du Seigneur a été emportée. » Sa tombe, aujourd'hui située en Israël, devint l'objet de ces pèlerinages et de ces pratiques magiques qu'il abhorrait.

Les Almohades connurent alors une succession de revers. En 1212, les chrétiens leur infligèrent le désastre de Las Navas de Tolosa. Les Almohades abandonnèrent Cordoue à un émir local en 1228. En 1236, soit huit ans après leur départ, Cordoue passa entre les mains de Ferdinand III de Castille, roi chrétien, qui n'en chassa pas les musulmans. Les juifs y revinrent. Les provinces de l'Empire proclamèrent l'une après l'autre leur indépendance, laissant place à des dynasties locales : les Hafsides à Tunis en 1236 ; les Abdalwadides à Tlemcen en 1239 ; les Mérinides s'emparèrent de Marrakech en 1269, mettant un terme à la dynastie des Almohades. À compter de là, les juifs furent à nouveau les bienvenus au Maroc.

Grenade, dernier royaume musulman de la Péninsule, ne tomba qu'en 1492.

Au XVIe siècle, sur ordre de Charles Quint qui le regretta par la suite, une cathédrale fut bâtie à l'intérieur de la grande mosquée de Cordoue.

Bibliographie

Nombre de livres, essais ou fictions, ont été inspirés par cette période. Parmi les romans, *Le Médecin de Cordoue*, de Herbert Le Porrier, paru au Seuil en 1974, et *Maïmonide, Averroès. Une correspondance rêvée*, de Colette Sirat et Ili Gorlizki, paru chez Maisonneuve et Larose en 2004. Beaucoup d'autres ouvrages m'ont permis de pénétrer les innombrables domaines dont il est question ici :

ARNALDEZ (Roger), *Averroès, un rationaliste en Islam*, Paris, Balland, coll. « Le Nadir », 1998.

—, « Averroès l'Andalou : un croyant rationaliste », *Qantara*, n° 28, Paris, Institut du monde arabe, été 1998.

AVERROÈS, *L'Intelligence et la Pensée. Grand commentaire du « De anima », livre III*, Paris, Flammarion, coll. « GF », 1998.

BADAWI (Abdurrahmân), *Averroès (Ibn Rushd)*, Paris, J. Vrin, coll. « Études de philosophie médiévale », 1998.

BAKR IBN TUFAIL (Abu), *The History of Hayy Ibn Yaqzan*, Londres, Darf Publishers Limited, 1986.

BRAGUE (Remi) éd., *Maïmonide. Traité d'éthique, « huit chapitres »*, Paris, Desclée de Brouwer, coll. « Midrash références », 2001.

CHEBEL (Malek), *Dictionnaire amoureux de l'islam*, Paris, Plon, 2004.

HAYOUN (Maurice-Ruben) et LIBERA (Alain de), *Averroès et l'averroïsme*, Paris, PUF, coll. « Que sais-je ? », 1991.

—, *Maïmonide et la pensée juive*, Paris, PUF, coll. « Questions », 1994.

—, *Maïmonide ou l'autre Moïse*, Paris, J.-C. Lattès, 1994 ; Pocket, 2004.

—, *Les Lumières de Cordoue à Berlin*, Paris, J.-C. Lattès, 1996.

HESCHEL (Abraham Joshua), *Maïmonide*, Paris, Payot, 1936.

HULSTER (Jean de) éd., *Moïse Maïmonide, Épîtres*, Paris, Verdier, coll. « Les dix paroles », 1983.

KINDI (Al-), *Le Moyen de chasser les tristesses*, Paris, Fayard, 2004.

MENJOT (Denis), *Les Espagnes médiévales 409-1474*, Paris, Hachette, coll. « Carré Histoire », 1996.

MIQUEL (André), *L'Islam et sa civilisation*, Paris, A. Colin, coll. « Destins du monde », 1990.

MOSES BEN MAIMON, *Ethical Writings of Maimonides*, Edited by Raymond L.Weiss with Charles Butterworth, New York University, 1975.

MUNK (Salomon) éd., *Moïse Maïmonide, Le Guide des égarés*, Paris, Maisonneuve et Larose, 1866 [rééd. 1981].

PELAEZ DEL ROSAL (Jesus), *Les Juifs à Cordoue (X^e^-XIIe siècle)*, Ediciones El Almendro-Cordoba, 2003.

RENAN (Ernest), *Averroès et l'averroïsme*, Paris, Maisonneuve et Larose, 2002.

RUCQUOI (Adeline), *L'Espagne médiévale*, Paris, Les Belles Lettres, 2002.

SOURDEL (Dominique et Janine), *La Civilisation de l'islam classique*, Paris, Arthaud, coll. « Les grandes civilisations », 1983.

STRAUSS (Leo), *Maïmonide*, Paris, PUF, 1988.

URVOY (Dominique), *Ibn Rushd (Averroès)*, Paris, Cariscript, 1996.

—, *Averroès. Les ambitions d'un intellectuel musulman*, Paris, Flammarion, coll. « Grandes biographies », 1998.

Remerciements

Le doyen de la faculté de philosophie de l'université de Fès, le professeur Mohamed Chad, le grand rabbin de France, René-Samuel Sirat, et le professeur Maurice-Ruben Hayoun, professeur de philosophie à l'université de Strasbourg, ont bien voulu relire le manuscrit de ce roman et répondre avec beaucoup de patience à mes questions. Qu'ils en soient infiniment remerciés. Il va de soi que les erreurs qui pourraient s'être glissées çà et là ainsi que les partis pris romanesques me sont imputables.

J. A.

Table

Du même auteur :

Essais

Analyse économique de la vie politique, PUF, 1973.
Modèles politiques, PUF, 1974.
L'Anti-économique (avec Marc Guillaume), PUF, 1975.
La Parole et l'Outil, PUF, 1976.
Bruits, PUF, 1997, nouvelle édition Fayard, 2000.
La Nouvelle Économie française, Flammarion, 1978.
L'Ordre cannibale, Grasset, 1979.
Les Trois Mondes, Fayard, 1981.
Histoires du Temps, Fayard, 1982.
La Figure de Fraser, Fayard, 1984.
Au propre et au figuré, Fayard, 1988.
Lignes d'horizon, Fayard, 1990.
1492, Fayard, 1991.
Économie de l'Apocalypse, Fayard, 1994.
Chemins de sagesse : traité du labyrinthe, Fayard, 1996.
Mémoires de sabliers, éditions de l'Amateur, 1997.
Dictionnaire du XXIe siècle, Fayard, 1998.
Fraternités, Fayard, 1999.
Les Juifs, le Monde et l'Argent, Fayard, 2002.
L'Homme nomade, Fayard, 2003.
La Voie humaine. Pour une nouvelle social-démocratie, Fayard, 2004.
Karl Marx ou l'esprit du monde : biographie, Fayard, 2005.
C'était François Mitterrand, Fayard, 2005.

Romans

La Vie éternelle, roman, Fayard, 1989.
Le Premier Jour après moi, Fayard, 1990.
Il viendra, Fayard, 1994.
Au-delà de nulle part, Fayard, 1997.
La Femme du menteur, Fayard, 1999.
Nouv'Elles, Fayard, 2002.

Biographies

Siegmund Warburg, un homme d'influence, Fayard, 1985.
Blaise Pascal, ou le génie français, Fayard, 2000.

Théâtre

Les Portes du Ciel, Fayard, 1999.

Contes pour enfants

Manuel, l'enfant-rêve (ill. par Philippe Druillet), Stock, 1995.

Mémoires

Verbatim I, Fayard, 1993.
Europe(s), Fayard, 1994.
Verbatim II, Fayard, 1995.
Verbatim III, Fayard, 1995.

Composition réalisée par NORD COMPO

Achevé d'imprimer en mars 2006 en France sur Presse Offset par

BRODARD & TAUPIN

GROUPE CPI

La Flèche (Sarthe).
N° d'imprimeur : 34659 – N° d'éditeur : 70176
Dépôt légal 1ère publication : avril 2006
LIBRAIRIE GÉNÉRALE FRANÇAISE – 31, rue de Fleurus – 75278 Paris cedex 06.